KB267019

열혈공작 플로렌

열혈공작 플로렌 7

김종휘 판타지 장편 소설

초판 1쇄 찍은 날 § 2004년 9월 30일
초판 1쇄 펴낸 날 § 2004년 10월 10일

지은이 § 김종휘
펴낸이 § 서경석

편집장 § 문혜영
편집책임 § 유경화
편집 § 김희정
마케팅 § 정필 · 강양원 · 이선구 · 김규진 · 홍현경

펴낸곳 § 도서출판 청어람
등록번호 § 제1081-1-89호
등록일자 § 1999. 5. 31
어람번호 § 제1-0545호

주소 § 경기도 부천시 원미구 심곡1동 350-1 남성B/D 3F (우) 420-011
전화 § 032-656-4452 팩스 § 032-656-4453
http://www.chungeoram.com
E-mail § eoram99@chollian.net

ⓒ 김종휘, 2004

ISBN 89-5831-257-2 04810
ISBN 89-5505-957-4 (SET)

열혈공작 플로렌

김종휘 판타지 장편 소설

7
완결
꿈의 완성

도서출판
청어람

목차

❼

꿈의 완성

제40장 **감금** 7

제41장 **북부의 장악** 49

제42장 **신성왕국 건국전** 95

제43장 **번져 가는 전화의 불꽃** 165

제44장 **라만 협곡 전투** 209

에필로그 265

후기 286

제 4 0 장 감금

아멘의 역사, 아니, 타국의 역사를 보더라도 국내에 문제가 생겼을 경우 통치자는 그들의 시선을 국제적으로 돌리는 경향이 많았다. 그리고 그러한 방법 중 가장 보편적으로 취하는 것이 강대국일수록 약소국과의 전쟁을 통해 난국을 타파한다는 것이다.

일단 전쟁을 통한다면 집권자에게 몰리던 시선을 외부로 돌릴 수 있을 뿐 아니라 전쟁에서 승리하게 되면 논공행상을 통해 반대파의 원성을 가라앉힐 수 있고, 방법에 따라 조작된 패전을 통해 반대파의 인사를 숙청하는 것 역시 가능하기 때문이다.

한마디로 밑에 있는 자들이 죽어 나가는 전쟁일지라도 권력의 중심에 있는 자들에겐 그저 하나의 정치적인 수단에 지나지 않는 것이 전쟁이었다.

"좋지 않아… 좋지 않다고……."

어쩌다 일이 이렇게 꼬였는지 할 일이 쌓여 있는 판에 내가 전쟁에 대해 이렇게 고심하는 것은 현재 나의 위치가 그리 좋지 않기 때문이다.

내가 갇혀 있는 이곳은 사방이 꽉 막힌 공간으로 입구는 10여 미터 정도 위의 천장뿐, 내부에는 의자도 침대도 없는 그런 감옥 같은 곳이었다. 아니, 실제로도 감옥인 것 같긴 한데… 음… 상당히 좋지 않긴 하군.

내가 이 신세가 되어버린 것은 일주일 전이었다. 그날 역시 크로우 나이츠와 블루 버드 나이츠의 본부 이전 문제로 게리오스들과 회의를 하고 있었다.

"음… 그러니까 하트센트 남작의 영지에 블루 버드 나이츠의 본부를 세우는 것이 좋을 것이란 이야기인가?"

게리오스가 가져온 기획안은 블루 버드 나이츠의 본부가 들어설 땅, 그가 제시한 곳은 북서쪽에 위치한 하트센트 영지였다.

하트센트 영지는 스텔 백작의 영지와 가까웠는데, 서부 귀족 일파인 스텔 백작의 하세얀 성은 본국 서해 해상 무역의 중심지이다.

"하트센트 남작의 영지는 서해 해상 무역의 중심인 하세얀 성과 인접해 있어 북부 상인들이 그 길목을 자주 이용하고 있지만 남작이란 작위 때문에 병사의 부족으로 치안에 문제가 생긴 상태입니다."

"그러니까 하트센트 남작이 감당하지 못하는 치안 문제를 블루 버드 나이츠로 채우고자 하는군."

"그렇습니다. 상로의 길목인지라 하트센트 영지는 앞으로 크게 발전할 수 있는 곳입니다. 또 북부 거점 확보에 있어서도 서부와 북부를 잇고 있는 요지인지라 이드리샤 가의 세력 확장에 상당히 도움이 될 것이 분명합니다. 거기에다 모든 것을 제외하고서라도 가장 중요한 것은 하트센트 남작가가 3대 전에 평민 출신의 단승남작에서 계승 자작으로 오른 인물인지라 블루 버드 나이츠에 대한 거부감이 없다는 것입니다.”

앞으로 크게 발전할 수 있는 여력이 있는 곳이라면 처음 출발시 기사단의 유치 자금이 적을지는 몰라도 후에 영지가 발전함에 따라 뒷돈이 상당히 들어올 것이다.

“확실히 나쁘지는 않군. 좋아, 그렇다면 한번 하트센트 영지라는 곳을 가볼까?”

“옳으신 결정입니다.”

이렇게 해서 난 기사단 본부가 이전하게 될 하트센트 영지로 가게 되었다. 어차피 내 영역이 될 북부의 땅인지라 크게 위험을 느끼지 않았기에 빌을 포함하여 백 명 정도의 호위 기사만을 대동하고 그곳으로 향했다.

지금 생각하면 조금 멍청했던 것이 상급 기사를 한 명도 대동하지 않고 움직였다는 것이다. 솔직히 론 백작이 국가 공인 기사단 둘이 내 손으로 들어온 시점에서 나에게 무릎을 꿇으리라 생각했기 때문이다.

내 영지에서 하트센트 영지로 가기 위해선 적어도 다섯 곳 이상의 노턴 코프의 검문소를 지나야 한다. 백 명 이상의 기사를 대동한 귀족의 마차가 지나간다면 검문소도 그저 형식적인 것으로 끝내기 마련이었는데 그날따라 머저리 같은 병사들이 막아서고 있었다.

“이드리샤 공작가의 마차 앞을 막아서다니 이게 대체 무슨 짓인가!!”

마차 내부에 간이 침대를 펴놓고 뒹굴거리며 하트센트 영지에 관한 게리오스의 자료를 훑어보고 있던 난, 밖에서 호위 기사단장인 빌의 호통 소리에 나도 모르게 창문 밖으로 시선을 돌렸다.

"빌! 무슨 일인가?"

마차 창문의 커튼을 젖히고 내가 모습을 드러내자 빌은 검문소의 병사와 이야기하던 것을 멈추고 내 쪽으로 다가와 고개를 숙이며 말했다.

"죄송합니다, 공작 각하."

"저 병사를 데려와라. 전보다 검문이 더 심해진 것 같은데 무슨 일이 있는지 궁금하구나."

나의 명령에 빌은 곧 검문소의 병사를 불렀고 그는 황급히 마차 쪽으로 뛰어와서 귀족에 대한 예를 취했다.

"이드리샤 공작 각하께 인사드립니다."

"대로를 지나며 세 곳 정도의 검문소를 지났는데 그때마다 검문이 있더군. 공작가의 마차를 막을 정도의 일이 생긴 것인가?"

귀족의 마차가 지나가면 검문소에선 그저 형식적인 검문을 끝으로 그냥 통과시키는 것이 보통이었기에 의문이 들었다.

"그것이… 이유는 모르겠지만 론 백작 각하의 지시로 귀족 분들이라 할지라도 철저하게 검문하여 보고하라는 명이 있었습니다."

"론 백작이? 음……."

노턴 코프를 담당하는 론 백작이 무슨 이유로 그런 지시를 내렸는지는 모르겠지만, 일개 검문소 병사가 자세한 것을 알 리는 없는지라 난 고개를 끄덕이며 말했다.

그렇게 해서 대충 검문소를 지나가게는 했지만 조금 이상한 불안감이 들었다. 에르가 백작에게서는 영지를 떠나오기 전까지 별다르게 특이

한 보고는 받지 못했는데 무슨 일이 있는 것일까?

하지만 그리 큰일은 아니라 생각하며 다시 서류를 읽는 데 열중했는데, 저녁 무렵이 되자 불안은 현실로 드러났다.

구구구궁!!

히히히힝!! 히힝!!

마차가 산길을 지나고 있을 때 갑자기 밖에서 큰 굉음이 울리며 사방에서 말이 크게 울음소리를 내며 날뛰기 시작했다.

쿠궁!!

그리고 마차는 무엇인가에 부딪친 듯 굉음과 함께 충돌음이 들려오며 한쪽으로 크게 기울었다.

"끄악!!"

난 갑작스러운 사태에 넘어지는 마차 안에서 뒹굴 수밖에 없었다. 하나 다행히 크게 상처를 입는 것은 면할 수 있었다.

"와아아아!!"

"주위를 경계하고 영주님을 구해라!"

"끄윽!!"

사방에서 사람들의 외침이 들려오고 빌의 황급한 목소리가 터져 나오는 것을 들으며 난 흔들리는 머리를 진정시켰다. 그리곤 마차 내부에 있던 검을 뽑아 머리 위로 위치가 바뀌어 버린 문을 열고 밖으로 나갔다.

"무슨 일이냐!!"

"적습입니다!!"

마차문을 열고 밖으로 나가자마자 나를 구하기 위해 마차로 올라서고 있던 기사 몇에게 묻자 그들은 당황한 목소리로 답했다.

넘어진 마차 때문에 아직도 멍한 정신을 가다듬어 가며 사방을 둘러
보던 난 족히 수백은 넘는 자가 마차를 중심으로 원형진을 이루고 있
는 기사들과 싸우고 있는 것을 볼 수 있었다.

채재쟁! 챙! 챙!!

"와아아아!!"

사방에서 터져 나오는 함성과 병장기의 충돌음이 주위를 감싸기 시
작했기에 난 마차 위에서 검을 들고 뛰어내렸다.

"산적? 그들이 만든 함정에 빠진 것인가?"

갑작스럽게 나타난 적들은 일반 평민들이나 입을 법한 옷을 입고 있
었고, 주위를 돌아보니 대로의 앞뒤로 커다란 나무가 길을 막고 있는
것을 볼 수 있었다.

우리가 이곳을 지나갈 것을 예상하고 함정을 파놓았던 것이다.

"예, 아무래도 함정에 빠진 것 같습니다."

"흥! 함정이라 할지라도 산적 따위가 본 가의 기사단을 해할 수 있다
고 생각하는가! 삼십 명의 기사로 하여금 첨봉진을 이루게 하여 포위
하고 있는 적진을 무너뜨리도록 하게!"

"예!"

나의 말에 빌은 고개를 끄덕이곤 호위 기사들을 모아 첨봉진을 이루
어 적진을 향해 돌격해 들어갔다.

전원 기마를 소유하고 있는 기사들로 이루어진 호위 기사단이었던
만큼 보병들로 이루어진 산적 따위가 돌격을 막을 수 있을 리가 없었
다.

기사들이 첨봉진을 이루어 밀고 들어가자 포위하고 있던 산적의 진
은 급속도로 무너지기 시작했다. 그리고 나 역시 기사가 끌고 온 말에

올라타 마차를 습격한 산적들을 베어 넘기기 시작했다.

"끄악!!"

마상의 기사를 산적이 감당하는 것은 불가능한 일, 손에 들고 있던 검과 옷은 놈들의 피로 순식간에 붉게 물들어갔고, 삼십여 분의 시간이 지나자 함정을 파놓았던 산적들은 황급히 도주하기 시작했다.

"놈들을 쫓는 것을 멈추고 진영을 정비하라!!"

놈들이 도주하자 빌은 추적하는 것을 멈추게 하고 진영을 정비케 했다. 보통 전투라면 모를까, 호위 임무를 하고 있는 상황에서 적들의 섬멸보단 호위자의 안전을 먼저 생각하는 것은 당연한 일, 나 역시 그의 의견을 반대하지 않았다.

이십여 분도 되지 않은 짧은 전투였음에도 불구하고 생각보다 많은 사상자가 났는데, 초반에 갑작스러운 놈들의 공격에 당황하여 제대로 반응하지 못한 것이 그 원인이었다.

"쯧쯧쯧… 이따위 산적들에게 명색이 공작가의 기사라는 놈들이 열두 명씩이나 죽다니 말이나 되는가?"

마차가 부서진 탓에 근처의 바위에 앉아 그의 보고를 들은 난 혀를 찰 수밖에 없었다. 상급 기사가 없었다고는 하지만 공작가의 기사가 산적을 상대로 열두 명이 죽고 스물 이상이 다쳤다는 것은 조금 너무한 것이 아닌가.

"산적이 아닌 것 같습니다."

"응? 산적이 아니라니?"

그런 나를 보며 빌은 놈들이 산적이 아니라는 말과 함께 피로 물들어 있는 몇 개의 창을 보이며 말했다.

"놈들이 들고 있던 스피어입니다."

빌이 건네준 스피어를 보자 난 그의 말을 이해할 수 있었다.

마차를 습격한 놈들이 들고 있던 창의 촉은 제대로 만들어진 것이었다. 물론 이러한 창을 놈들이 가지고 있는 것은 이상한 것이 아니었지만 습격한 자들 대부분이 이런 창을 가지고 있었다는 것은 의심할 수밖에 없었다. 질 좋은 창을 대량으로 산적 따위가 구입할 수 있을 리 없기 때문이다.

또 산적들이라면 대형을 이루어 적을 공격하는 창을 쓰지 않고 검이나 둔기를 사용했을 것이다. 창은 훈련을 통해 집단 전투 대형을 제대로 익히지 않는다면 효과적으로 적을 제압할 수 없는 무기이기 때문이다.

하지만 산적이 아니라면 도대체 누가 나를 노렸다는 것인가?

"공작 각하, 일단 영지로 돌아가는 것이 어떠신지요?"

빌은 사태가 더욱 심각해질 것이라 생각하고는 영지로 돌아가는 것을 제의했다. 하지만 이미 상당한 거리를 온 상태였기에 하트센트 영지로 가는 것이나 이드리샤 영지로 가는 것이나 거리상 그리 큰 차이는 없어 보였고 둘 모두 다시 적습을 받을 가능성이 있는 상황이었기에 한참을 생각하던 난 빌을 보며 말했다.

"하트센트 영지로 향한다."

"하오나……."

"어차피 거리상 차이가 없다면 물러서는 것보다 앞으로 가는 것이 좋겠지. 부상이 경미한 기사 몇 사람을 영지로 보내 원군을 요청하도록 하게."

"…알겠습니다."

나의 명령에 빌은 머뭇거리며 무슨 말을 하려 했지만 이내 고개를 숙이고 명령을 받아들였다.

하트센트 영지로 향하는 기사의 숫자는 일흔다섯. 대충 부상이 중한 기사들을 빼자 그 정도의 숫자가 남았다.

사실 이 시점에서 난 빌의 말대로 영지로 돌아가는 것을 선택했어야 할지 몰랐다. 그랬다면 적어도 그를 잃지는 않았을 테니까. 어쩌면 무가의 가주로서 적 앞에 등을 보이고 싶지 않다는 나의 자존심이 그를 죽게 한 것일 수도 있었다.

상대를 모르는 상황에서 나 자신이 목적한 곳을 향해야 함은 상당히 불리한 점이 많다. 그런 상황에서는 여러 가지 문제점이 생기는데 가장 큰 문제점은 바로 내 쪽에선 방어적인 입장밖에 취할 수 없다는 것이다.

북방의 드래곤 산맥과 인접해 있는 만큼 본국의 북부는 산세가 험하고 숲이 울창하다. 이러한 지리적 요건은 기마를 소유하고 무거운 갑주를 입고 있는 기사에게는 전투를 행함에 있어 불리하게 만든다.

이에 아멘의 군 편제는 지리적 요건을 생각하여 구성된 특수군이 존재했는데 드래곤 산맥과 인접한 북부에 걸맞게 편성된 특수군은 바로 레인저였다.

산세가 험한 지형에서 레인저는 정찰 임무를 맡고 있지만 가장 무서운 것은 활을 이용한 기습 공격이나 게릴라전이다.

한곳의 목적지가 정해진 이상 선택할 수 있는 길이 한정되어 있는 상황, 이때 레인저들은 다양한 수법으로 적을 공격하고 그것을 통해 전술적 이점을 선점해 간다.

솔직히 노턴 코프에만 존재하는 이 특수군의 존재를 조금은 우습게 보았던 것은 사실이다. 하지만 실제로 이들을 접해본 후 난 이러한 산지에서 레인저라는 특수군이 얼마나 강한 존재인지를 직접 몸으로 느낄 수 있었다.

아멘의 북부대로는 동북 루드바스 영지에서부터 서북 리트런 영지까지 이어지는 길을 일컫는다. 하지만 대로라고 해도 산세가 험한 곳인지라 그저 마차 한두 대가 지나갈 수 있을 정도였고, 주위는 숲이나 산이 가리고 있었다.

구성원 전부가 말을 소유하고 있다 할지라도 무거운 중갑주를 입고 있는 기사들에겐 이러한 산지의 행군은 힘들 수밖에 없었다. 또 습격이 있은 직후 전과는 달리 느슨한 행군이 아닌 급속 행군으로 전환해야 했음은 당연했기에 하루 정도가 지나자 지쳐 갈 수밖에 없었다.

적습이 언제 있을지 모르는 상황에서 갑주를 벗을 수도 없는 일이었으니 평상시 훈련을 통해 체력을 기른 이들이라 할지라도 지치는 것은 당연했다.

"빌, 이곳에서 점심을 먹도록 하지."

"정지! 이곳에서 삼십 분간 휴식 겸 간단한 식사를 한다."

"예!"

빌의 명령에 기사들을 나를 중심으로 조별로 모여 휴식을 취하기 시작했고, 십여 명의 기사가 내 주위로 좁게 원을 그리며 시립했다.

일단 내 호위가 주 임무인 만큼 만약의 경우를 위한다고는 하지만 커다란 장정 열 명이 사방을 가리고 있으니 조금 불편한 것이 사실이었다.

"자네들도 앉아 휴식을 취하지 그러나?"

"불가합니다. 적습이 있을지 모르는 상황에서 사실 이 정도의 가드도 부족합니다."

"휴… 알겠네."

빌의 말에 난 할 수 없다는 표정으로 고개를 끄덕이며 답했다. 그 순간 파공음과 함께 무엇인가가 날아왔고 내 왼쪽에 있던 기사의 몸에 한 발의 화살이 꽂힘과 동시에 그는 그대로 뒤로 쓰러졌다.

"적습이다!!"

그리고 다음 순간, 수십 발의 화살이 휴식을 취하고 있던 기사들을 향해 쏟아지기 시작해 순식간에 십여 명의 기사가 화살에 맞아 나둥그러졌다.

"공작 각하를 보호하라!!"

갑작스러운 화살 공격에 빌은 급히 호위 기사들에게 소리쳤고 내 주위로 모여 있던 기사들은 실드를 들어 내 주위를 감쌌다.

"3조, 4조, 5조는 화살이 날아온 곳으로 돌격! 나머지 조는 공작 각하를 둘러싸고 방어 대형으로!!"

적이 숲에 숨어 활을 날리고 있는 상황에 그들의 공격을 막기 위해선 근접으로 붙는 방법밖에 없다. 그런 이유로 빌은 삼십 명 정도의 기사를 화살이 날아온 방향으로 향하게 하고 나머지 병사로 하여금 나를 보호하게 했다.

하지만 3개 조의 기사들이 숲에 도착했을 때는 이미 적은 사라진 이후였다. 전의 습격과는 달리 이번 적은 철저한 게릴라 전법을 사용하고 있었다.

적이 완전히 사라진 것을 보며 일단 기사들을 돌려 방어 대형을 계속 취하게 한 후 피해 보고를 들었는데 열다섯 명의 기사가 적의 갑작스러운 기습으로 죽임을 당했다는 말에 한숨이 밀려왔다.

하지만 그것은 시작에 불과했다. 빌은 더 이상 머무르는 것이 위험하다고 판단하여 다시 행군을 시작했다. 하지만 세 시간의 행군 동안 적습은 계속 이어졌고, 그때마다 처음보다는 적긴 하지만 두세 명씩 희생자가 났다.

"미치겠군!!"

계속된 행군에 말이 지쳐 더 이상은 무리라 판단 휴식을 취했을 때는 남아 있는 기사의 수가 오십 명 정도로 줄어 있었다.

"빌! 다음 마을까지 얼마나 걸리겠는가?"

"지금 속도의 행군이라면 다섯 시간 이내로는 불가능합니다."

"큭……."

다섯 시간, 그 시간이면 전멸을 면치 못할 것이기에 골치가 아파왔다.

주위에 있던 기사들을 훑어보던 빌은 무엇인가 결심을 한 듯 나를 보며 말했다.

"상황이 좋지 않습니다. 일단 이곳에 기사들 반 정도를 남게 하는 것이 좋겠습니다."

"응? 반을 남게 하다니?"

가뜩이나 숫자가 적은 판에 반을 남긴다는 빌의 말을 난 이해할 수 없어 되물어보았다.

"말도 지쳐 가고 있습니다. 다섯 시간의 행군을 견딜 정도의 체력이 되지 않는다면 기사들 반을 이곳에 남게 하고 한 사람당 두 필의 말로 속도를 빨리하는 것이 효율적이란 판단에서입니다."

"아!!"

두 필의 말이라면 한 말이 지치면 다른 말로 옮겨 타는 방식으로 해서 행군의 속도를 올릴 수 있었기에 난 고개를 끄덕였다.

"자네의 말대로 하지."

“휴식은 이 정도면 충분한 것 같습니다.”

“알겠네.”

빌이 내놓은 방법은 생각보다 효율적이었다. 지쳐 가는 말을 대체할 수 있었기에 행군 속도는 빨라질 수 있었고, 이런 속도로 간다면 세 시간 안에 다음 마을에 도착할 수 있겠다는 생각이 들었다.

일단 마을에 도착하면 그곳 영주에게 병사를 요청하거나 그곳에 머물며 뒤에 올 원군을 기다리는 방법도 가능했다. 마을이란 존재로 인하여 지금 내가 선택할 수 있는 폭이 넓어지는 것이다.

하지만 적 역시 그리 만만하지 않았다.

두그두그!!

휴식을 취할 새도 없이 행군을 하던 그 순간 갑자기 선두에서 달리던 기사들이 큰 몸짓과 함께 그대로 뒤로 넘어지고 말았다.

쿠구궁!!

순식간에 일어난 상황에 뒤를 따르던 기사들은 급히 말을 멈추려 했지만 이내 두 명의 기사가 다시 무엇인가에 걸린 양 허공에서 멈추어 선 듯하더니 그대로 땅에 곤두박질쳤다.

“젠장! 멈춰라!! 트랩이다!!”

쿠구구구궁―

쾅!!

순식간에 다섯 명의 병사가 말에서 떨어지자 빌은 황급히 소리쳤고 다른 이들은 급히 말을 멈추며 사방을 경계했다. 하지만 곧 뒤쪽에서 커다란 나무가 쓰러지며 후방을 막는가 싶더니 수십 발의 화살이 소나기 내리듯 쏟아졌다.

적은 나무와 나무 사이에 밧줄을 걸어 이곳에 함정을 만들어놓고 기다리고 있었던 것이다.

급속 행군으로 전방의 시선이 한정되어 있는 상황에서 적은 녹색으로 물들인 밧줄을 걸어 대 기병용 트랩을 설치해 놓고 함정을 준비해 두고 있었다.

사방에서 쏟아지는 화살을 피하기 위해 급히 말에서 내릴 수밖에 없었지만 상황은 그리 좋지 못했다.

"젠장! 말을 버리고 숲으로 돌격한다!!"

앞뒤가 막혀 버린 상황에서 남은 것은 숲으로 들어가 몸을 은폐하는 방법밖에 없었기에 빌을 보며 소리친 난 기사들과 함께 화살이 날아온 방향을 향해 돌격해 들어갔다.

"와아아!!"

숫자가 크게 줄어들어 있는 상황, 우리가 숲으로 들어가자 적은 더 이상의 게릴라전보다는 직접 우리를 상대하는 방법을 취했고, 이내 놈들과의 근접전이 시작됐다.

"끄아악!!"

카가강! 캉!!

숲으로 돌격해 들어가자 이내 기다렸다는 듯이 수십 명의 레인저가 공격해 왔고, 기사들은 일자 진형을 이루며 적을 베어 넘기기 시작했다.

레인저들이라고 해도 실제적인 무력에서 기사를 상대하기에는 무리일 수밖에 없기에 일자 진형으로 적을 쓸며 앞으로 진군하는 것을 택한 것이다.

사방에서 비명 소리가 터져 나오며 순식간에 적들이 피를 쏟으면서 쓰러지기 시작했다. 하지만 적에 비해 아군의 숫자가 크게 부족한 상황이었다.

　함정에 빠진 상황, 이미 적에게 패했다 해도 과언이 아닌 상황이었다.

　다섯 정도의 적을 베어 넘겼을 땐 이미 내 주위에 남아 있는 기사라곤 빌을 포함하여 다섯 명 정도뿐이었다. 그리고 주위를 둘러싸며 오십여 명의 레인저가 활을 들어 겨누고 있었다.

　"헉헉헉……."

　가쁜 숨을 몰아쉬며 검을 들고 있는 내 곁으로 빌과 호위 기사들이 원을 그리며 보호하고 있었지만, 상황은 극히 좋지 않았다.

　아무리 애를 쓴다 하더라도 이 정도의 숫자로 빠져나가는 것은 불가능할 수밖에 없었다.

　"이런이런… 국가 공인 기사단을 두 개나 거느리고 계시는 공작 각하께서 어쩌다 이런 꼴이 되셨는지 모르겠군요."

　"……!!"

　주위를 둘러싸고 있는 레인저들 사이에서 들려오는 소리, 그 목소리가 귀에 익었기에 고개를 들어보니 아니나 다를까, 낯설지 않은 이의 얼굴이 보였다.

　"론 백작……."

　"후후후후……."

　레인저들 사이에서 모습을 드러낸 론 백작은 부하가 가져다 놓은 의자에 앉아 회심의 미소를 지었고 난 그의 모습을 보면서 입술을 깨물며 말했다.

　"론 백작… 이게 무슨 짓인가?"

　"후후후, 이 일은 각하께서 자초한 일이 아니십니까?"

"내가 자초했다고?"

"그렇게나 많은 재물을 가지고 있으면서도 혼자 독차지하고 계셨으니 속인 것이 아니고 무엇이겠습니까?"

"…하하하하하!!"

돈 때문이었나? 물론 그것만은 아닐 것이다. 아마도 그동안 한 짓이 있었을 테니 위기감을 느꼈겠지. 나에게 잡아먹히지나 않을까 하고 말이다.

그리고 내가 알고 있는 론 백작이라면 혼자 이런 짓을 할 족속이 못 되는지라 난 그의 뒤에 누군가 있음을 짐작할 수 있었다.

"네라드 공작인가?"

"후후후후!"

나의 물음에 그는 답하지 않았지만 난 그 웃음으로 내 짐작이 틀리지 않음을 알 수 있었다.

"어쩔 텐가? 나를 죽이기라도 할 텐가?"

"좋지 않습니다. 이곳에서 공작 각하를 죽이면 문책을 면하기 어려울 테니까요."

"그럼?"

"당분간 저와 함께 계셔야 할 것 같습니다."

"나를 잡아두면 경에게 뭐가 이득이지?"

"아무리 제가 공작 각하께 위해를 가한 것을 감춘다 해도 사람들의 눈을 속이는 것은 어렵습니다. 크로우 나이츠나 블루 버드 나이츠가 나선다면 오래지 않아 제가 한 짓이란 것이 드러나겠지요. 하나 그 잠시의 시간을 버는 것으로 충분합니다."

잠시의 시간? 도대체 그 시간을 두고 무엇을 하려 하는 것인지 짐작

할 수 없었다. 아마도 그가 버는 시간에서의 일은 네라드가 주축이 되어 일어날 일이 분명하지만 그 이상의 것은……?

"그 시간에 나에게 위해를 가한 것을 감출 방법이라도 있는 것인가?"

"감추지는 않습니다. 다만 어느 분이 예상하지 못한 전력을 잡아놓을 시간이 필요하다 하시더군요."

"예상하지 못한 전력이라면 크로우와 블루 버드를 말하는 것이겠군."

"그렇습니다. 그분께서는 북부는 이번 일에 손을 대지 않기를 바라고 계시니까요."

"……!"

북부가 손을 대지 않기를 바라는 일은 무엇일까? 예상치 못한 전력을 붙잡아놓기 위한 시간, 그렇다고 한다면 답은 하나 전쟁뿐이었다.

답이 전쟁이라면 그것과 관련된 정치적 움직임도 있을 것이란 생각에 고심해 보았지만 역시나 그 이상의 것은 나오지 않았다.

"론 백작, 애석하지만 이곳으로 오면서 난 뒤에 올 원군을 예상하여 몇 가지 표식을 남겼네. 그것은 알고 있는가?"

"표식?"

"내 휘하의 상급 기사들만 알고 있는 그런 표식이지. 그들이 그것을 발견한다면 내가 위기에 빠져 있음을 알게 되겠지."

"……."

표식. 그 딴 것이 있기나 하겠는가? 정신없이 뛰어다니느라 생각할 겨를도 없었는데. 하지만 이대로 당하기는 억울한지라 녀석을 조금이라도 흔들어야겠다는 생각을 하며 꾸며대었다.

"재물이라 했지? 북부를 장악했다고 할 수 있는 자네 모르게 내가 어떻게 재물을 모을 수 있었을까 하는 궁금증이 들지 않나? 선우드가 했던 밀무역? 그 정도의 사업으로 국왕 폐하께 약속했던 돈을 지불할 수 있다고 생각하나?"

"……."

"어처구니가 없군. 솔직히 자네의 행동은 나에게 방해가 되는 것이 아니었어. 오히려 자네가 나에게 들어오면 이전의 일은 덮어두고 내 수족으로 남게 할 생각이었지. 하지만 말이야, 이번 일은 너무 도를 지나쳤어."

나의 말에 그의 얼굴에서 조금씩 표정의 변화가 생기고 있었다. 자신은 그저 지금껏 해온 일에 보복을 당하지나 않을까 생각해서 행한 일인데 설마 상대는 그것을 전혀 신경 쓰지 않고 있었다니 어찌 심정의 변화가 없겠는가?

론 백작이 나에게 행한 일은 자신의 모든 것을 건 도박이나 마찬가지였다. 위급함을 느끼지 않았다면 이런 도박 같은 짓을 할 위인이 못되는 자였다.

"자네는 모르겠지만 내 사업의 근간은 서먼에 있네. 내전을 이용해 조금 장난을 쳐 재물을 모을 수 있었지. 현재 그곳에 있는 기반은 지금 내 영지와 비교하면 수배를 넘어서고 있네. 재물이 있으면 그것을 지켜야 할 무력이 필요한 것은 자네도 알고 있겠지? 과연 자네가 모르고 있는 내 무력은 어느 정도나 될까?"

"서먼 따위에 남아 있는 무력을 무서워할 것 같소?"

"뭘 믿고? 노턴 코프? 그 정도야 내 영지의 전력으로도 충분히 상대할 수 있다는 것을 자넨 모르고 있어. 내가 왜 자네를 지금껏 남겨두었는지 알고 있나? 그건 자네가 무서워서가 아니라 크로우를 손에 넣기 위해 남들의 눈을 속일 필요가 있었기 때문이야. 그런데 지금은 크로우를 손에 넣은 후이니 전력은 더욱 커졌겠군."

"이드리샤 공작, 죽음이 두렵다면 입 다무는 것이 좋을 것이오."

"죽음? 하하하하!! 우습군. 지금 나에게 죽음으로 위협하는가? 내가 죽는다 하더라도 공작가는 무너지지 않아. 애석하게도 후계자가 남아 있으니 말이야. 그렇게 되면 내 휘하의 기사들은 똑같은 일을 반복하지 않기 위해 북부의 땅을 쓸어버리겠지. 아니, 내가 실종된다면 그 죄를 물어 녀석들은 그 책임을 노턴 코프에 물을 것이야. 아마도 단시일 안에 노턴 코프의 주인이 바뀌겠지."

"크윽……!"

계속되는 나의 말에 침음을 흘리던 론 백작은 이내 자리에서 일어나 노성을 터뜨리며 소리쳤다.

"저들을 당장 포박하고 압송한다!"

"예!"

론 백작의 호통에 레인저들은 급히 우리 쪽으로 다가왔다. 이에 빌 등이 더욱 포위를 좁히며 경계했지만 난 앞에 있던 그의 어깨를 잡으며 말했다.

"검을 내려놓게."

"각하!"

"자네가 싸운다고 해서 처지가 바뀌는 것은 아니지 않는가. 지금은 영지에서 올 원군을 기다리는 것이 좋아."

이미 승산없는 싸움에서 빌을 죽게 하고픈 마음은 없었다. 물론 녀석들에게 잡혀가도 죽임을 면치 못할 수도 있지만 일단 일말의 가능성은 남아 있었기에 그것을 선택했다.

내 말에 빌은 한참을 망설이다 검을 내려놓았고 다른 기사들 역시 검을 내려놓기 시작했다. 곧 이어 레인저들이 몰려와 나와 기사들을 포박했지만 나의 시선은 그들이 아닌 론 백작에게 향하고 있었다.

"어이, 론 경! 각오는 해두고 있는 것이 좋을 것이야. 내가 죽든 살든 자넨 살아남지 못할 테니까. 하하하하하!!"

휴… 미치겠군. 저 머저리 같은 론을 비웃어주는 티를 내기는 했지만 막상 잡혀가려니 불안하기 그지없었다. 그냥 싸우다가 죽는 것도 나쁘지 않았을 것이란 생각마저 들었다.

레인저들에게 포박당한 난 그대로 창문도 없는 마차에 갇힌 채 어디론가로 끌려갔다. 론은 나를 철저하게 관리할 생각인지 빌 경을 비롯한 호위 기사 어느 누구도 나와 같은 마차에 두지 않았다. 그런 때문인지 여러 가지 생각이 머리를 떠나지 않았다. 과연 론은 나를 어디로 데려가려 하는 것일까? 나를 죽이려 할까? 나를 잡아두고 있는 시간에 그는 무슨 짓을 할 생각일까?

하지만 많은 생각 중에 내가 도출해 낸 결론은 아무것도 없었고 그저 답답함이 가슴을 짓눌러 왔다.

그렇게 며칠간 마차 안에 갇혀 도착한 곳이 바로 현재 내가 있는 감옥이었다.

사방이 막혀 있고 어느 때가 밤이고 어느 때가 낮인지 모를 시간이 계속되던 어느 날, 천장의 문이 열리며 누군가의 모습이 보였다.

"크윽……!"

갑작스러운 빛에 눈이 따가울 지경이었지만 그가 적이고 아군이고를 떠나 어두운 공간에서 사람을 보는 것이 오랜만이었기에 아픈 눈을 비비며 상대의 모습을 쳐다보았다. 잠시의 시간이 지난 후 그가 론 백작인 것을 확인한 난 벽에 등을 기댄 채 그를 보며 말했다.

"무슨 일인가?"

"후후후, 당신에게 선물을 하나 건네주기 위해 들렀지?"

그리고 그 말과 함께 그는 무엇인가를 내가 있는 곳으로 던졌고 그 것을 확인한 순간 난 가슴이 철렁하는 느낌과 함께 분노가 밀려왔다.

"론⋯ 론!!"

터져 나오는 분노에 난 천장의 문을 통해 웃음 짓고 있는 론을 노려 보며 소리쳤다. 그가 나에게 던져 준 것은 나의 호위 기사단장인 빌의 수급이었기 때문이다.

"하하하하! 공작 각하의 그런 모습을 보니 이제야 조금 속이 후련해 진 것 같소이다."

"빌⋯ 네⋯ 네놈을 지옥 끝까지라도 찾아가서 죽여주마!!"

"공작 각하에게 그런 시간이라도 있을지 의문이지만 기대해 보겠소이다. 하하하하!!"

"로오온!!"

그 말과 함께 천장의 문은 닫혔고 녀석의 이름을 소리쳐 불러보았지만 더 이상의 대답은 돌아오지 않았다.

남아 있는 것은 아무것도 없는 방과 빌의 수급뿐. 난 한참을 자리에 서서 멍하니 있다 천천히 바닥을 더듬어 빌의 수급을 찾았다.

그리고 얼마 후 끈적끈적한 피의 느낌과 함께 잘려진 그의 수급이 손끝으로 느껴졌다. 목 부위로 느껴지는 것은 잘려진 고깃덩어리의 느낌뿐, 그가 살아 있을 적 알던 것은 아무것도 느껴지지 않았다.

“빌…….”

레빈의 부하로 처음 내 영지로 찾아와 오랜 시간 내 호위를 맡으며 살아왔던 그가 이렇게 수급만 남아 내 손에 들어오자 허망한 마음마저 들었다.

첫 번째 내 호위를 담당했던 레빈의 부하가 죽었을 때는 이렇게 허탈감이 밀려오진 않았는데 그의 죽음은 이상하게도 가슴속에서 무엇인가가 빠져나간 그런 느낌이었다.

아무것도 보이지 않는 어둠 속에서 난 빌의 수급을 옆에 두고 다시 생각에 잠겼다. 빌의 죽음, 현 내 상태의 불안감 같은 그런 생각이 아니라 어떻게 론을 죽일까 하는 그런 생각 말이다.

하지만 이런 생각도 잠시, 어둠 속에 홀로 남아 있으니 론에 대한 분노도 잠시간에 지나지 않았다. 그 때문인지 처음 들어왔을 때에는 잡생각만 가득했던 나였음에도 머리 속은 조금씩 안정되어 가고 있음을 느낄 수 있었다.

보통은 어둠 속에 홀로 남겨지면 공포감을 느낀다는데 난 이상하게도 내 곁에 누군가가 계속 같이 있는 것만 같은 기분이 들었다.

빌의 영혼이라도 같이 있는 걸까? 문득 그런 생각에 빌의 수급을 만져 보았지만 차가워진 고깃덩어리의 느낌뿐 다른 것은 느껴지지 않았다.

원한을 가지고 죽은 이는 언데드가 된다는 말도 있던데 빌은 그다지 원한이 없었나?

하긴 용병으로 살아온 그에게 죽음이란 언제든 올 수 있는 그런 문제였을지도 모르겠다는 생각이 들었다. 그때였다, 푸른빛이 서서히 밝아오기 시작한 것은.

갑작스럽게 밝아지는 푸른 빛에 고개를 돌려보니 그 원천은 빌의 수급이었다. 마치 죽은 시체에서 인이 빛을 발하는 것과 같은 그런 빛이었다.

그다지 밝다고는 볼 수 없었지만 칠흑 같은 어둠 속인지라 빛은 사물을 관찰할 수 있을 정도로 밝게 느껴졌다.

죽은 시체에서 빛이 나올 수 있는가? 물론 사람이 죽을 때 뼈의 인으로 인해 빛이 나오는 것 정도는 오랜 시간 영지에 틀어박혀 하릴없이 책만 읽어왔던 나도 알고 있는 것이었지만 방금 잘린 시체에서도 그런 현상이 일어나는가?

그 때문에 고개를 갸우뚱거리고 있을 때 바닥에서 피가 하나의 형상을 이루고 있음을 볼 수 있었다. 그리고 잠시 후 그것은 하나의 문자로 변해가고 있었기에 난 크게 놀라 소리쳤다.

"제스토!!"

데리언 학파의 마법사인 저주사 이모랄의 제자인 제스토가 근처에 있음을 안 난 나도 모르게 그 이름을 소리쳐 불렀다.

이곳을 나가시겠습니까?

"당연한 말이 아닌가!"

제스토의 글에 난 화난 목소리로 소리쳤다. 이런 어둠 속에서 나가고 싶은 것은 너무도 당연한 일이 아닌가.

그런 당연한 걸 묻는 제스토에게 화가 나 소리치자 잠시 동안 제스토에게선 아무런 반응도 없었다. 그러자 난 혹시나 그가 떠난 것은 아닐까 하는 불안감이 밀려왔다.

"제스토!! 제스토!! 거기 있는 것인가!! 제스토!!"

공작께서 계시는 곳에 있습니다.

"잔말 말고 나를 이곳에서 벗어나게 해주게!!"
소리친 다음 순간 내 옆에 있던 빌의 수급이 허공으로 떠올랐다.
"헉!!"
갑작스러운 상황에 놀란 난 급히 옆으로 피하고 말았는데, 허공에 뜬 빌의 수급은 하늘 높이 크게 치솟아오르는가 싶더니 이내 천장에 있던 덮개 문을 부수어 버렸다.
쿠쿠쿵!!
"끄아악!!"
"뭐… 뭐야!! 헉!! 아아악!!"
"사람 살려!!"
비명 소리와 함께 부서진 문으로 강한 빛이 들어왔다. 잠시 후 부서진 문 쪽에서 하나의 밧줄이 밑으로 내려왔다.
"아!!"

밧줄이 내려오자 급히 밧줄을 타고 올라와 감옥에서 벗어날 수 있었다. 온몸이 땀으로 범벅이 되어 겨우 빠져나온 나의 눈에 병사 여섯 정도가 목이 찢겨진 채 죽어 있는 것이 보였다.

그리고 그 옆에 병사의 목에서 뜯어낸 살점이라 생각되는 것을 입에 문 채 두 눈을 부릅뜨고 있는 빌의 수급이 눈에 들어왔다. 제스토는 빌의 수급을 이용하여 병사들을 해치워 버린 것이다.

사방이 피투성이가 되어 있는 바닥을 보며 난 알 수 없는 거부감이 밀려왔다. 그런 빌의 수급 옆으로 붉은 피의 글씨가 쓰여졌다.

여기까지입니다. 제가 힘을 발휘할 수 있는 시간은 제한적이기 때문에 더 이상 도와드릴 수가 없습니다. 공작 각하의 행운을 빕니다.

"무슨 소리인가! 여기까지밖에 도와줄 수 없다니! 제스토!! 제스토!!"

하지만 더 이상 제스토의 반응은 없었기에 난 이런 녀석의 행동에 노기가 터져 나왔다. 이런 곳에 혼자 남겨두고 알아서 탈출하라는 것이 말이나 되는가.

주위를 돌아보니 커다란 창이 두 개 있는 정방형의 방에는 의자와 음식이 놓여 있는 탁자가 있었다.

배고픈 마음에 탁자 위에 있는 빵을 집어 들어 입에 물곤 근처에 떨어져 있던 창과 검을 집어 들고는 창문 쪽을 살펴보았다.

창문 밖에는 그저 바위, 나무 몇 그루, 어디에서나 흔히 볼 수 있는 산일 뿐 별로 특별한 것은 찾아볼 수 없었기에 현재의 위치를 확인할 길이 없었다.

"우물우물… 음… 보초병이 교체되기 전에 빠져나가는가 아니면 교체된 녀석들을 죽이고 빠져나가는가 하는 것이 문제로군."

보초병이 오기 전에 이곳을 빠져나가는 것도 나쁘진 않지만 시간상으로 보초병이 올 때까지 기다린 후 해치우고 떠나는 것이 나을 것 같았다.

그런 생각에 음식을 먹으며 녀석들을 기다렸고 한 시간 정도가 지나자 창문 밖으로 병사 네 명이 다가오는 것을 볼 수 있었다. 공작가의

가주를 감금해 놓고도 기껏 병사 몇 사람 정도로 나를 감시하려 했다
는 사실에 웃음밖에 나오지 않았다.

녀석들이 다가오는 것을 본 난 문 쪽으로 걸음을 옮긴 후 창을 고쳐
잡았다. 잠시 후 병사들의 대화 소리와 함께 문이 열렸다.

"크아압!!"

"끅!!"

문이 열림과 동시에 앞으로 뛰어나가며 첫 번째 녀석의 복부에 창을
던져 꽂아 넣은 난 다시 몸을 날려 놈의 옆에 있던 병사에게 달려들어
들고 있던 검으로 그대로 목을 베어버렸다.

"헉!! 공작이 탈출을!!"

갑작스러운 기습에 두 명의 동료가 쓰러지자 나머지 두 병사는 크게
놀라며 병장기를 들어 올려 반격을 꾀하려 했지만 일반 병사 따위가
소드 익스퍼트 상급인 나를 상대할 수 있을 리 없지 않은가?

나를 향해 창을 내지르는 녀석의 공격을 왼발을 축으로 몸을 회전시
켜 피한 후 그대로 얼굴을 그어버리곤 다시 발을 박차고 뛰어 다른 한
놈의 검을 팅겨내며 안면에 주먹을 먹였다.

마나가 실린 내 주먹에 놈은 피를 쏟으며 뒤로 쓰러져 혼절했고 내
손에 죽은 병사가 떨어뜨린 창을 들어 그놈의 심장에 꽂아 넣었다.

"휴……."

어렵지 않게 네 녀석을 쓰러뜨린 난 안도의 한숨을 내쉬고는 놈들의
소지품을 뒤졌다. 그리고 얼마 후 20실버 정도의 돈과 음식을 찾아냈
다.

음식은 감옥에서 내가 먹었던 것과 크게 다르지 않았기에 놈들의 교
체가 하루 두 번 있었던 내 식사 시간에 맞춰 있었던 것이 아닐까 하는

생각이 들었다.

그렇다고 한다면 대충 놈들의 교체 시간은 앞으로 여섯 시간에서 여덟 시간, 그 정도라면 상당한 거리를 이동할 수 있겠다는 생각에 대충 필요한 물건을 챙겨서는 며칠간 갇혀 있던 감옥을 빠져나올 수 있었다.

내가 있던 곳은 계곡에 숨겨진 곳이라 얼마 안 있어 작은 내를 찾을 수 있었기에 그곳에서 차가운 물로 목을 축이며 손과 얼굴을 씻었다.

계속 감옥에 갇혀 있었던 탓에 온몸이 찜찜했기에 몸을 씻자 조금 개운한 마음이 들었다.

일단 내를 따라간다면 산에서 길을 잃을 염려는 없을 것이고, 마을도 찾을 수 있기는 했지만 그런 곳에 론 백작의 눈이 없을 리 없었다.

현재의 상황에서야 대여섯 명의 병사를 상대하는 것은 그리 어렵지 않지만, 그 이상이라면 나 역시 힘에 부치는 일이었다. 제대로 된 갑주도 없는 상태에 난전에서 등 뒤로 날아오는 검을 피할 자신이 없었기 때문이다.

그렇다고 한다면 일단 내를 통해 산을 빠져나간 뒤 놈들의 눈을 피해 도주해야 하는데 내가 북부를 돌아다닌 적이 없는 만큼 결코 쉬운 일이 아니었다. 또 의식주 문제를 해결하는 것도 쉬운 일이 아닌지라 답답한 생각이 들었다. 내가 언제 혼자 여행이라도 해본 사람이던가.

하지만 또다시 놈의 손에 잡히는 것보다야 낫겠다는 생각에 길게 숨을 쉬며 천천히 마음을 가라앉히고는 내를 따라 산을 내려갔다.

얼마나 내려갔을까? 날은 점점 어두워지고 멀리서 늑대의 울음소리가 들리고 있었다. 드래곤 산맥은 결코 만만한 곳이 아니었다.

내 영지 주변에야 그저 가끔씩 늑대나 곰이 모습을 보이지만 마물이 나타난 적은 없었다. 하지만 드래곤 산맥에는 마물이 모습을 드러내기도 한다고 했다.

그리고 험지에는 집단을 이루는 오크는 둘째 치고 트롤이나 오우거 같은 중급 마물들도 눈에 뜨인다고 했기에 주의를 기울일 필요가 있었다.

험난한 여정에 피로가 밀려오고 있었지만 놈들이 이미 나의 도주를 알고 있을 상황에서 멈출 수는 없었다. 거기에다 상대는 산에서 누구보다 빠르게 움직일 수 있는 레인저로 이루어진 병력을 소유하고 있기에 쉰다는 것은 용납되지 않았다.

"헉헉!! 헉헉!!"

가쁜 숨을 내쉬며 내를 따라 내려가자 날카로운 바위와 내를 가리고 있는 수풀에 긁혀 여기저기 상처가 나 쓰라렸다. 이럴 줄 알았으면 떠나올 때 제대로 된 병력을 데리고 왔어야 했는데……. 북부의 귀족들을 너무 얕보고 있었던 데다 셔먼으로 향하던 여정과 다르지 않게 생각했던 것이 큰 실수였다.

잡혀 있던 시간을 생각한다면 영지에 원군 요청을 위해 보냈던 기사가 도착하고도 남았을 것이다. 물론 그전에 론 백작이 수를 썼다면 그 기사 역시 도착하지 못했을 수도 있는 일이지만 지금은 그들을 믿을 수밖에 없었다.

계속 시간이 지나 해가 진 숲은 어둠으로 감싸였다. 그저 달빛 정도로만 간신히 앞이 보이는 상황에서 내를 따라 내려가는 속도는 더욱 더뎌질 수밖에 없었고 추위 때문에 온몸이 떨려왔다.

입고 있던 옷은 내를 뛰어 도주하느라 흠뻑 젖은 상황인지라 추위를 막는 것은 어려운 일이었다. 불이라도 피우고 싶었지만 적이 쫓고 있을 상황에서 불을 피울 수는 없었다.

이럴 줄 알았으면 감옥을 뒤져 담요라도 챙겨왔어야 했는데라는 생각이 들었지만 되돌아갈 수는 없었다.

"이러다간 얼어 죽는 것이 먼저겠군… 크윽……."

북부에서 태어나 밤이 되면 산이 어느 곳보다 추워지는 것을 잘 알고 있는 내가 이런 실수를 하다니, 한심한 노릇이었다.

"으드드드……."

첨벙! 첨벙!!

추위 때문에 온몸이 뻐근하여 마비가 되어가는 듯 한 발자국 걷는 것조차 어려웠다.

조금이라도 휴식을 취하며 잠을 청하고 싶은 생각도 없지 않았지만, 만약 그렇게 한다면 그야말로 산속에서 동사를 면치 못할 것이다.

그나마 다행이라면 마나를 돌워 체력을 보강하는 것이 가능했는데 이제 그것마저 한계에 다다른 듯했다. 엡실론의 훈련을 받을 때와는 달리 산의 낮은 기온으로 인하여 체력 저하가 급속도로 이루어지고 있는 상황에서 마나 역시 그 소모가 다른 때보다 훨씬 컸기 때문이다.

내가 익스퍼트 상급이 아니었다면 벌써 수시간 전에 쓰러졌다고 해도 이상할 것이 없는 상황, 지금은 허리에 차고 있는 병사에게서 뺏어 온 숏 소드마저 집어 던지고 싶은 생각이 굴뚝같았다. 바지에 머금어진 물마저 수십 톤의 무게처럼 느껴지는 상황이니 당연한 일이었다.

그렇게 고통스러움을 참으며 계속 걸음을 옮긴 지 얼마 후 작은 폭포가 눈앞에 드러났다.

"헉!"

그리고 그 순간 난 크게 놀라 걸음을 멈추다 그대로 쓰러지고 말았다. 어두운 밤인 데다 체력마저 크게 저하된 상황이었기에 그대로 폭포 아래로 몸을 던질 뻔했던 것이다.

작은 폭포의 고저는 그저 3, 4미터 정도밖에는 되지 않았지만 지금의 상황에 이 정도의 높이에서 떨어진다면 크게 다칠 것이 뻔했다. 하지만 넘어진 탓에 온몸이 흠뻑 젖고 말았기에 추위는 더욱 거세게 내 몸을 자극했고 떨리는 이는 쉴 새 없이 부딪쳤다.

"젠장… 헉헉……."

몸을 일으키자 절로 욕부터 나오는 것이 내 자신이 한심하다는 생각이 들었다. 공작가의 가주라는 자가 이 모양이라니…….

어쨌든 내를 내려가야 하는지라 조심스럽게 나무를 잡고 작은 폭포를 내려갔다. 그렇게 어렵게 1미터 정도를 내려갔을 때 나뭇가지가 부러지며 그대로 밑으로 떨어지고 말았다.

첨벙! 쿵!!

"끄악!!"

그리 높지 않은 곳에서 떨어졌음에도 불구하고 체력이 크게 떨어져 있어 내에 빠지는 순간 근처의 돌에 부딪쳐 강한 통증이 밀려와 나도 모르게 신음을 내질렀다.

"크윽……!"

아픈 마음에 손을 정강이로 가져가자 따뜻한 기운이 손을 자극했다. 다행히 뼈는 부러지지 않은 것 같았지만 상처가 나 피가 흐르고 있었다.

"젠장!!"

피는 흔적을 남기는 것인지라 급히 내의 물을 떠 바위에 묻은 피를 씻어내기 시작했다. 작은 흔적도 남기지 않기 위해 내를 통해 내려가던 터였기에 당연한 행동이었다.

한참을 그렇게 물로 피를 씻어낸 난 옷을 찢어 상처를 동여매곤 다시 걸음을 옮겼다. 하지만 그 순간 통증이 다리로 밀려왔다.

걸음을 옮기자 통증에 다리를 절 수밖에 없었지만 살아서, 반드시 살아서 돌아가 빌의 원수를 갚아야 한다는 생각에 이를 악물며 걸어나갔다.

그러나 도주에 익숙하지 않은 내가 레인저의 눈을 피하는 것은 불가능한 일, 어느 사이에 놈들은 나의 종적을 찾아냈고 난 다시 위기에 처할 수밖에 없었다.

슈슈슉!! 슉!!

온 힘을 다해 도주하고 있을 때 바람을 가르는 소리와 함께 서너 발의 화살이 내 곁을 지나 근처에 있던 나무에 박혀들었고, 이에 크게 놀란 난 급히 나무 뒤로 몸을 은신했다.

삐이익!!

"빌어먹을!!"

나를 발견했다는 것을 다른 이들에게 알려줄 모양인지 호적 소리가 숲을 울렸다.

가지고 있는 무기는 숏 소드 하나, 거기에 몸 상태도 좋지 않은 상황에 어두운 숲이 장소라면 레인저들을 상대한다는 것은 승산이 없는 싸움이었다. 하나 포기할 수 없는 일이었기에 숏 소드를 잡고 있는 손에 힘을 주었다.

잠시 후 10여 미터 떨어진 수풀 쪽에서 무엇인가가 조심스럽게 다가오는 인기척이 들려왔다. 아니, 그 인기척은 앞뿐 아니라 주위 여러 군데에서 느껴지고 있었다.

슈슉!!

"끄압!!"

채쟁!!

그리고 다음 순간 나를 향해 한 발의 화살이 날아왔다. 하지만 이미 예상하고 있었던 일이기에 숏 소드를 휘두르며 화살을 튕겼다. 하지만 공격은 그것 하나뿐이 아니었다. 내가 화살을 튕겨내자 사방에서 다섯 명의 레인저가 활을 겨누며 모습을 드러낸 것이다.

"젠장!!"

숏 소드를 들어 놈들을 노려보았지만 사방에서 화살을 겨누고 있는 레인저들은 조금의 빈틈도 보이지 않았고, 잠시 후 그들이 겨누고 있는 화살이 일제히 나를 향해 날아왔다.

슈슈슉!!

"끄악!!"

놈들이 날린 화살이 오른쪽 허벅지에 박혀들었기에 난 비명을 지르며 그대로 땅으로 쓰러질 수밖에 없었다.

"끄으으윽……!"

엄청난 고통이 밀려왔기에 신음을 참을 수가 없었다. 이런 나를 가운데 두고 놈들은 천천히 내 쪽으로 다가왔다.

화살이 박힌 허벅지에선 붉은 피가 쉴 새 없이 흘러나오고 있었지만 놈들에게 다시 잡힐 순 없다는 생각에 이를 악물고 참으며 그들이 가까이 오기만을 기다렸다. 그나마 다행이라면 론 백작은 나를 이용하여 암계라도 꾸밀 모양인지 놈들이 내 명줄을 끊지는 않고 있다는 것이다.

'날 죽이지 않은 것을 후회하게 해주마! 끄으으윽…….'

아멘 제일의 무가인 이드리샤 가의 공작인 내가 레인저 따위의 화살에 질 수는 없는 일, 놈들이 2, 3미터 정도의 거리까지 다가오는 것을 확인한 난 발을 박차고 일어나 오른쪽에 있는 놈을 향해 숏 소드를 뻗었다.

"헉!! 끄윽!!"

갑자기 몸을 날린 나를 보며 놈은 놀란 표정을 지었지만 그것은 잠시 내 검은 그대로 놈의 목에 박혀들었고, 그와 함께 놈의 등 뒤로 몸을 숨겨 놈의 허리에서 숏 소드를 뽑은 뒤 그대로 놈의 시체를 옆쪽에 있던 레인저에게 집어 던졌다.

"끄아아압!!"

"끄윽!!"

동료의 시체가 자신에게 던져지자 놈은 시체를 쳐내려 했지만 다시 몸을 날린 난 그 기회를 놓치지 않고 놈의 옆구리에 검을 박아 넣은 후 다시 녀석의 검을 뽑아 다른 놈들을 쳐다보았다.

레인저들이 아무리 산에서 뛰어난 능력을 보인다 해도 난 소드 익스퍼트 상급, 근접전에서 지형을 활용하지 못하는 레인저 따위를 처리하지 못할 바보는 아니었다.

"끄윽……!"

하지만 허벅지에 박혀 들어간 화살의 상처는 결코 가벼운 것이 아니었기에 옆구리에 검을 박아 넣은 놈이 쓰러지자 그 후 버티지 못하고 무릎이 꺾일 수밖에 없었다. 그것을 본 남은 세 명의 레인저가 나를 향해 달려들었다.

철저한 훈련을 받았는지 동료가 죽었음에도 단 한 마디의 말도 내뱉지 않은 놈들은 마치 사신과도 같이 보일 정도였지만, 사신 아니라 악마가 온다 하더라도 약한 모습을 보여줄 생각은 없었다.

채쟁! 푹!!

"끄억!!"

스악!!

"끄윽!! 이잇!!"

놈들이 나에게 달려드는 것을 본 난 꺾이는 무릎에 힘을 주며 몸을 날렸다. 이에 놈은 나에게 검을 내질렀지만 난 놈의 검을 쳐내고 그대로 가슴에 검을 먹였다.

하지만 한 놈을 쓰러뜨린 순간 남아 있던 자가 검을 휘둘러 왼쪽 팔을 베어버렸고 뜨거운 열기가 느껴지며 붉은 피가 뿜어져 나왔다.

"끄악!"

심신이 극도로 지쳐 있는 상황이었기에 놈의 검을 피하지 못한 난 고통을 참으며 몸을 회전해 그놈에게 검을 휘둘렀다.

하나 이미 둔해진 몸으론 이들을 상대할 수 없었고 또다시 오른쪽 어깨 쪽에서 뜨거운 기운이 밀려와 검을 놓치며 그 자리에 쓰러지고 말았다.

"끄으윽… 크흑… 흑……."

놈들의 공격에 땅에 얼굴을 처박힌 난 가쁜 숨을 몰아쉬며 일어나려 했지만, 손끝엔 조금의 힘도 들어가지 않았기에 절망감이 밀려왔다.

내가 쓰러지자 남아 있던 두 놈은 다시 호적을 들어 두 번을 불었고 얼마 지나지 않아 숲에서 십여 명의 레인저가 모습을 드러내었다.

"공작을 잡았으면 성으로 돌아간다. 필립!"

"예."

모습을 드러낸 레인저들 중 한 녀석이 쓰러져 있는 나를 보고 말한 후 옆에 있던 젊은 놈을 부르자 그는 고개를 끄덕이고는 나를 업었다.

"끄윽!!"

레인저들의 대장이라 생각되는 놈의 명령을 받은 필립이란 놈은 우악스럽게 나를 들어 올려 등에 업었다.

'다시 놈에게 끌려가는 것인가……'

필사의 탈출이 실패했다는 생각에 절망감이 밀려왔다. 그때 무엇인가 바람을 가르는 소리가 들리는가 싶더니 나를 업고 가던 레인저에게서 신음 소리가 터져 나왔다.

"끅!!"

그리고 그는 그대로 땅으로 쓰러졌다. 이에 고개를 돌려 그를 보자 가슴엔 한 발의 화살이 관통해 있었다.

"적이다!!"

"와아아아!!"

동료가 쓰러지자 레인저들은 적이 나타났음을 눈치 채고 소리쳤지만 그들이 제대로 반응을 하기도 전에 함성 소리와 함께 숲에서 검은색과 푸른색의 갑주를 입은 기사들이 뛰어나왔다.

숲에서 모습을 드러낸 기사들이 방패를 앞세우고 달려나오자 레인저들의 활은 무용지물이 되어버렸고, 그 틈을 놓치지 않고 기사들은 나를 잡으려던 레인저들을 순식간에 전멸시켰다.

"공작 각하!!"

그리고 기사들 중 하나가 황급히 소리치며 나를 향해 뛰어왔다. 흐릿해진 시야로 나의 충실한 기사인 엡실론의 얼굴이 보이자 난 미소를 지을 수 있었다.

"에… 엡실론… 이제야… 왔는가……"

"각하! 괜찮으십니까!"

"나… 난 괜찮네……."

괜찮다는 말과 함께 난 정신을 잃고 말았다. 감옥에서 탈출하느라 지치고 적에게 당한 상처로 인하여 피를 많이 흘린 상태였으니 당연한 일이었다.

내가 다시 정신을 차린 것은 그로부터 삼 일 후로 눈을 뜨니 바닥이 흔들리는 느낌과 함께 곁으로 엡실론과 게리오스의 얼굴이 보였다.

"각하, 정신이 드십니까?"

"…아, 게리오스… 엡실론… 여기는……?"

"영지로 돌아가는 마차 안입니다."

"그래……? 다행이군……."

그의 말을 들은 후에야 난 안심할 수 있었다. 하지만 론, 그리고 그에게 사주한 네라드가 생각나자 분노를 감출 수가 없었다.

"그런데… 어떻게 나를 찾았지?"

북부가 좁은 곳도 아니고 어디에서 사라졌는지도 모르는 상태에서 기사들이 나를 찾았다는 것은 기적에 가까운 일이 아닐 수 없었다.

"페이든 공작의 도움이 컸습니다."

"페이든?"

"예."

페이든 공작이 나를 찾는 데 도움을 주었다는 말에 의외라는 생각이 들었다. 크로우 나이츠 일로 그에게 도움을 받았다고는 하지만 나를 도울 정도까지 관계를 가진 것은 아니기 때문이다.

"페이든이 어떻게 도와주었다는 것인가?"

"페이든은 왕도에서 론 백작과 네라드 공작의 밀담이 있었음을 알았던 듯합니다. 그 때문에 그것에 대해 조사하던 중 공작 각하께서 실종되신 것을 확인하고는 그 일이 연관되어 있음을 알고 알려주었던 것이지요."

"음……."

왕도에서 밀담이 있었다면 아마도 어전 회의 후가 될 것이다. 네라드는 블루 버드 나이츠를 뺏기자 아마도 나의 득세로 불안감에 떨고 있을 론 백작을 부추겼겠지.

그런 생각이 들자 노기가 치솟아오르는 것을 참을 수가 없었다.

"으드득… 네라드 놈… 어디 두고 보자……."

"이번 일은 그냥 넘어가서는 안 되는 일입니다. 이번 기회에 북부를 잠식하고 있는 론 백작의 세력을 처단하고 네라드 놈을 몰아붙여야 합니다!!"

하나 엡실론의 강경한 의견과는 달리 게리오스는 고개를 저으며 반대의 의견을 표했다.

"론 백작의 세력을 축출하고 북부를 손에 넣는 것은 문제가 없으나 이번 일로 네라드를 몰아붙이는 것은 시기상조가 아닐까 합니다."

"시기상조?"

"예. 론 백작의 입에서 네라드 백작의 이름이 나왔다 하나 그것으로는 증거가 되지 못합니다. 네라드와 같은 용의주도한 자가 증거를 남길 리 없음을 생각하면 자칫 저희 쪽이 귀족 연합에 추궁당할 위험이 있습니다."

확실히 네라드는 귀족 연합의 한 축, 그런 자를 아무런 증거 없이 몰아붙였다간 오히려 타 귀족의 지탄을 받기에 충분했다.

“음······.”

확실히 게리오스의 말이 틀리지 않았기에 론 백작밖에 칠 수 없음을 아까워하고 있었는데 그때 마차 밖에서 호위 기사의 목소리가 들려왔다.

“공작 각하, 크로우 나이츠의 리베인 경이 잠시 각하를 뵙고자 청하고 있습니다.”

“리베인 경이?”

리베인은 크로우 나이츠에서 페이든 파에 속하는 인물, 그런 자가 나를 만나고 싶다는 말을 하자 조금 의아한 생각이 들었지만 일단 페이든이 나를 도와준 이상 그를 박대할 생각은 없었다.

“들라 하라.”

“예.”

잠시 후 마차 안으로 리베인 남작이 모습을 드러내었고 그는 누워 있는 나를 보며 정중히 예를 갖춰 인사했다.

“크로우 나이츠의 리베인이 공작 각하께 인사를 드립니다.”

“어서 오게. 그래, 무슨 일로 나를 찾았는가?”

그 말에 리베인은 잠시 주위를 보며 엡실론과 게리오스를 물러주었으면 하는 모습을 보였지만 난 이에 손을 들어 말했다.

“엡실론 경과 게리오스 경은 나의 충실한 신하이니 그대가 무슨 말을 해도 문제가 없을 것이오.”

“그렇다면 말씀드리겠습니다. 페이든 공작께선 이번 네라드의 행태로 공작 각하께서 론 백작에게 납치되신 것에 큰 우려를 보이셨습니다.”

“음… 페이든 공작의 도움이 없었으면 본작은 크게 위험했을 것이니 감사의 인사를 드리고 싶군."

"페이든 공작 각하께 그리 전하도록 하겠습니다. 하나 큰 문제는 아직 사라지지 않았음을 아서야 할 것입니다."

"큰 문제?"

리베인의 말에 난 되물을 수밖에 없었다. 도대체 그가 무슨 의도로 그런 말을 하는지 알 수 없었기 때문이다.

하지만 리베인은 그 이상 아무 말도 하지 않았다.

무엇인가 그가 노리는 것이, 아니, 페이든 공작이 그를 통해 노리는 것이 있다 생각되었는데, 과연 그것이 무엇일까?

알 수 없는 일이었다.

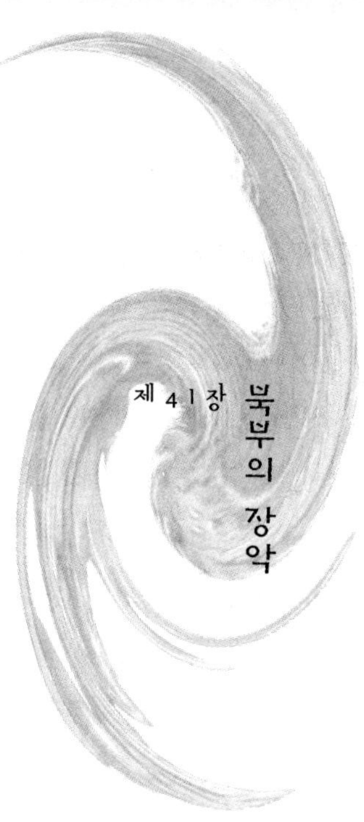
제 4 1 장
북부의 장악

론과 네라드의 암계에서 간신히 빠져나온 내가 영지에 돌아와서 가장 먼저 한 일은 바로 두 기사단과 영지의 사병들을 재정비하는 일이었다.

솔직히 당장이라도 론 백작을 없애고 싶은 마음은 굴뚝같았지만 성급하게 움직이지는 않을 것이다. 나에게 론 이외에도 네라드라는 강적이 남아 있는 상황에서 무리하게 군을 움직여 피해를 늘릴 필요는 없기 때문이다.

그렇게 영지로 돌아온 지 며칠 후 게리오스를 집무실로 부른 나는 현 병력 상황에 대해 물어보았다.

"현재 공작령에서 가용할 수 있는 병력은 6만에서 7만 정도입니다. 물론 그 이상으로 움직일 순 있지만 그것은 공작 각하께서도 바라지 않으실 거라 생각합니다."

　확실히 그의 말대로 원한다면 그 이상으로 끌고 갈 여력은 있었다. 그러나 타국의 병력이 아닌 공작령 자체의 병력만으로 모든 것을 해결하고 싶은 나였기에 게리오스의 말에 고개를 끄덕이며 말했다.

　"그렇다면 복수를 해야겠지?"

　"물론입니다. 하지만 상대는 노턴 코프의 장인 론 백작입니다. 북방을 책임지고 있는 자를 확실한 증거없이 치는 것은 자칫 중앙에 눈치를 살 수 있습니다."

　"나를 해하려 했던 레인저들이 증거가 아닌가?"

　"그 정도야 다른 귀족들에게 전가해도 충분합니다."

　하긴 노턴 코프에 론 백작 혼자 있는 것도 아니니 그 정도야 책임 전가로 충분히 해결할 수 있는 문제였다. 하지만 내 눈으로 직접 놈을 보았음에도 처리할 수 없다는 것이 분했다.

　"자네의 생각은 어떤가?"

　"조금은 지저분하겠지만 암살이 가장 좋을 듯합니다."

　"암살?"

　"저희들에겐 골든 아이가 있습니다. 론 백작이야 처음부터 상대가 되지 않는 자입니다."

　"좋아. 놈들이 행한 방법을 그대로 돌려주는 것도 나쁘진 않겠지. 아니, 빌 경과 나를 위해 죽어간 기사들에 대한 복수도 해주어야겠지. 게리오스! 론 백작과 관련된 모든 것을 수집하게. 그리고 그의 곁에 있는 것과 아끼는 것을 하나씩 철저하게 파괴해 주도록 하지. 나를 해하려 했던 것이 얼마나 멍청한 짓인가를 깨닫게 말이야."

　"알겠습니다."

　게리오스에게 론 백작의 모든 것을 조사하라 명한 후 내가 다음으로 한 것은 그에게 보낼 편지를 쓰는 일이었다.

아마도 놈은 내가 영지에 무사히 도착했음을 알고 있을 것이기에 녀석에게 철저히 겁을 줄 필요가 있었다. 필요 이상으로 나에 대해 주의를 기울이게 하여 천천히 놈의 진을 빼는 것도 나쁘진 않겠다는 생각이 들었기 때문이다.

내가 자리에서 일어나 제대로 움직일 수 있게 된 것은 정신이 든 지 이 주일 정도가 지난 후였다.

아직까지 다리에 통증이 남아 있기는 했지만 언제까지 자리에 누워 있을 순 없는 일, 론 백작과의 싸움에 있어서 나도 한몫하려면 지금부터라도 검술을 연마하는 것이 좋다는 생각이 들었다. 검술이란 것이 오랜 시간 수련하지 않으면 그 실력이 떨어지기 때문이었다.

연무장으로 나가자 기사들이 검을 수련하는 것을 볼 수 있었다. 두 개의 기사단이 가문으로 들어오자 기사의 숫자는 많아진 반면 그 숫자를 감당할 수 있을 만큼 연무장이 그리 크진 못했기에 조금 복잡한 것 같다는 생각이 들었다.

뭐, 나를 찾기 위한 수색대에 참여했던 기사들이 모두 돌아가지 않은 탓에 생긴 현상일 수도 있지만 그래도 연무장을 조금 확장하는 것이 좋을 것이란 생각이 들었다.

떠날 때와 마찬가지로 크로우 나이츠와 블루 버드 나이츠가 무리를 이루어 검을 연습하고 있었는데, 내가 연무장에 들어서자 엡실론 경이 다가와 기사의 예를 취한 후 말했다.

"나오셨습니까, 각하."

"이제 많이 나아진 것 같아 몸을 움직이고 싶어 나왔네. 그건 그렇고 연무장이 조금 복잡해 보이는군."

"예, 아무래도 수색을 위해 왔던 기사들이 많이 남아 있는 탓입니다."

"앞으로도 이런 일이 없을 것이라 볼 수 없는데 계속 이렇다고 하는 것은 조금 문제가 있는 듯하군. 일단 사람들에게 지시하여 기사들의 연무장 부지나 숙소 같은 문제들을 해결하는 것이 좋을 것 같네."

"예, 각하."

"그건 그렇고 레크라스 경은 어디 있지? 간만에 그와 검이나 조금 겨뤄볼까 해서 왔는데 그의 모습이 보이지 않는군."

난 연무장에 레크라스가 보이지 않자 엡실론에게 물어보았다. 그런 나의 말에 엡실론은 내 곁으로 다가와서 조용히 말했다.

"아무래도 알디하렌 제국의 분위기가 좋지 않은 듯합니다."

"응? 무슨 소리인가?"

"에르가 백작이 다크 데블 나이츠를 긴급 소환했습니다. 레크라스 경은 아무 일도 아니라고 했지만 표정이 심상치 않았습니다."

"음······."

에르가 백작이 다크 데블 나이츠를 모두 소환할 정도라면 결코 가벼운 일이 아닐 것이다. 도대체 무슨 일이 있는 것일까?

"제국 쪽은 일단 에르가 백작에게 모든 것을 위임하긴 했는데, 아무래도 대충 사정을 듣는 것이 좋겠군."

"예."

알디하렌은 내 영지의 수입원 중 가장 큰 부분을 차지하는 곳, 그것을 지키기 위해서라도 제국의 안정을 도와야 했다.

난 연무장에서 기사들과 함께 훈련을 같이했다. 아직 나에 대한 충성심이 확실하다고 볼 수 없는 상황이었기에 훈련을 통해 그들과 나의 관계를 돈독히 할 필요가 있었다.

"하압!!"

채쟁!! 챙!! 챙!!

매번 검술을 겨루던 레크라스가 없는 터라 일단 슈펠트 경을 대신해서 대련을 시작했다.

검술 자체만으로는 엡실론을 넘어서는 슈펠트의 검술은 화려하고 날카롭기 그지없는 공격을 주로 구사한다. 하지만 이상하게도 오늘 그의 공격은 나의 눈에 정확히 보이고 있었다.

"영주님, 검술이 상당히 느신 것 같습니다."

"그런가? 합!! 고맙네!!"

여유가 있는 슈펠트에 비해서 난 조금 가쁜 숨으로 상대의 공격을 막아서고 있었기에 말을 하는 것은 쉽지 않았다.

"차압!!"

슈펠트의 검의 움직임을 살펴보던 난 하나의 허점을 찾아내곤 그대로 실드 어택을 사용하여 그의 다리 쪽을 후려치려 했지만 역시나 슈펠트는 나의 공격을 알아채곤 발을 뒤로 뺀 후 그대로 검을 내 머리로 향해 날렸다.

"큭!!"

카강!!

간신히 오른손의 검으로 공격을 막을 수는 있었지만 그 순간 슈펠트는 힘이 떨어져 처져 있던 방패를 발로 후려찼고 그 반동에 내 몸은 뒤로 물러나고 말았다.

"이런……."

몸이 크게 뒤로 밀려나자 중심은 흐트러질 수밖에 없었다.

슈펠트는 그 순간을 놓치지 않고 내 목에 검을 겨누는 것으로 대련은 그의 승리로 끝났다.

"휴… 졌네."

"실드 어택을 들어가는 타이밍은 좋았지만 너무 중심을 앞으로 돌리셨습니다. 그 때문에 어택이 실패하자 중심이 흐트러져 2차 공격이 어려운 것입니다."

"음……."

"모든 공격에 힘을 싣는 것도 중요하지만 그 힘의 최대 한계점은 몸의 균형을 흐트러뜨리지 않는 범위여야 합니다. 물론 상황에 따라 이러한 중심 배분이 달라질 수 있겠지만 평소의 훈련에서는 배분을 잘 조절하는 것이 좋습니다."

역시나 슈펠트는 검술 자체에 대한 지식은 누구보다 뛰어난 듯 보였다. 하지만 내 실력이 조금 나아졌다 생각했는데, 과거에 비해 그다지 늘어난 것 같지 않아 조금 실망이 되었다.

그때였다. 엡실론이 나에게 와서는 말했다.

"검술이 꽤 느셨습니다. 아마도 이번 납치 사건에서의 실전 경험이 검술에 크게 도움이 된 듯하군요."

"지나친 칭찬이군. 슈펠트 경과의 실력 차이는 똑같은 것 같은데 말이야."

"아닙니다. 전과 비교한다면 검속이나 몸놀림, 그리고 중심 이동이 상당히 부드럽고 원활해졌다 생각합니다."

"응? 그런가?"

그 말에 난 조금 기뻤다. 엡실론은 내가 주군이라 할지라도 검술에 관해서는 누구보다 정확히 평가하는 사람이기 때문이다.

"이 정도면 최상급에 버금갈 정도라 생각하는데 어디 시험해 보시겠습니까?"

"엥? 최상급?"

"예, 영주님께 느껴지는 마나의 양이 크게 늘어난 것 같다는 느낌이 들었습니다. 톨로스 경!"

나에게 마나가 늘어났다고 말한 엡실론은 크로우 나이츠 슈페리어 급 넘버 13의 익스퍼트 최상급 기사인 톨로스 경을 불렀다.

톨로스 경은 중검을 사용하는 큰 덩치의 기사였는데 그가 다가오자 엡실론은 나를 보며 말했다.

"톨로스 경은 근래에 최상급에 오른 기사이니 한번 대련해 보십시오."

"알겠네."

나 역시 내 자신이 최상급인지 아닌지 궁금하던 터라 엡실론의 말에 고개를 끄덕이곤 자세를 잡았다.

톨로스는 중검을 이용한 강격을 주로 사용하는 기사로 내가 자세를 잡자 그 역시 강격을 날릴 준비를 했고, 난 그의 자세를 보며 발을 박차 앞으로 뛰어 나갔다.

내가 다가오자 그는 세찬 기세로 검을 휘둘렀는데 역시나 최상급 기사인지라 검속은 중검임에도 불구하고 느리지 않았다.

"합!!"

그의 강격에 순간 발을 박차 쇄도해 들어가던 속도를 떨어뜨리자 그의 검은 간발의 차이로 내 앞을 스쳐 지났고 난 그 틈을 놓치지 않고 그를 향해 검을 휘둘렀다.

카가강!!

내 검이 톨로스의 방패에 적중하자 강한 타격음이 울려 퍼졌는데 그 기세가 가볍지 않은지 톨로스의 방패가 뒤로 밀리는 것을 볼 수 있었다.

"크압!!"

내 검을 방패로 막은 그는 다시 중검을 올려 베기로 휘둘렀고, 나 역시 상대의 검을 방패로 막은 후 2차 공격을 시도하려 했다.

하지만 강격 때문에 몸의 균형이 뒤로 밀릴 수밖에 없어 2차 공격은 시도조차 해보지 못했고 그 기세를 모아 톨로스는 실드 어택으로 방패를 강하게 타격했다.

카강!!

"큭!!"

강격에 2미터 정도 뒤로 밀렸으나 다행히도 몸의 중심은 바로잡을 수 있었기에 밀려오는 톨로스의 공격에 반격을 가할 수 있었다.

뒤로 밀려난 것을 기회로 달려오는 그를 보며 검을 내질렀고 톨로스는 방패로 내 검을 튕겨내며 중검을 휘둘렀지만 왼발을 축으로 몸을 회전하여 중검을 피한 난 그 기세를 살려 다시 검을 휘둘렀다.

검은 그의 방패에 막혔지만 내 공격 역시 약하지 않았는지 그의 방패 또한 뒤로 밀려나는 모습을 보였다. 그때였다, 엡실론이 급히 소리친 것은.

"그만!!"

갑자기 엡실론이 대련을 멈추게 하자 난 그 이유를 알 수 없어 그의 얼굴을 쳐다보았는데 우리 쪽으로 다가온 엡실론은 미소 지으며 말했다.

“이번 승부는 무승부입니다.”

“무슨 소린가? 아직 톨로스 경이나 나나 제대로 된 공격조차 하지 못했는데 말이야.”

“방패를 보십시오.”

그의 말에 방패를 본 난 놀랄 수밖에 없었다. 톨로스의 강격 때문인지 방패에 금이 가 있었기 때문이다.

“이런…….”

“상대의 강격을 방패로 막는 것도 좋지만 그렇다고 방패만을 사용하는 것은 옳지 않습니다. 방패가 상대의 공격을 영원히 막을 수 있는 것은 아니니까요.”

“음…….”

“그런 면에선 톨로스 경도 마찬가지이네. 자네의 방패 역시 영주님과 마찬가지이니 말이야.”

“아!”

그 말에 톨로스의 방패를 보니 그의 방패 역시 조금 금이 가 있는 상태였다. 아마도 그런 이유로 무승부를 선언했을 것이다.

또다시 생각해 보니 내 공격이 막힌 상황에서 나 역시 상대의 공격을 받아야 하는 상황, 분명 방패를 사용했을 것이기에 전체적으로 본다면 내가 조금 밀리고 있는 상황이었다.

아마도 엡실론은 그런 것을 알고 내 공격이 끝난 시점에서 대련을 멈추게 했을 것이다.

“어찌 됐든 영주님의 검술이 늘었음을 확인할 수 있군요. 대충 최상급의 초입 정도까지 느신 듯합니다.”

“최상급이라…….”

그 말에 난 감격에 젖었다. 익스퍼트 최상급이라 한다면 내가 염원하던 실력에 도달했다는 뜻이었다.

현재 내가 크로우 나이츠를 차지했다고는 하지만 아직 넘버 1의 칭호는 얻지 못하고 있었다. 넘버 1의 칭호는 대대로 이드리샤 가에서 맡고 있었지만 반드시 그만큼의 실력이 필요한 것이 전제였다. 즉, 슈페리어 상위급이라 할 수 있는 최상급의 실력이 아니면 넘버 1의 칭호는 주어지지 않았다.

그런 이유로 아직까지 넘버 1의 칭호를 얻지 못하고 있었는데 지금 내 실력이 최상급이라면 넘버 1의 칭호를 받을 자격이 있었다.

하지만 이내 고개를 저었다.

리베인이 남아 있는 한 크로우 나이츠는 아직 내 소유라고 말하기에는 뭔가 문제가 있다는 생각이 들었기 때문이다.

"최상급이라… 아직 멀었다고 생각하네, 이 정도론 말이야."

일주일 후 그동안 론 백작을 조사하라고 보냈던 골든 아이의 정보원에게서 소식이 들어왔다.

론 백작은 슬하에 삼 남 일 녀를 두고 있는데 장남은 현재 노턴 코프에서 고위 무관 직에 올라 있었고, 둘째 아들 역시 무관으로 북동쪽 영지의 주인인 리온 남작의 장녀와 혼인한 상태였다. 그리고 셋째 아들은 영지에 머물고 있었고, 그의 하나뿐인 딸은 내가 납치되어 있었던 페스론 영지의 영주 페스론 자작의 장남과 혼인한 상태였다.

그것을 제외하고도 그의 네 명의 처첩 모두 북부의 귀족들과 밀접한 관련이 있었기에 피를 통해 주변의 영주들을 자신 쪽으로 끌어들이고 있었다.

뭐, 나야 사정이 다르긴 하지만 보통 귀족들이 근처의 영주들과 이런 정략결혼을 통해 가문을 유지하는 것을 아는 나로선 고개가 끄덕여졌다. 그리고 골든 아이의 정보에 따르면 직접은 아니지만 간접적으로 론 백작이 네라드 쪽과도 밀접한 관계를 유지하고 있음을 알 수 있었다.

하긴 이 정도의 연이 있지 않았다면 북부 역시 네라드나 페이든의 야욕에 잡아먹혔을 것이 분명한 일이었겠지.

"론 백작과 네라드를 잇는 선은 아마도 네라드 백작 차남인 트리만 자작이라 생각합니다. 트리만 자작은 론 백작의 사촌인 리먼스 남작의 딸을 처로 두고 있습니다."

"북부 귀족 중 반 이상이 론 백작과 혈연 관계를 맺고 있다는 것이군."

"어찌 됐든 론 백작가는 북부의 명문가이니까요."

명문가일수록 정략결혼이 필수라는 것은 나도 인정한다. 어찌 됐든 피보다 더 가까운 것은 없으니 말이다.

그렇게 보면 론 백작 녀석, 만만한 놈은 아니었다. 그가 소유한 노턴코프의 군사력을 제외하고도 혈연을 맺은 영주들의 사병들만 해도 상당한 숫자가 되기 때문이다.

하지만 그래 봤자 론 백작 밑에 사는 떨거지들에 불과할 뿐 그 이상도 이하도 아니라는 생각이 든 난 게리오스를 보며 말했다.

"그의 자식들의 목을 잘라 놈에게 보내게."

"예."

그날 이후 난 론 백작을 상대로 한 대대적인 암투를 벌였다.

암살대가 첫 번째로 노린 것은 그의 외동딸이자 페스론 자작의 장남과 혼인한 레니아란 여인이었다.

생긴 것은 론을 닮았는지 지독한 추녀임에도 불구하고 그럭저럭 잘 생겼다 생각되는 페스론 자작의 장남 미트론에게 시집간 그녀는 저택에 있는 어떠한 하녀도 자신보다 잘난 여인은 허락하지 않았다.

아마도 잘생긴 자신의 남편이 행여나 다른 여인을 품지 않을까 하는 불안감 때문이라 생각했는데 그것이 괜한 의부증이란 것을 말해 주는 증거는 그녀의 남편인 미트론은 그녀 외에는 어떠한 여인도 가까이 하지 않는다는 것이다.

잘생긴 외모임에도 불구하고 가문을 위해 여인이라 보기에도 어려울 추녀와 결혼한 그였는데, 보통 이 정도면 첩이라도 하나 둘 만도 한데 그는 행여나 론 백작의 눈총을 살까 그러한 짓도 하지 못했다.

그런 때문일까? 페스론은 장남 미트론을 누구보다 아꼈다.

하지만 이런 남편을 두고도 그녀의 의부증은 쉽게 사라지지 않아 저택에선 한 달에 두세 명씩 그녀의 손에 죽어가는 하녀들이 있었기에 난 그 부분에 장난을 쳤다.

어차피 페스론 자작 역시 나의 손에 죽어야 할 자였기에 명령을 내려 먼저 그녀의 남편인 미트론이란 자를 하녀 중 한 명과 같은 침대에서 복상사로 죽은 것처럼 위장해 없애게 했다.

그러자 론 백작의 딸인 레니아는 미친 듯이 날뛰더니 죽은 자신의 남편을 갈가리 찢어버리고 하녀와 함께 짐승의 먹이로 던져 버렸으니 과연 론 백작의 딸이란 생각이 들었다.

하지만 이것이 페스론 자작의 눈에는 어떻게 보였을까? 가문을 위해 모든 것을 희생하며 자신의 뒤를 받쳐 주던 장남이 죽었으니 그의 분노는 엄청날 수밖에 없었다.

그러나 아들이 미트론 하나만 있는 것도 아니었고 가문을 위해서라도 그는 결코 론 백작의 딸인 레니아를 건드릴 수 없었다. 때문에 그는 레니아를 론 백작의 영지로 돌려보냈는데, 그 순간을 노린 난 암살대로 하여금 그녀를 습격하게 했다.

그리고 그녀의 목이 들어 있는 상자를 위조된 페스론 자작의 편지와 함께 론 백작에게 보냈다. 아들의 죽음에 대한 대가로 레니아의 목을 베었다는 내용으로 말이다.

시집간 자신의 딸이 머리만 돌아왔으니 머저리 론이 앞뒤 사정 볼 것 없이 날뛰는 것은 당연한 일, 그는 노턴 코프의 병력을 움직여 자신의 장남인 크레스를 대장으로 페스론 자작령을 공격했다.

론 백작의 장남 크레스는 자신의 아비와 닮은 성정을 지닌 자였다. 노턴 코프에서 고위 무관으로 있으면서 보호비라는 명목으로 주변의 영주들에게 긁어낸 돈이 작년만 해도 50만 골드, 그것도 론 백작이 받는 상납비와는 다른 명목으로 걷어내는 돈이었다.

또 여인을 상당히 밝히는 자였기에 그는 론 백작의 명령을 받아 페스론 자작령을 공격하고 있음에도 불구하고 자신의 거처에 십여 명의 미인을 데리고 향락에 빠져 있었다.

귀족이 전쟁터에 여인을 데리고 가는 것은 흔히 있는 일이지만 전투를 코앞에 두고도 지휘관이란 자가 여인의 품에 안겨 있다는 것은 자질 부족에 앞서 무관으로서의 자세가 되어 있지 않았다.

물론 상대인 페스론 자작의 병력이 겨우 2천 정도밖에 되지 않는다고는 하지만, 방심은 패전으로 이어진다는 것을 모르는가?

어쨌든 그의 방만한 정신 덕에 놈을 해치우는 것은 그리 큰 일도 아니었다. 미트론과 마찬가지로 놈은 얼마 지나지 않아 자신이 안고 있던 여인의 품에 안겨 목이 사라진 채 세상을 떠야 했기 때문이다.

그리고 난 그의 목을 페스론에게 보내 버렸다. 그 때문에 오해를 풀고 싶은 페스론은 빠져나갈 수 없는 수렁에 빠져 버렸고, 지휘관을 잃었다고는 하나 노턴 코프의 무관이 크레스란 자 하나만 있을 리 없었기에 개전 이틀 만에 페스론은 노턴 코프의 2만 병력에 의해 무너지고 말았다.

아들인 크레스가 죽자 론 백작은 그 복수를 한다며 페스론 영지에 대대적인 약탈을 지시했고, 한때 론의 측근으로 북부에서 명망있던 귀족 중 하나인 페스론 가는 그렇게 사라지고 말았다.

하지만 페스론 가의 멸문은 그동안 론 백작가와 혈연을 통해 맺어 있던 다른 귀족가를 술렁거리게 하기에 충분했다.

앞뒤 정황을 따져 보아도 이번 사건은 론 백작 쪽의 잘못이었기 때문이다.

투기로 남편을 살해하고도 모자라 그 시신을 짐승의 먹이로 준 딸의 죽음에 복수를 한답시고 측근을 베어버리는 론 백작의 행동은 지금까지 나의 등장으로 흔들리고 있던 귀족들의 마음을 돌리게 하기에 충분했던 것이다.

그런 때문에 많은 수의 귀족이 서신을 보내어 나를 따를 것임을 표명했고 론 백작은 한순간에 반 이상의 지지자를 잃고 말았다.

암살대의 다음 목표가 된 것은 론 백작의 차남인 하렌으로 리온 남작의 장녀와 결혼하여 앞으로 리온 남작가를 이어받게 될 사람이었다. 하지만 문제는 론 백작의 장남인 크레스가 페스론 자작과의 전투에서 죽임을 당했다는 것이었고 그 때문에 다음 계승자는 하렌이 되어버린 것이다.

리온 남작가의 차녀는 근처의 텔피온 남작의 차남과 혼인한 상태였고 하렌과 리온 남작가의 장녀 사이에는 아들이 하나 있었다.

하렌이 백작가의 계승자가 된 상황이라 원래는 차녀의 남편인 텔피온 가의 차남이 리온 남작가를 이어야 하는 것이 당연했다. 하렌의 아들은 그를 이어 백작가를 잇게 되기 때문인데 그는 리온 남작가를 손에 넣기 위해 아직 네 살밖에 되지 않은 자신의 아들을 리온 남작가의 계승자로 만들어 버렸다.

물론 그 이면에는 론 백작의 지시가 있었을 것은 분명한 일, 그로 인해 텔피온 가의 차남이 반발한 것은 당연한 일이기에 그것을 확인한 난 하렌의 아들을 독살했다.

멀쩡하던 자신의 아들이 죽자 하렌은 크게 노했고 아들의 죽음으로 가장 이득을 볼 자가 텔피온 가의 차남임을 안 그는 리온 가와 노턴 코프의 병력을 이끌고 텔피온 가를 귀적에서 지워 버리며 그 영지를 흡수해 버렸다.

하지만 문제는 텔피온 가의 삼남인 필리포가 노턴 코프 소속의 기사였다는 사실, 그는 가문의 몰락과 함께 노턴 코프에서 쫓겨나 론 백작가 소속의 기사들에 의해 죽음의 위기에까지 몰렸다.

물론 중간에 그를 구한 것은 나였고, 이에 텔피온 가의 삼남 필리포는 나에게 약간의 병사를 빌려달라 요구하고는 자신의 가문을 찾기 위해 리온 가를 공격했다.

내가 필리포에게 빌려준 병력은 블루 버드 나이츠 소속의 기사와 함께 정병 3천, 남작가 따위가 상대할 수 있는 병력이 아니었기에 이 싸움으로 리온 가 역시 사라지고 말았다.

자신의 처가가 필리포에 의해 사라졌다는 소문을 들은 하렌은 다시 노턴 코프의 병력을 이끌고 필리포가 있는 곳으로 향했지만 애석하게도 론 백작가와 정면 대결을 할 생각이 없던 난 필리포와 함께 병력을 철수시켰다.

그 때문에 하렌이란 놈은 닭 쫓던 개 지붕 쳐다보는 꼴이 되어버렸고, 그런 와중에 난 골든 아이를 통해 필리포가 텔피온의 가주와 친분이 있던 세일런트 남작가에 몸을 숨겼다는 거짓 소문을 퍼뜨렸다.

그 소문을 들은 하렌이 세일런트 남작가를 치려 했는데 난 세일런트 남작가에 이 사실을 알림과 동시에 그를 내 영지 쪽으로 피신시켰다.

물론 하렌은 세일런트 남작이 도망갔음을 알고 그의 영지를 약탈하며 분을 해소했고 그 때문에 주변 영주들은 바짝 긴장 상태에 들어갔다. 아무 죄도 없는 세일런트를 친분이 있다는 이유만으로 쳐버렸기 때문이다.

론 백작가의 밑에서 친분을 유지하고 있던 귀족가들 중 많은 이가 텔피온 가와 면식이 있었다. 이런 조금은 도가 지나친 행동으로 인하여 점점 론 백작가는 북부에서 그 지지자를 잃을 수밖에 없었고, 왕도에는 론 백작가의 지나친 행동을 항의하는 상소가 끊이지 않았다.

암살과 함께 적절한 정보 조작이 북부의 명문가로 많은 귀족가의 지지를 받고 있던 론 백작가를 5개월 정도의 시간 만에 간단히 고립시켜 버린 것이다.

"대충 론 백작가의 주변은 정리된 것 같군."

"그렇습니다."

골든 아이로부터 5개월간의 활동을 모두 보고받은 난 미소 지으며 게리오스에게 말했고, 이에 게리오스 역시 만족했는지 고개를 끄덕이며 답하고는 계속 말을 이었다.

“이 정도라면 적당히 정공을 해도 문제가 없을 것이라 생각합니다.”

“정공이라면 내가 직접 나서라는 말인가?”

“어찌 공작께서 이런 하찮은 일에 직접 나서시겠습니까? 적당한 장기말이 들어왔으니 그것을 이용함이 좋을 것이라 생각됩니다.”

“적당한 장기말? 아! 필리포와 세일런트 남작가를 말하는 것이군.”

“예, 공작 각하.”

역시 게리오스. 하긴 이런 일에 직접 내가 나설 것은 없겠지. 하지만 다시 생각해 보니 내 복수를 남에게 맡기는 것 같은지라 조금 마음에 들지는 않았다.

“음… 병력은 어느 정도나 지원할 생각인가?”

“5천입니다.”

“응? 5천?”

그의 말에 난 게리오스를 보며 의아한 표정을 지었다. 노턴 코프의 수장인 론 백작은 페스론 자작 때에도 2만에 가까운 병력을 움직였기 때문이다.

5천이 적은 숫자는 아니었지만 론 백작의 힘을 생각하면 터무니없이 적은 숫자였다.

“론 백작은 노턴 코프 외에도 근처의 영주에게서 병력을 더 동원할 능력이 있는 사람이네. 그런데 5천이라니… 그건 조금 무리가 아니겠는가?”

“물론 무리입니다.”

“그런데 왜?”

“몰락한 필리포와 세일런트 가로는 5천의 병력을 움직일 힘이 없습니다.”

“그렇지.”

둘 모두 남작가, 사병 제한법이 남아 있는 한 남작가 둘이 합친다고 해도 5천이나 되는 병력을 모은다는 것은 불가능한 일이었다.

“바로 그런 이유입니다. 몰락한 텔피온 가와 세일런트 가가 5천의 병력으로 론 백작에게 복수전을 꾀한다 하면 북부의 영주들은 어찌 생각할까요? 분명 뒤에서 누군가 두 사람을 밀어주고 있음을 알 것입니다.”

“그렇지…….”

“북부에서 5천이나 되는 병력을 운용할 수 있는 귀족가는 단 두 개의 가문, 이번 싸움의 적이 될 론 백작가와 이드리샤 공작가뿐입니다.”

“아!!”

“이 싸움에 공작께서 나서신다면 네라드의 간섭을 피할 수 없습니다. 하나 불의한 일에 가문을 잃은 두 남작가가 나서는 싸움에 남부 귀족인 네라드 공작이 나서는 것은 어려운 일이지요.”

“음… 그도 그렇군.”

“또 이미 론 백작가는 주변의 영주들에게 신망을 잃은 인물, 이미 북부의 대세가 이드리샤 가로 기울어가고 있는 상황에서 공작가가 밀어주고 있는 텔피온 가와 세일런트 가가 단 5천의 병력으로 론을 상대하려 한다면 어떻겠습니까? 대세를 타야 하는 타 영주들이라면 무엇을 어찌해야 할지는 알겠지요.”

과연 내가 두 가문을 밀어주고 론 백작을 치려 함이 알려지면 내 쪽으로 붙으려 할 영주들이 나서려 들 것은 불을 보듯 뻔한 일이었다. 거기에다 이번 싸움에 패한다고 해도 론 백작이 북부의 대세를 엎는 것은 불가능한 일, 난 적당히 주변 영주들을 부추겨 이번 싸움에 참여하게 하면 그것으로 끝인 것이다.

"난 그저 영주들에게 가벼운 내용의 서신이나 써주면 끝이라는 것이군."

"예, 각하."

"하나 론 백작은 노턴 코프의 수장, 중앙에서 중재를 하려 할 것이 분명한데?"

"이번 일은 론 백작가가 먼저 시작한 일입니다. 중앙에선 알면서도 간섭할 수 있는 일이 아니지요."

귀족의 관례에 있어 하위 계급의 귀족이 상위 계급을 치는 것은 엄연한 내란죄에 속하지만 걸어온 싸움에 맞대응하는 것은 그리 큰 문제가 아니었다.

물론 상위 계급이라 할지라도 불의한 일로 하위 계급의 영주를 치는 것은 엄연한 왕법이 허락하지 않는 일이지만 그거야 귀족 서열을 무시했다는 명목을 붙이면 그만이었다.

"물론 그와 함께 왕가에 양해를 구하는 것도 잊으시면 안 됩니다. 이번 싸움의 주체가 몰락한 두 가문이라 하지만 타 영주들의 도움도 필요하니 말입니다."

"알겠네. 골든 아이에서 지금까지 모아온 적당한 증거물과 함께 노턴 코프를 왕가를 따르는 귀족에게 맡긴다는 약조를 하면 왕가도 그리 문제 삼지는 않을 것이라 생각하네."

"페이든 쪽에도 양해를 구하는 것이 좋을 것입니다."

"리베인 남작이 영지가 없었지? 이 참에 그에게 영지를 마련해 주는 것으로 하지."

"좋은 생각입니다."

　어차피 당분간 보기 흉해도 쳐내지 못하는 가지가 리베인이라고 한다면 적당히 구슬리는 것도 나쁘지 않을 것이고, 페이든 측에서도 북부에 자신 쪽의 영지를 가지게 되니 나쁠 것은 없었다.

　동부와 서부 쪽 귀족들이 내 손을 들어준다면 론 백작 건이 귀족의 계급을 무시하는 일이라 할지라도 무난히 처리할 수 있는 일인지라 난 게리오스에게 작전을 시행하라 명했다.

　귀족과 귀족 간의 사사로운 마찰은 때론 무력 대결까지 치닫는 경우가 많다. 귀족에게는 자존심이라는 것이 의무만큼이나 무거운 것인지라 간단한 일도 쉽게 넘어가지 못하기 때문이다.

　이럴 경우에는 물론 직접 결투를 통해 해결하는 수도 있는데 의무가 존재하는 귀족들에게 사사로운 일로 인한 결투라는 자체가 기품에 손상을 주는 일인지라 보통은 대리인을 통해 해결한다.

　그리고 패자는 승자에게 배상금을 지불하게 하는 것이 아멘의 국법. 하지만 국법이라고 하는 것 자체가 왕가와 귀족들에 의해 만들어진 만큼 제대로 지켜지지 않는 것이 보통이었다. 그 때문에 타 귀족의 땅이 탐난다면 가장 쉽게 해결할 수 있는 일은 무력으로 그 땅을 집어삼키는 일이다.

　물론 그럴 경우엔 중앙에 연이 닿아 있는 고위 귀족에게 약간의 뇌물을 바쳐 일을 적당히 무마시켜야 하는 것은 필수였다.

　하지만 그러한 대결도 백작 이상의 고위 귀족으로 올라가면 상황이 달라진다. 첫째로 백작가 이상의 고위 귀족들이 결투 같은 것으로 자신의 기품을 손상시킬 리 없고, 둘째로 고위 귀족쯤 되면 정계에서 얽히고 설키는 사이인지라 함부로 서로를 건드릴 수 없다는 것이다.

　뭐, 그런 것을 다 떠나 싸우게 되는 경우에는 왕가의 중재 아래 정당한 결투로 승부를 보긴 하지만 고위 귀족들이 무력으로 싸우는 사례 자체가 적기 때문에 이런 결투도 흔히 찾아보기는 어렵다.

그러니 고위 귀족들이 양쪽의 군대를 가지고 싸우는 사례는 더 더욱 찾아볼 수 없는 일, 백작쯤 되면 소유할 수 있는 병력 자체가 달라지기 때문에 자칫 내란죄가 적용될 수도 있기에 그런 것은 서로가 삼가하고 있었다.

하지만 한 번 고위 귀족끼리의 전투가 시작되면 1천 명 이상의 사상 자는 불가피한 일이었고, 그 당사자가 고위 무관 직까지 소유하고 있는 자라면 그 숫자는 자칫 1만 이상으로 늘어나는 국가 간 전쟁 수준이 되기도 했다.

론 백작을 상대로 한 이번 계획 역시 국가 간 전쟁 수준까지 이른 결 투라고 볼 수 있었다.

3만의 병력으로 이루어진 노턴 코프는 서류상으로는 국가 소속의 군대라고는 하지만 노턴 코프의 수장을 론 백작가에서 대물림하고 있는 상황에서 그 병력은 사실상 론 백작가의 사병이라 해도 과언이 아니었다.

물론 국가 소속의 군대를 모두 움직인다는 것은 월권이지만 그중 일부만 하더라도 북부에서는 나를 제외하고는 상대하지 못할 귀족이 없었다. 사병 제한법에 묶여 있는 것이 아멘의 귀족인 상황에서 그야말로 론 백작은 지금까지 북부의 왕으로 군림하고 있었던 것이다.

하지만 이번 전투에 한해서는 그는 상당한 긴장감을 감추지 못할 것이다. 론 백작가에 의해 무너져 버린 텔피온 가와 세일런트 가가 내가 지원한 5천의 병력으로 론 백작가에 도전하자 북부는 큰 혼란에 빠질 수밖에 없었다.

남작에 지나지 않은 두 귀족가가 고위 귀족인 백작가에 사병 제한법에 묶여 현실상 불가능한 5천의 병력을 이끌고 도전했으니 당연한 일이 아니겠는가?

그 때문에 상황이 어떻게 돌아가는지 모르는 북부의 여타 귀족들은 이 일을 어떻게 처신해야 하는지 고민할 것이다.

그런 와중에 난 은밀히 북부의 귀족가에 공작가의 이름으로 편지를 보냈다. 노골적으로 편들라는 투는 아니지만 은근히 그들을 자극하며 두 남작가에 병력을 지원한 것이 공작가임을 말해 주었고, 남작가에 도움을 주지 않는다면 앞으로 북부에서의 생활이 그리 만만치 않을 것이란 투로 말이다.

그러자 일주일도 지나지 않아 북부의 수많은 가문에서 공작가로 답장을 보내왔고 그 편지의 대부분은 공작가에 충성을 맹세한다는 것이었다.

그리고 그러한 충성의 증표로 이들 귀족가는 자신이 보유하고 있는 사병들을 모아 은밀히 론 백작가에 도전하고 있는 두 남작가의 병력에 합류시켰고, 얼마 되지 않아 처음 5천의 병력이었던 두 가문의 병력은 이젠 1만 3천에 이를 정도가 되어버렸다.

성에서 골든 아이가 모아온 정보를 게리오스를 통해 들은 난 생각대로 일이 돌아가자 미소를 지었다.

"호오! 상당히 불어났군."

"북부 귀족들이 너나 할 것 없이 보유하고 있던 사병 대부분을 지원했으니 당연한 일이 아닐까 합니다."

그의 말에 고개를 끄덕인 난 문득 북부의 다른 백작가가 생각나 그를 보며 물었다.

"그런데 말이야, 알렌스 백작가와 피블론스 백작가의 반응은 어떻던 가?"

알렌스 백작가는 대대로 문관 고위 관직을 역임한 가문으로 현재의 가주 역시 중앙에서 관리 직을 수행하고 있고, 피블론스 백작가는 무관 직으로 노턴 코프와 중앙에 적을 두고 있었다.

"아마도 공작가가 끼어든 이상 어느 편에도 쉽사리 손을 들어주진 못할 것이라 생각됩니다."

"피블론스 가의 가주가 노턴 코프의 총참모 직에 있다고 들었는데, 그가 끼어들지는 않을까?"

"물론 가능성이야 없지 않지만 론 백작가가 공작가에 대적할 수 없음은 그도 잘 알고 있을 것입니다."

"그렇지? 음… 그런데 말이야, 이 피블론스 가를 잘만 끌어들이면 노턴 코프 내의 힘 겨루기 같은 것으로 속일 수 있지 않을까?"

"가능이야 하겠지만 북부의 백작가는 앞으로 정계에서 이드리샤 가에 힘이 되는 존재가 될 것이니 내버려 두는 것이 좋을 것 같습니다."

"하긴 자칫 북부로 엉뚱한 놈이 자리를 잡을지 모르니 말이야. 좋아, 그럼 어디 싸움 구경이나 하러 가볼까?"

"예, 각하."

이번 싸움에 내가 끼어들 생각은 없었지만 이 좋은 구경을 놓치고 싶은 생각도 없고 은근히 놈을 압박하기 위해서 공작가의 병력을 준비 시켜 두고 있었다.

기사 1천과 기병 2천, 보병 3천 총 6천의 병력으로 대외적으로는 이번 싸움을 중재하기 위함이라는 명목으로 움직이겠지만 중재는 무슨 중재겠는가? 상황을 봐서 두 남작가를 지원해 줄 생각으로 끌고 온 병력이었다.

아무튼 내가 끌고 갈 병력과 합친다면 론 백작가를 향하는 병력은 총 1만 9천, 노턴 코프의 총병력이 3만이라고는 하지만 모두를 움직일 수 없기에 병력비는 아마도 근소한 차이가 될 것이다.

6천의 군세를 이끌고 북부 카이달 령에 도착하자 카이달 자작을 포함한 이번 론 백작과의 전투에서 직접 전투에 참여하게 될 십여 명의 귀족이 나를 기다리고 있었고, 그중에는 필리포 텔피온도 포함되어 있었다.

이들과 함께 카이달 자작령에 임시로 마련된 작전 회의소에 도착한 난 게리오스와 함께 이번 원정군에 기병대 대장으로 임명한 크리븐 경과 엘트로우스 경, 키스 경과 함께 작전 회의에 들어갔다.

개인적으로 이번 기회에 크로우 나이츠와 블루 버드 나이츠의 실전 훈련을 겸하고 싶은 마음이 있었지만 이번 전투에선 이드리샤 공작가가 나섰다는 것은 감추어야 하기 때문에 어쩔 수 없이 레빈의 애로우 나이츠 소속의 슈페리어 급 기사를 지휘관으로 임명해야 했다.

"게리오스, 북부 지도를 펼치게."

"예, 공작 각하."

나의 말에 게리오스는 탁자 위로 북부의 지도를 펼쳤고 이어 나무로 만든 인형을 전략 지도 곳곳에 올려놓았다.

간단히 전략 지도와 병력 상황을 목조 인형을 통해 구현해 놓자 난 다른 귀족들을 보며 말했다.

"오늘 이렇게 자리하여 그대들을 만나게 되어 반갑소. 그대들도 알다시피 북부는 다른 곳에 비해 경제적으로나 군사적으로나 크게 뒤처져 있는 상황이오. 이것은 공작가는 물론 북부의 여러 가문이 현실을 직시하지 못하고 자기 안위에만 급급했던 것이 그 이유이니 본작은 선조들을 대하기 심히 부끄럽지 않을 수 없소. 하나 과거의 잘못을 안다면 그것을 고쳐 나가고 더 나은 방향으로 발전시키는 것이 우리 귀족들의 당연한 의무이니 오늘 그대들과 본작은 새로운 북부를 위해 앞장서야 할 것이오."

그렇게 말한 난 지휘봉으로 론 백작령을 가리키고는 계속 말을 이었다.

"북부가 이렇게까지 뒤처진 가장 큰 이유는 바로 론 백작가가 원흉일 것이오. 북부의 가장 큰 군사력이었던 노턴 코프의 수장임에도 불구하고 그는 자신의 사리사욕을 채우는 데에만 급급하여 북부의 발전에 사용될 자금으로 자신의 배를 불려왔고 이로 인하여 북부는 그 발전의 가능성을 계속 놓쳐야만 했소. 이에 본작은 론 백작에게 일침을 가함으로써 북부를 쇄신하고자 하니 귀작들의 많은 도움을 바라오."

내 말이 끝나자 게리오스는 앞으로 나가서 지휘봉으로 한곳을 가리켰다. 그곳에는 론 백작가의 병력을 표시하는 나무 인형이 두 개 놓여 있었다.

"이번 원정군의 총참모 직을 맡고 있는 게리오스입니다. 노턴 코프의 론 백작군은 파울란 성을 중심으로 로테론, 크레몬, 팔티온으로 이어지는 북부 방어선을 유지하며 산악 지형에 빠른 기동력을 지닌 레인저들을 이용하여 네 개의 방어선이 유기적인 병력 운용을 가능하게 하고 있습니다. 즉, 아군이 처음 공격 목표로 정하고 있는 팔티온 성의 병력은 3천에 지나지 않지만 며칠 안에 1만의 레인저와 팔티온 성에 가까이 있는 크레몬의 병력이 원군으로 아군의 옆구리를 노리게 되는 것입니다."

“음…….”

노턴 코프가 사방 군단 중 최약체라고는 하지만 오랜 시간 군단장을 역임했던 론 백작가인지라 누구보다 북부에 맞는 전술 운용이 가능했다.

확실히 이들의 작전은 산악 지형의 북부에서는 강력한 힘을 발휘할 수 있는 전술인지라 난 잠시간 생각에 잠기다 게리오스를 보며 말했다.

“아군이 공성을 개시하면 팔티온 성으로 올 적들을 막을 순 없겠는가?”

“현재로서 레인저들의 움직임을 막을 방법은 없습니다. 북부의 산악 지대에선 레인저들의 기동력을 따를 병종이 없으니까요.”

“음…….”

“그보다 큰 문제는 산악 지형에 능숙한 레인저들을 이용하여 현재 아군의 병력이나 움직임을 정확하게 파악하고 있다는 것입니다. 그런 때문에 야습이나 기습은 어려운 상황이며 레인저들이 올 길을 막는다 할지라도 오히려 역습당할 우려가 있습니다.”

“음…….”

“정보에 따르면 레인저의 대부분이 활을 사용할 수 있어 원거리 기습은 주의해야 하지만 다행히 레인저의 활 보급율이 20%를 밑도는지라 적당한 대비를 하면 충분히 방어할 수 있다 생각됩니다.”

원래 레인저라 한다면 산악 지형에 밝고 빠른 기동력을 이용한 정찰 활동과 함께 기습 공격을 주로 하는 병종, 북부 드래곤 산맥의 특성상 레인저의 대부분은 사냥꾼이나 나무꾼, 약초꾼 출신으로 북부에서 그들만큼 지리가 밝은 이는 없었다.

또한 궁술은 레인저의 기본적인 기술 중 하나였기에 솔직히 론 백작이 가지기에는 아까운 병종이 레인저였다.

뭐, 론 백작의 사리사욕으로 인하여 군으로 지급해야 할 돈 대부분이 그의 주머니 속으로 빠진 덕에 병기 보급율이 떨어져 활을 이용한 게릴라전의 위험이 상당히 줄어들긴 했지만, 2천 5백의 인원도 결코 가벼운 것이 아니기에 주의는 필요했다.

"노턴 코프 레인저들의 위험성은 론 백작을 치기 전부터 예상되어 있던 일, 그들의 움직임을 막고 효과적으로 북부 방어선을 공략할 방법은?"

내 말에 게리오스는 북부의 지도 중 한곳을 가리켰는데 그곳은 크레몬과 팔티온의 중간에 위치한 평원이었다.

"레인저들의 게릴라전을 피하기 위해서 적을 평원으로 끌어낸다면 전투를 승리로 이끌어내는 것은 어렵지 않을 것입니다."

"상세한 작전을 말해 보게."

적들이 바보가 아닌 이상 기병이 두 배 이상으로 많은 아군을 상대로 평원으로 쉽게 나오지는 않을 터였기에 난 상세한 작전을 물어보았고 게리오스는 적을 끌어내기 위한 작전을 설명하기 시작했다.

그리고 모든 작전을 들은 난 조금 마음에 들지 않았다.

하지만 나를 궁지에 몰아넣기까지 했던 레인저들이라는 것에 조금 흥미도 있었고, 잘하면 그들을 내 손안에 넣을 수 있을 것이란 생각이 들었기에 그가 세운 작전을 따르기로 했다.

카이달 자작령에서 회의가 있은 지 삼 일 후 텔피온 가와 세일런트 가로 이루어진 1만 3천의 병력은 드디어 노턴 코프의 방어선 중 하나인 팔티온 성을 공격하기 시작했다.

　팔티온 성은 드래곤 산맥의 험지의 장점을 이용하여 만들어진 성으로 높은 언덕 위로 후방은 절벽, 전방은 그리 넓진 않지만 확 트인 곳이었다. 또 대충 5천 정도의 병력이 머물 수 있을 정도의 성으로 언덕 아래로는 2만 정도의 사람이 살 수 있는 마을이 이루어져 있었다.

　마을 주변으로는 나무로 이루어진 방책이 있었는데 대략 성을 보조하기 위한 상업적인 역할을 하고 있었다.

　팔티온 성으로 오르기 위해선 반드시 마을을 지나쳐야 하기 때문에 처음 아군의 대병력이 모습을 드러내자 마을은 순식간에 아수라장으로 변했다.

　하지만 이미 아군의 침입을 예상하고 있었는지 마을에는 병사들의 모습은 보이지 않았고, 방책 역시 허술하기 그지없는 모습을 하고 있었기에 병력이 침입하기에 그리 큰 문제는 없었다.

　평상시에는 팔티온 성의 병력이 있기 때문에 적습 같은 것을 겪지 않았을 것이기에 이런 산악 지대에서 떨어져 있는 마을에는 늘 있기 마련인 자경대의 모습은 보이지 않았다.

　군사 거점인 만큼 자경대가 존재하는 것이 어려울 수밖에 없었을 게 분명하지만 아무리 그래도 적군이라 할 수 있는 군이 몰려오고 있는데 저리 무방비할 수 있다니 과연 노턴 코프라는 생각이 들었다.

　그런 때문에 아군이 들어서자 마을 사람들은 순식간에 자신들의 집으로 몸을 숨기기 시작해 마을로 들어서는 것에는 그리 큰 문제가 없었다.

　"각하, 어찌할까요?"

　"음……."

　팔티온 함락에서 난 필리포와 세일런트 가, 그리고 다섯 명의 귀족과 함께 전투에 참가하기로 했다.

크리븐을 위시로 한 6천의 병력은 처음에는 그저 위협용으로 사용할 생각이었지만 이전 작전에 있어서 그들의 참여가 불가피하여 다른 곳으로 보냈기 때문에 나 역시 직접 전투에 참여하는 것을 선택한 것이다.

필리포는 쉽게 마을로 들어서자 나를 보며 이들의 처우를 물었고 난 잠시 생각에 잠겼다. 척 보기에도 마을은 그리 부유해 보이지 않았고 전투를 앞둔 시점에서 약탈을 한다는 것도 조금 문제가 있는지라 일단 성에 대한 정보를 얻는 것이 중요하다 생각하곤 그를 보며 말했다.

"마을 사람 중 몇 명을 잡아오게. 그들에게서 팔티온 성에 관한 정보를 얻어야 할 것이니 말이야."

"예, 공작 각하."

나의 명에 예를 다하며 물러간 필리포는 얼마 후 마을 사람 몇 명을 잡아와 그들을 통해 성에 대한 정보를 얻을 수 있었다.

역시나 예상했던 대로 아군이 팔티온 성에 접근한다는 정보가 들어오자 노턴 코프의 병력은 마을의 물자를 모두 빼앗은 뒤 성으로 숨었다고 한다.

병력에서 크게 차이가 나는 상황에 팔티온 성을 담당하는 노턴 코프의 무관은 이 소식을 크레몬 성에 알림과 동시에 수성으로 시간을 끌기로 결정했고, 북부의 국경을 지키고 있는 만큼 쉽게 함락시킬 수 있는 호락호락한 성이 아니었기에 원군이 올 동안까지 충분히 지킬 수 있으리라 생각한 것이다.

현재 팔티온 성의 병력은 3천, 아군에 비해 사 분의 일도 되지 않는 성이지만 지형적 특성을 생각하면 쉽게 함락하기는 어려웠다. 또 팔티온만을 남겨둔 것이 아니었기에 이곳에서의 피해를 최소화할 필요가 있었다.

그런 생각에 일단 마을에 임시 본부를 마련하기로 결정하곤 병사들로 하여금 후에 있을 적의 원군에 대비하기 위하여 마을 주변의 나무 방책을 보강하는 동시에 언덕 위로 병사들을 올려 공성전을 준비하기 시작했다.

팔티온 성 앞에 일렬로 나무 방책을 세우는 한편 그 앞으로 화살 방패인 파비스를 세워두고 미리 준비해 놓았던 공성 병기인 투석기와 충차를 만들기 시작했다.

그렇게 하루가 지나자 팔티온 성을 중심으로 열 대의 투석기와 네 대의 충차를 만들 수 있었고 공성 사다리 역시 많은 수를 확보할 수 있었기에 본격적인 팔티온 성 함락에 들어갔다.

"투석기를 장전하라!!"

끼리릭!!

새벽녘, 아직 잠이 채 깨지도 않은 시간에 병사들은 기사들의 명령에 따라 투석기를 장전하기 시작했고, 십여 개의 투석기가 일제히 장전되자 기사는 큰 소리로 소리쳤다.

"발사!!"

끼리릭!! 훅!!

그러자 투석기를 날리는 밧줄을 잡고 있던 병사들이 일제히 투석기를 움직였고 십여 개의 바위가 허공을 가르며 그대로 팔티온 성에 작렬했다.

쿠궁!! 쿵! 쿵!!

"와아아!!"

투석기에 실린 원형의 커다란 돌이 그대로 팔티온 성에 작렬하자 커다란 소리와 함께 적 병사들의 비명 소리가 들려왔고 이에 아군은 크게 함성을 질렀다.

활의 사거리에 비해 투석기의 사거리는 1.5배. 팔티온 성에 틀어박혀 있는 놈들은 그대로 투석기의 밥이 될 수밖에 없었으며 애석하게도 투석기만으로 팔티온 성을 함락하는 것은 극히 어려운 일이었다.

많아봤자 지금 공격으로 적 사상자가 그리 크지는 않을 것이다. 물론 성벽이나 성내의 건물은 피해를 입겠지만.

투석기 공격은 거의 한 시간여 동안 계속되었다. 뭐, 처음부터 투석기로 적을 쓰러뜨리고자 한 것도 아니고 사기를 꺾는 데에만 주력했기에 별로 신경 쓰지는 않았다.

"방패조! 궁수대! 전진!"

투석기의 공격이 끝나자 드디어 방패조와 궁수대가 성 쪽으로 걸음을 옮겼다. 그들이 일렬로 진형을 이루자 팔티온 성 쪽에서도 궁수들이 우리 쪽을 향해 활을 겨누고 있는 것을 볼 수 있었다.

팔티온 성의 궁수대는 대략 1천 남짓, 그에 비해 아군의 궁수대 숫자는 3천에 이르니 승부는 보지 않아도 뻔한 일이었다.

사실 수성을 하고 있다 하더라도 3천과 1만 3천의 대결은 뻔한 승부였다.

"발사!!"

후두둑!!

방패조와 궁수대가 진형을 갖추자 기사의 명령 소리와 함께 드디어 활이 일제히 팔티온 성을 향해 발사되었고 그와 함께 팔티온 성에서도 하늘을 뒤덮을 듯이 시꺼멓게 화살이 아군을 향해 쏟아져 내리기 시작했다.

파바박!!

"끄악!!"

양 진영 간에 궁수대의 공격이 시작되자 사방에서 비명 소리가 터져 나왔다. 방패조가 궁수를 보호하고 있다고는 하지만 하늘을 시꺼멓게 덮을 정도의 화살을 모두 막아낸다는 것은 불가능한 일이었다.

상대적으로 유리한 위치를 점하고 있는 팔티온 성과 수적에서 압도적인 우위를 지니고 있는 아군의 궁수대의 공격은 서로 간에 상당한 피해를 주기에 충분했고 궁수대의 공격이 치열하게 벌어지고 있는 가운데 기사들의 명령에 따라 보병들이 본격적인 공성을 준비하기 시작했다.

이십여 명의 병사를 한 조로 선두에는 공성 사다리를 들고 있는 병사들이, 그 뒤로는 일반 보병들이 명령에 따라 팔티온 성을 함락시킬 준비를 하고 있었다.

둥!! 둥!! 둥!!

그리고 다음 순간 진격의 북소리가 울리자 병사들은 크게 함성을 지르며 팔티온 성을 향해 진격해 들어갔다.

"와아아아!!"

5천에 이르는 보병이 일제히 진격해 들어가자 팔티온 성에서는 이들을 막고자 궁수대가 화살을 쏘아대고 있었지만 아군의 궁수대 역시 그들을 향해 활을 쏘아대고 있었기에 상황은 아군에 극도로 유리했다.

"해자에 불이 붙었다!!"

하지만 적 역시 만만치 않은 존재였다. 성의 아래로는 깊은 구덩이와 함께 기름과 나무가 쌓여 있었고, 아군의 공성 병력이 전진을 하자 불화살이 날아와 불을 붙였다.

그러자 성을 둘러싼 해자에서 큰 불꽃이 일어나며 아군 병력의 앞을 가렸고, 사방에서 불구덩이에 빠져 버린 병사들의 비명 소리가 터져 나왔다.

이미 1천가량의 병사가 해자를 지나 성에 접근하고 있는 상황이었고 해자에 불을 붙일 것을 대비하여 흙 주머니와 함께 불을 끄기 위한 사람들을 준비해 두고 있었다.

"전진!!"

"와아아아!!"

흙 주머니를 가지고 있는 자들은 성 아래의 마을에서 강제로 징집한 이들이었다. 이 정도의 일이라면 마을 사람들을 활용해도 충분했다.

흙 주머니를 가지고 있는 자들 3천가량 중엔 성에서 화살이 날아와 주위에 있던 사람들이 죽자 공포에 질려 쓰러지는 자, 공포에 질려 다시 아군의 진영 쪽으로 도망쳐 오는 자 또한 적지 않았다.

"발사!!"

하지만 명령에 불복하고 공포에 질려 돌아오는 자에게 남은 것은 아군의 화살뿐, 그 자들은 앞뒤에서 날아오는 화살에 의해 목숨을 잃었다.

"도주하는 자들은 하나도 남김없이 목을 베어라!! 해자의 불을 끄고 돌아오는 자에겐 살 기회가 있지만 그렇지 못한 자에겐 오직 죽음뿐이다!!"

험한 기사의 호통 소리와 화살로 인하여 아군 쪽으로 도주하던 자들 중 살아남은 자들은 다시 불꽃이 치솟아오르는 해자 쪽으로 걸음을 돌려야 했다.

해자의 불꽃 때문에 잠시간 공성 병력이 움직일 수 없었지만 징집한 마을 사람들이 필사적으로 모래를 이용해 불을 끄기 시작하자 얼마 지나지 않아 병사들이 진격할 통로가 생겨나 그 사이로 공성 병력은 함성을 지르며 돌격하기 시작했다.

"충차!! 전진!!"

공성 병력이 성벽에 접근하여 공성 사다리를 걸치고 공격해 들어가자 드디어 성문 파쇄기인 충차가 빠른 속도로 전진했고 성문에 도착하자 그들은 굳게 닫힌 성문을 부수기 시작했다.

성문 쪽에서 충차에 붙어 있는 병사들에게 끓는 기름과 물을 붓기 시작했지만 병사 하나가 쓰러질 때마다 또 다른 병사가 붙어 성문을 부수고 있었기에 상황은 아군에 유리하게 끌려갔다.

이미 계속된 투석기의 공격과 화살 공격으로 인하여 성벽에서 버티고 있는 적병의 숫자는 크게 준 상태, 아군의 공성 병력은 순식간에 팔티온 성의 성벽에 올라 적을 주살했고 다음 순간 성문도 부서지며 팔티온 성은 그야말로 함락의 직전까지 몰렸다.

"기병조 돌격!!"

"와아아!!"

성문이 부서지자 지금까지 기다리고 있던 기병이 일제히 함성을 지르며 성문을 향해 달려나갔고 부서진 성문 안으로 들어가 적을 주살하기 시작했다.

역시나 병력에서부터 큰 차이로 시작된 싸움은 아군의 압도적인 공세로 인하여 전투가 시작된 지 하루도 넘지 않아 팔티온 성을 함락했고 성을 함락한 아군은 크게 함성을 지르며 승리를 환호하고 있었다.

팔티온 성이 함락됐음에도 불구하고 왜 노턴 코프의 원군은 오지 않는 것일까? 그것은 바로 게리오스의 작전으로 내 영지의 정예 병력이 움직인 때문이었다.

타국과의 전쟁에 비해 내전은 애석하게도 이 나라의 백성들이 같은 형제들에게 서로 칼을 들이대는 일이었다.

노턴 코프의 병력, 아니, 북부 땅의 모든 영지의 병사가 북부인들로 이루어진 상황에서 그들 자신과 처는 모두 이 땅에 거주하고 있는 사람들이었다. 이에 게리오스는 과감한 수단으로 적의 발길을 묶어버리는 것을 선택했고, 그것은 노턴 코프에 병사를 보낸 모든 그들의 가족을 볼모로 잡는 것이었다.

평상시라고 한다면 론 백작의 뜻을 따르는 이들이 그들을 나에게 내줄 리 없지만, 이미 대부분의 영주가 나에게 돌아선 이상 그들의 생명은 나의 말에 의해 좌지우지되었다.

"노턴 코프의 간악한 레인저들은 감히 대 아멘 왕국의 공작이신 이드리샤 공작 각하께 위해를 가하였다. 이는 위대하신 건국왕 빌헬름 폐하께서 직접 내리신 어명을 어긴 것이라 할 수 있으니 이는 나라의 뜻을 어긴 역모인지라 통탄하지 않을 수 없도다. 이에 이드리샤 공작 각하께서는 이들을 역모죄로 다스려 만월이 되는 날 루펜더 평원에서 노턴 코프 레인저의 삼족을 모두 참수형에 처할 것이다!"

말 그대로 노턴 코프 레인저의 가족을 모두 베어버리겠다는 엄포를 북부에 퍼뜨리는 동시에 나를 따르는 영주들에게 노턴 코프 레인저의 가족을 모두 잡아들이라는 명을 내렸다.

병사들이 상관의 명을 따르는 자들이라고는 하나 자신의 가족들이 참수에 처하게 되는 판에 과연 그 명령을 그대로 따를 수 있을 것인가?

내가 팔티온 성을 공격한 것은 포고령과 영주들에게 명령을 내리기 위한 시간을 주는 한편 놈들의 시선을 나에게 집중시키기 위한 하나의 방책에 지나지 않았다.

어찌 됐든 그로 인하여 북부는 난리가 날 수밖에 없었고, 난 팔티온 성을 함락한 병사들을 모두 이끌고 루펜더 평원으로 향했다.

사 일 후 루펜더 평원으로 팔티온 성을 함락했던 아군의 병력 1만가량이 도착하자 그곳에는 미리 보냈던 내 영지의 정예병 6천이 족히 수만은 넘는 일반 평민들을 방책에 가둬놓고 그 뒤로 수십 개의 참수대를 만들어놓고 있었다. 노턴 코프와의 전쟁은 역사상 가장 많은 이를 참수하게 되는 사건으로 번지게 된 것이다.

아군의 병력이 평원에 도착하자 이번 일을 맡은 애로우 나이츠의 크리븐과 기스가 이십여 명의 기사와 함께 내 앞으로 와서 정중히 예를 보이고는 보고를 해왔다.

"공작 각하의 명에 따라 1차로 레인저들의 삼족 2만 5천 명을 압송해 왔습니다."

"수고했네."

짧은 시간인지라 최대한 모은 것인데, 그 수가 2만 5천이나 되니 아마도 제대로 병사들을 지원하지 못한 영주들이 앞으로의 자신의 입지를 위해 사력을 다해 이들을 잡아들였을 것이 뻔했다.

아마도 이중에는 레인저들과 전혀 관련이 없는 자들 역시 포함되어 있을 것이나 어차피 그런 것과는 상관없는 일인지라 고개를 끄덕인 난 지휘부 쪽으로 말을 몰아갔다.

"이번 작전이 성공할 수 있을지 걱정되는군."

이번 전투에 참여하게 된 영주들과 상위 기사들을 보며 내가 걱정스러워하자 게리오스가 앞으로 나와 말했다.

"성공하지 못한다 할지라도 상관없습니다. 이로 인하여 론 백작의 권위가 더 이상 이 땅에 통하지 않는다는 것을 알리게 될 것이기 때문입니다."

"음……."

"아마도 지금쯤 노턴 코프 내에서는 가족을 구하려는 레인저들과 노턴 코프의 군부 사이에서 자중지란이 일어나고 있을 것입니다."

"그렇겠지. 어떤가, 대충 본보기로 잡아온 자들 중 몇 명의 목을 베는 것이 말이야?"

하지만 이런 나의 말에 게리오스는 고개를 저으며 말했다.

"아니 되옵니다. 그리한다면 확실히 적들을 더욱 혼란스럽게 할 수는 있지만 공작 각하를 따르는 이들의 민심은 크게 잃을 것입니다."

하긴 지금 내가 하는 행동 자체가 상당히 민심을 잃을 일임은 틀림없었다. 또 적을 상대함에 그 가족들을 협박한다는 것은 무가의 자손인 나로서도 부끄러운 일이었다.

"이번 일에 대한 왕도의 움직임은 어떠한가?"

"보고에 따르면 남부 귀족들은 크게 반발하여 중앙군으로 하여금 이 싸움을 중재해야 한다는 상소를 올리고 있다 합니다. 이에 아델슨 후작의 서부 귀족과 페이든 공작의 동부 귀족들이 반대하고 있으나 은연중에 폐하께서는 남부 귀족의 편을 들어주시는 모습을 보이고 있기에 앞으로 이 주일 안에 사태를 마무리하지 않으면 중앙군이 북부로 파견될 것입니다."

"그렇다면 남은 시간은 이 주일이란 이야기군."

"작전대로만 풀려간다면 그보다 짧은 시간 안에 노턴 코프는 무너질 것입니다."

이번 론 백작의 토벌 건에 앞서 난 폐하께 남부 귀족의 편을 들어주
되 그 시간을 지체해 달라는 청을 올렸다.

또 왕가가 들어줄 듯 말 듯하는 모습을 취함으로써 네라드 공작은
자신의 뜻대로 병력을 움직이는 것보다는 정당하게 왕가의 명을 받기
위해 지체할 것이 분명한 일인지라 그들을 잡아놓기에 이보다 더 좋은
것은 없었다.

"론 백작 측의 움직임을 계속 유의하여 주시토록."

"예."

골든 아이를 통해 내가 하고 있는 행동이 현재 노턴 코프에 잘 알려
져 있었기에 기다리던 시간은 그리 길지 않았다.

그와 함께 공작가에 투신하는 병사들에 한해서는 그 가족들을 석방
해 주겠다는 소문을 함께 넘으로써 론 백작은 계속되는 레인저들의 탈
영과 군영에서의 반발로 인하여 사실상 군이 마비되어 가고 있는 시점
에서 할 수 없이 아군에 유리한 지대인 루펜더 평원에서 최후의 결전
을 벌일 수밖에 없었다.

작전을 시행한 지 오 일째 되던 날, 드디어 론 백작을 위시로 한 노
턴 코프의 2만 병력이 루펜더 평원에 그 모습을 드러내었다.

3만에 가까웠던 노턴 코프의 수는 루펜더 평원에 도착한 시점에서
이미 1만가량이나 줄어들었으니 병력의 반을 차지하는 레인저 중 상당
수가 그들의 근무지를 탈영했음을 알 수 있었다.

이에 반해 아군은 팔티온 성의 함락전 때 상당한 피해를 입었으나 노
턴 코프를 빠져나와 내 쪽으로 합류한 레인저들로 인하여 그 수가 2만

에 가까이 붙어 있었다.

"작전이 성공했군."

후방의 지휘부에서 기사들과 함께 말에 올라 적진을 보던 난 만족한 웃음을 보이며 말했고 이에 게리오스 역시 자신의 작전이 성공하자 기쁜 표정을 지었다.

"이제 적을 평원으로 불러들였으니 아군이 상당히 유리한 고지를 점했다 할 수 있습니다."

"그렇겠지. 후후후, 어디 오랜만에 전장의 향기를 즐겨볼까?"

그 말과 함께 내가 손짓하자 드디어 루펜더 평원 전투가 시작되었다.

둥! 두둥! 둥!

내 지시와 함께 개전을 알리는 북소리가 울려 퍼지자 아군 병사들은 크게 함성을 내질렀다. 이와 함께 깃발병이 작전을 지시하는 깃발을 휘두르자 기병대가 천천히 일자 진을 이루며 앞으로 움직였다.

아군의 기병이 움직이자 노턴 코프 측에서도 기병을 움직였으나 북부를 방어하는 노턴 코프의 기병은 아군의 반에도 미치지 못하는 수였다.

"기사단을 준비시켜라! 직접 출병하겠다!"

그런 모습을 보며 난 옆에 있던 크리븐에게 기사단을 준비시키라 명했고, 나를 따르는 1천의 기사단이 서서히 움직였다.

"공격!!"

"와아아아아!!"

두그두그!!

공격 명령 소리와 함께 대지를 크게 울리는 말발굽 소리가 루펜더 평원을 울리고 수천의 기병이 상대 진영을 향해 돌격하기 시작했다.

아군의 수천 기병이 돌격하자 론 진영 측에서는 레인저가 일자의 진형을 이루며 활을 겨누었으나 그 수는 1천에도 미치지 못했다.

워낙 평상시에 군수 물자를 빼돌려 자신의 잇속을 챙기던 터라 활과 화살이 모자라 놈들이 기병을 제대로 막는 것은 거의 불가능에 가까운 일이었다.

후두두두둑!!

잠시 후 기병이 사정 거리에 도달하자 하늘을 까맣게 뒤덮으며 화살이 쏟아져 내려왔고 사방에서 비명 소리가 터져 나오며 아군의 기병들이 쓰러져 갔다.

하지만 궁수의 숫자가 크게 부족한 노턴 코프였기에 그 숫자는 미비하기 그지없었다. 또 적이 더 가까이 밀려오자 드디어 적의 기병이 앞으로 나오기 시작했다.

"기사단 돌격!!"

그와 함께 난 기사단을 움직여 적의 좌측 진형을 향해 움직였고 크리븐의 명령을 따르는 아군의 본진이 드디어 전진을 개시했다.

"와아아아!"

채재쟁!! 챙!! 챙!!

기병과 기병이 충돌하자 함성과 함께 사방에서 병장기 부딪치는 소리가 들렸고 사람들의 비명 소리 또한 연이어 터져 나왔다.

하나 기병의 숫자에서 압도적인 우세를 차지하고 있는 아군은 서서히 적 기병을 밀어붙이며 적의 본영으로 다가갔으며 기사단을 우회하여 적의 좌측 진형에 돌입해 들어갔다.

기사단이 돌입해 옴에 따라 론 진영 측의 기병창을 들고 있는 보병이 앞을 막아섰으나 애석하게도 나를 따르고 있는 기사들은 내 영지의 정예 병력, 노턴 코프의 보병들로 막을 수 있을 만큼 약하지 않았다.

"차압!!"

"끄악!!"

기사들과 함께 적의 본영 쪽으로 돌입해 들어간 난 들고 있던 랜스를 한 놈의 얼굴에 먹여준 후 플레일을 휘두르며 적을 쓰러뜨려 나갔다.

이미 나의 주위로는 정규 기사급 이상의 기사들이 포진하고 있었기에 내 앞을 막아서는 병사들은 극히 소수에 지나지 않았고, 그마저 무력이 떨어지는 일반 병사에 지나지 않았기에 그리 큰 위험은 존재하지 않았다.

그 때문에 오랜만에 느껴보는 타격감과 피의 냄새로 무가의 피가 다시 끓어오르는 듯한 착각까지 들었다.

아군의 기병이 적 기병을 무너뜨리고 본영으로 밀고 들어가자 전투는 아군의 승리로 굳어가는 듯했고 본영의 보병들마저 돌입하자 론 백작의 군은 후퇴하기 시작했다.

사실 처음부터 그들에게는 승산이 없었던 싸움, 산악 지대에서 큰 힘을 발휘하는 노턴 코프가 평원에서 싸운다는 것 자체가 패전을 면하기 어려웠다.

그 때문에 전투는 개전한 지 여섯 시간 만에 아군의 압도적인 승리로 끝이 났고 론 백작과 함께 도주한 노턴 코프의 병력은 2천을 넘지 못했다.

"와아아아!!"

루펜더 평원의 전투가 아군의 압도적인 승리로 끝을 맺자 사방에서 함성 소리가 연이어 터져 나왔다. 또한 수뇌부들이 후퇴한 것을 안 적 병사들은 병장기를 내려놓으며 항복하기 시작했다.

이 싸움은 노턴 코프의 주축을 이루고 있는 레인저들의 사기를 크게 꺾어놓고 론 백작으로 하여금 그로 인하여 평원으로 나오지 않을 수 없게 만든 작전을 수립한 게리오스의 공로가 가장 크다고 할 수 있었다.

후퇴한 론 백작의 군은 자신의 거점인 파울란 성으로 들어가 최후의 항전에 들어갔고 아군은 기세를 그대로 살려 파울란 성을 포위하며 마지막 전투를 이끌어냈다.

파울란 성은 론 백작의 성으로 1만 이상의 병력이 머무를 수 있는 거성이었다. 오랜 시간 북부의 지배자로 군림했던 론 백작가였던 만큼 견고하기 그지없는 성이었으나 애석하게도 거성에 따르는 병력을 보유하고 있지 못했다. 루펜더 평원에서의 참패로 인하여 파울란 성의 수성 병력은 많아야 3천에 지나지 않았기 때문이다.

이에 반해 루펜더 평원을 둘러싼 아군의 수는 1만 8천, 승부는 이미 난 것이나 마찬가지였다.

"투석기을 발사하라!!"

파울란 성을 둘러싼 아군은 팔티온과 마찬가지로 투석기와 궁수대의 원거리 공격으로 적을 공략해 갔고, 이어 보병을 이용하는 공성전을 개시했다.

지리적으로 유리한 고지를 점했던 팔티온과는 달리 파울란 성은 론 백작가의 거점이었던 이유로 지리적 이점보다는 사람이 많이 살고 있는 강과 평원으로 이루어진 곳을 택하고 있었던 덕에 공성은 그전보다 어렵지 않았다.

공성 병력으로 인하여 성벽이 함락되고 성문이 열리면서 기병들이 안으로 돌진해 들어가자 적은 백기를 휘두르며 항복했기에 난 기사들과 함께 입성하여 론 백작가의 식솔을 찾기 시작했다.

쿠궁!! 쿵!!

"론 백작과 그의 가솔들을 잡아라!"

"예!"

이미 파울란 성의 주위를 모두 포위하고 있는 시점이었고, 비밀 통로 또한 골든 아이를 통해 확실히 파악하고 있던 터라 놈이 도망칠 구석 같은 것은 존재하지 않았다.

기사들이 돌입하여 백작가를 수색한 지 한 시간이 지나자 수백 명에 달하는 백작가의 식솔과 종들이 잡혀왔지만 론 백작은 보이지 않았다. 이에 혹시나 그를 놓친 것은 아닐까 하는 불안감마저 들었다.

"젠장… 놈을 놓친 것인가……."

행여나 놈이 다른 곳으로 도주한 것은 아닐까 하는 생각에 미간을 찌푸렸는데, 그때 기사 하나가 급히 나에게 다가와 보고를 올렸다.

"각하! 악적 론과 그의 식솔들을 잡았다고 합니다."

"좋아!! 가자!!"

역시나 놈은 성의 비밀 통로를 통해 혼자 도주하려다 미리 대기하고 있던 내 기사들에 의해 잡히고 만 것이다.

기사의 안내를 받으며 놈의 거처를 빠져나오자 파울란 성의 광장에서 그와 가족들이 기사들에게 포박당하여 무릎 꿇려 있는 것을 확인할 수 있었다. 난 회심의 미소를 지으며 그의 앞으로 다가갔다.

"후후후……."

내가 웃음을 흘리며 앞으로 다가가자 론 백작의 얼굴은 시퍼렇게 변하며 공포에 질린 눈빛으로 나를 보며 떨리는 목소리로 말했다.

"고, 공작 각하… 제, 제발 목숨만… 목숨만은……."

그런 그의 말에 난 콧방귀를 뀌고는 그대로 놈의 얼굴을 발로 차 쓰러뜨리곤 소리쳤다.

"흥! 네놈이 무슨 낯으로 나에게 살려달라 청하느냐? 백작 따위가 공작인 나를 능멸하고도 살아남을 수 있다 생각했느냐?"

"제… 제발!!"

"크리븐 경!!"

"예."

"죄인 론 백작은 오마분시형에 처해 광장에 매달아놓고 그의 자식들과 처첩은 모두 참수하여 감히 공작가를 능멸한 죄가 얼마나 큰 것인가를 보여주어라!"

"예!!"

"공작 각하!! 살려주십시오!! 살려주십시오!!"

나의 명령에 론 백작은 목이 터져라 살려달라 절규했지만 그를 살려줄 만큼 난 마음이 넓은 사람이 아니었다.

그렇게 론 백작은 자신의 자식과 처첩이 모두 참수당하여 목이 전시되는 것을 구경하며 오마분시형으로 광장에 전시되어야 했다.

제 4 2 장 신성왕국 건국전

오랜 시간 북부를 대표했던 명문가 론 백작가가 그렇게 무너지고 이드리샤 공작가가 아멘의 북부를 장악함으로써 아멘의 정세는 왕가를 중심으로 2강 2중의 형국으로 변했다.

2강은 당연히 네라드 공작가와 페이든 공작가, 그리고 2중은 아델슨 후작가와 바로 본 가인 이드리샤 공작가였다.

뭐, 단순히 무력으로만 평가한다면 국가 공인 기사단 중 두 개를 손에 넣고 노턴 코프까지 장악한 상황이니만큼 본 가는 2강의 한 축인 네라드와 버금갈 정도의 힘을 지니고 있었다.

물론 셔먼과 알디하렌의 힘까지 합한다면 실제적인 전력만으론 왕가와 버금간다고 해도 과언이 아니었지만 조국의 땅에 타국의 군대를 불러들여 칼부림을 할 생각이 없는 나였기에 크게 감흥을 주지는 못했다.

또 당분간은 네라드나 페이든 같은 자들을 건드리고 싶은 마음은 없

었기에 왕가의 명령이 있기 전까지는 조용히 있을 생각이었는데 문제
는 아멘이 아닌 다른 곳에서 일어났다.

"그것이 정말인가?"

"예!"

게리오스에게 서먼과 알디하렌의 상황에 대해 듣던 난 갑작스런 이
야기에 놀란 표정을 감출 수가 없었다.

"전황은?"

"이미 서부의 헤르멘이 7만의 대군을 이끌고 테스턴 백작령을 치고
있고, 동부의 일리온 공작이 리온 후작령을 치고 왕도로 진격하고 있는
상황입니다. 셀트론 평원 전투에서 왕당파의 주력이 무너져 10만 이상
의 병력을 잃었기 때문에 왕도에 남아 있는 병력은 채 3만을 넘지 못한
다고 합니다."

"빌어먹을! 어쩐지 잘 풀린다고 했더니… 크……!"

"이대로는 서먼의 왕당파는 절대 승산이 없습니다."

사실 왕당파의 붕괴는 예견된 일일 수도 있었다. 제국의 황권 다툼
이후 제국으로부터의 원조가 완전히 사라졌기 때문이다.

무능한 서먼 왕정은 귀족파의 수장인 일리온 공작과는 달리 내정에
신경을 쓰지 않았기에 원조가 끊기자 그 차이가 더욱 크게 벌어진 것
이다.

지금까지 귀족파와 겨룰 수 있었던 것도 신성 북부 연합이 힘을 실
어주었기에 가능한 일이었다.

그에 반해 귀족파는 이미 제국의 지원이 끊길 것을 예상하여 동부
내정에 신경 쓰는 한편 왕당파 영역에서의 첩보 활동에 주력해 서먼
왕정의 부패를 가속화시켜 왔던 것이다.

론 백작의 일과 내 영지에 중점을 두고 서먼을 북부 연합에 맡기고 조금 소홀히 했던 것이 이런 결과를 만들었다.

"신성 북부 연합에서 병력을 지원하는 것은 어떤가?"

"테스턴 백작은 어떻게 버텨볼 수 있다 할지라도 왕도는 제대로 된 병력을 보냈을 때에는 이미 무너진 이후일 것입니다."

"그런……."

게리오스의 보고에 따르면 귀족파의 병력은 족히 20만을 상회하는 데 반해 왕당파는 왕도에 3만, 테스턴 백작령에 3만 정도만이 남아 있을 뿐이었다.

병력 차가 상당한 상황에서 그것도 셀트론 평원에서의 승리로 사기가 올라 있는 적을 상대로 오랜 시간 왕도를 지켜낸다는 것은 불가능한 일, 어쩔 수 없이 서먼이 귀족파의 손에 들어가는 것을 구경만 할 수밖에 없는 일이었다.

하지만 이대로 왕당파가 당한다면 다음 목표는 신성 북부 연합이 될 것이 분명했고, 헤르멘이 테스턴 백작령을 흡수한다면 신성 북부 연합과 내 영지의 교역로가 끊어지게 될 것이 분명했다.

"왕당파가 무너지는 것은 막을 수 없다 할지라도 테스턴 백작령만큼은 지켜야 한다 생각합니다."

"테스턴 백작령을?"

"예. 이대로 보고만 있다면 신성 북부 연합과 본 영지와의 길이 끊길 우려가 있습니다. 그럴 바에는 레트론의 병력과 이드리샤 령의 병력을 모두 이끌고 헤르멘의 서부를 차지해 테스턴 백작령을 신성 북부 연합의 일원이 되게 해야 할 것입니다."

"테스턴 백작을 신성 북부 연합으로 끌어들인다……."

확실히 헤르멘을 무너뜨리고 테스턴까지 끌어들인다면 교역로 확보 외에도 상당한 땅을 손에 넣게 되기는 한다.

하지만 그렇게 되면 지금까지 지속되어 왔던 내전의 형국은 왕당파가 빠지고 그 자리로 신성 북부 연합이 들어가는 꼴이 될 것이 분명했다.

내전이 한두 해로 끝날 싸움이라면 문제없지만 지금까지처럼 장기전이 된다면 얻는 것보다 잃는 것이 더 많은 싸움이었다.

헤르멘의 서부를 얻고 테스턴 백작을 북련(신성 북부 연합)으로 끌어들인다 할지라도 다시 귀족파의 싸움은 피하기 어렵기 때문이다.

"그리되면 왕당파의 자리를 북련이 대신하는 것밖에 안 되지 않는가?"

"확실히 그러한 면이 있지만 생각을 바꾸면 충분한 일이 아닙니까?"

"생각을 바꿔?"

"신성왕국의 건국입니다."

"……!!"

신성왕국, 확실히 요슨에게 그러한 의견을 말한 적이 있기는 했지만 그것은 서먼을 완전히 북련이 장악했을 때를 가정한 것이었다.

"서먼 서부와 테스턴 백작령 일대를 손에 넣는다면 그 영토는 작다 할 수 없습니다. 어차피 귀족파와 같이할 수 없다면 따로 나라를 세우는 것도 나쁘지 않을 것입니다. 어차피 북련의 군사력을 생각하면 서부가 장악된 시점에선 귀족파는 싸우기보다는 화평을 원할 것입니다."

확실히 왕당파를 없애고 귀족파의 수장인 일리온 공작이 서먼의 국왕으로 오르기까지는 많은 일이 남아 있을 것이 분명한 일, 잘만 한다면 그런 시점을 노려 신성왕국을 건국하는 것은 어려운 일이 아닐 것이다.

"하나 신성왕국을 건국한다 해도 우리에겐 왕으로 내세울 인물이 없지 않은가?"

"레빈 백작님이 있지 않습니까."

"엥?"

그 말에 난 미간을 찌푸리고 말았다. 장인이라곤 해도 별로 달갑지 않은 인물인 레빈을 국왕의 자리에 올려야 한다는데 누가 좋아하겠는가?

"어차피 난세에 신분의 고하는 그다지 문제가 없는 것입니다. 제가 보는 레빈 백작님은 모든 점에서 한 나라의 국왕으로 부족하지 않은 분입니다."

"크……."

확실히 서면 왕국은 개혁되어야 했다. 라피나르 제국 출신 귀족이 그대로 유지되어 온 현재의 귀족 체계에는 부패와 계급 의식만이 존재할 뿐 귀족으로서의 의무는 존재하지 않았다.

선택받은 자로서의 행동은 고귀해야 하는 법, 그러한 자긍심을 잃은 자들이 고귀한 이로서의 탈을 쓰고 있다면 게리오스의 말대로 새로운 자를 내세워야 하고, 이것은 역사가 증명하고 있었다.

확실히 도적단을 용병단에서 기사단으로 바꾸고 고귀한 자로서의 경험이 없던 그가 영주의 한 사람으로서 여느 영주보다 더 영지를 잘 다스리는 것을 보아도 그의 말대로 레빈이 왕재일 수도 있었다. 물론 인정하긴 싫지만 말이다.

"하나 레빈 경을 국왕으로 내세운다면 큰 반발이 일지 않을까?"

"신성왕국의 권위는 교황이 우선합니다. 요슨 성자께서 신성왕국의 교황이 되신다면 전혀 문제될 것이 없는 데다 레빈 경은 백작의 작위로 북련의 한 축을 담당하시던 분이니 반발은 없을 것입니다."

"음……."

그 말에 난 어쩔 수 없다는 생각에 고개를 끄덕였다.

"알겠네. 하나 왕을 정하는 것은 확실히 서부를 장악하는 것이 전제되어야 할 일이니 천천히 생각해 보는 것이 좋겠군."

"예, 공작 각하."

이렇게 해서 레트론 전투 이후 나의 두 번째 서면 원정이 시작되었다. 하지만 이전과 다른 점이 있다면 이번 전쟁에선 내 휘하의 군세가 막강하다는 것이다.

리베인이 남아 있는 한 크로우 나이츠를 쉽게 움직일 수 있는 것은 아니지만 엡실론과 슈펠트를 따르는 믿을 수 있는 슈페리어 급 기사만 해도 크로우 나이츠에 스무 명이나 되고, 블루 버드 나이츠 역시 그 정도의 숫자로 이번 원정에선 전략 전술의 폭을 상당히 넓힐 수 있었다.

난 엡실론과 슈펠트 등에게 지시하여 서면 원정에 나갈 기사와 병사들을 영지로 모으기 시작했고, 삼 일 만에 원정에 참여하게 될 자들을 모두 소집할 수 있었다.

이번 원정에서 움직이는 것은 기사 5백 명, 기병 2천, 보병 5천, 궁병 3천, 총 1만 5백의 병력이다.

솔직히 타국으로 가는 원정에서 1만 5백이란 숫자는 적은 편에 속한다고 할 수 있지만, 시간이 촉박했고 본국에 비밀로 해야 하는 원정인 만큼 많은 병력을 동원하는 것은 무리였다.

하지만 레트론에서 7만의 병력이 합류하기로 한 이상 몇 가지 문제점만 잘 처리한다면 이번 계획은 성공할 수 있다 생각했다.

또 그보다 더 큰 자신감은 이번 원정에 내가 직접 나서기로 했다는 것이다. 아멘 제일의 무가인 이드리샤 가의 가주가 직접 참여하는 전투인데 패할 리가 있겠는가?

물론 내가 나선다는 말에 게리오스들의 반대가 있었지만 이번 싸움이 영지의 사업에 큰 영향을 주게 될 것이 분명했고, 사실 영지 내에서 서류만 만지작거리는 것에도 지쳐 가는지라 거의 반은 우기고 반은 설득하여 간신히 원정에 나설 수 있었다.

셔면 원정군의 사령관은 나 이드리샤 공작이 되었고 참모장은 게리오스가 맡게 되었다. 선봉장에는 크로우 나이츠 슈페리어 넘버 3인 슈펠트, 중군장은 엡실론, 좌군장은 애로우 나이츠 소속의 크리븐이, 우군장은 블루 버드 나이츠의 부단장인 레오핀, 후군장은 애로우 나이츠의 기스, 사령관 직속 친위 기사단의 단장은 크로우 나이츠 넘버 6 윙켈 남작, 부단장은 엘트로우스가 맡았다.

또 이외에도 레트론에서 합류할 병력에는 게리오스의 호위 기사단 단장이었던 실로페스와 에르가 백작의 밀명으로 타지에 나가 있던 다크 데블 나이츠의 레크라스를 비롯한 전 게리오스 호위 기사단 소속의 기사와 다크 데블 나이츠 소속의 슈페리어 기사가 스무 명이나 참여하기 때문에 탄탄한 지휘부를 구축했다고 해도 과언이 아니었다.

이 원정에는 아군 고위 기사들 중 소드 마스터 급 기사가 무려 네 명이나 포함되었다.

내가 가장 아끼는 크로우 나이츠의 엡실론 경과 기사 대회 이후 급속도로 실력이 상승한 슈펠트 경, 그리고 레트론에서 합류할 실로페스 경과 소드 마스터에 오른 것으로 생각되는 레크라스 경이었다.

　이중 엡실론과 실로페스 경은 소드 마스터 상급의 실력자로 본국의 실력자들만 생각한다면 열 손가락 안에 드는 기사이니만큼 이번 전투에서 패배는 생각할 수도 없었다.

　이렇게 소드 마스터를 다수 포함하게 된 것은 헤르멘이 서면의 단일 세력으론 가장 많은 소드 마스터를 소유하고 있기 때문인데, 아군의 기사들과 비교한다면 크게 밀리기에 전처럼 엡실론 하나에 소드 마스터 둘이 연속으로 붙는 일은 생기지 않을 것이다.

　원정군이 준비를 마친 것은 회의가 있은 지 오 일 뒤로 세 아내의 걱정스러운 작별 인사를 뒤로하고 1만 5백의 서면 원정군을 이끌고 드래곤 산맥을 넘었다.

　대군이 산맥을 넘는 것은 자칫 산맥에 레어를 틀고 있는 지상 최강의 생명체인 드래곤의 분노를 살 수 있는 일이었지만 내 영지와 서면으로 이어진 산맥로는 드래곤들의 레어 사이에 위치한 안전 지역이었다. 때문에 두려움은 생기지 않았고 예상대로 원정군은 무사히 산맥을 넘어 서면의 땅에 발을 내디딜 수 있었다.

　서면 땅에 들어선 난 곧바로 헤르멘의 병력이 있는 테스턴 백작령으로 향했는데 시간이 촉박하다 하나 상대가 가벼운 자들이 아니었기에 무리한 행군은 하지 않았다.

　"골든 아이의 정보에 따르면 이미 헤르멘은 레트론에서 7만의 병력이 내려오는 것을 알아채곤 주 병력을 엘라스 성 쪽으로 움직였다고 합니다."

　테스턴 백작령으로 행군하며 지휘 마차에서 골든 아이를 통해 들어오는 정보를 바탕으로 앞으로 있을 전투에 대한 작전 회의를 열었는데,

예상 밖으로 헤르멘은 우리의 존재를 빨리 파악하여 움직이고 있었다.

북련에서 7만의 병력이 남하하는 것을 파악하곤 테스턴 백작령을 도모하던 것을 멈추고는 병력을 북상시켜 북련을 먼저 상대하게 한 것이다.

"재밌군. 숫자는 비슷해도 충분히 북련을 상대할 수 있다 생각한 것인가?"

"헤르멘과 북련 사이에는 구원이 있으니까요. 테스턴 백작령이야 왕도가 무너진 이상 도모하는 것은 어렵지 않을 테구요."

"하나 테스턴 백작의 성을 거점으로 하여 북련을 상대한다면 훨씬 유리했을 텐데?"

"시간 안에 성을 함락할 순 있지만 북련이 오기 전까지 안정시키는 것은 어렵기 때문인 것 같습니다. 자칫 북련과 상대하는 도중 내부의 적이 호응이라도 한다면 거점은 오히려 독이 될 수도 있는 일이니까요."

확실히 테스턴 백작의 성은 그 규모가 셔먼에서 열 손가락 안에 들 정도로 큰지라 고개를 끄덕일 수 있었다.

"적은 아직 우리의 존재를 알지 못하니 레트론 병력과 대치했을 때 후방을 친다면 좋은 결과를 낼 수 있겠군."

"레트론이야 세작들을 심어두어 그 움직임을 쉽게 파악할 수 있었겠지만 저희는 아멘에서 온 원정군이니 확실히 유리한 고지를 점할 수 있겠지요. 하나 이를 위해선 신속하고 은밀하게 움직여야 할 것입니다."

나의 말에 게리오스가 덧붙여 주의할 점을 이야기했고 이에 엡실론이 질 수 없다는 듯 자신의 의견을 꺼내놓았다.

"확실히 그들의 후방을 기습하는 것도 나쁘지 않습니다만 그전에 테스턴 백작의 도움을 얻는 것도 좋을 듯합니다."

"테스턴 백작을?"

"예. 그 역시 이번 전투를 끝으로 북련의 일원이 되어야 할 사람인데, 아무런 공도 없다면 스스로 불안감을 가질 우려가 있습니다. 그러니 현 병력의 방향을 돌리지 않고 테스턴 백작령으로 가 그와 함께 움직여 레트론의 병력과 함께 적을 앞뒤로 포위, 섬멸하는 것입니다."

엡실론의 의견에 다른 제장들 역시 고개를 끄덕였다. 하긴 아무런 조건 없이 테스턴에게 북련에 합류하라고 하면 그 역시 조금은 껄끄러울 것은 사실이기 때문이다.

그러니만큼 북련의 사활을 걸었다고 할 수 있는 전투에서 공을 세우게 하여 그의 자존심을 세워주는 것도 나쁘지 않은 것이다.

"참모장의 생각은 어떠한가?"

"테스턴 백작령에 아직 헤르멘의 눈이 남아 있을지 모르나 작전 자체가 무난히 진행된다면 적을 확실히 섬멸할 수 있을 것입니다."

"음… 제장들의 의견은 어떠하오?"

두 가지 의견 모두 그리 나쁘지 않았기에 난 제장들의 의견을 물어보았고, 반 이상의 사람들이 엡실론의 의견에 손을 들었다.

"알겠소. 그렇다면 엡실론 경의 의견에 따라 테스턴 령으로 먼저 가기로 하겠소."

"예, 공작 각하."

회의 결정에 따라 온 테스턴 백작령은 말 그대로 아수라장이라 해도 과언이 아니었다. 백작의 성에서 멀리 떨어져 있는 마을까지도 헤르멘의 병사들에게 약탈당하여 있었다.

시간이 지난 때문인지 시체들은 널려 있지 않았지만 여기저기 거적때기들이 널려져 있었고 군데군데 병자들이 신음하고 있는 모습도 볼 수 있었다.

병사들이 오고 있는 것을 보고 멀쩡한 자들은 도망치고 부상당한 사람들만이 남아 있는 듯했는데, 썩은 내가 진동하고 있는 곳을 지나자니 인상이 절로 찌푸려질 수밖에 없었다.

"살려주시오… 살려주시오……."

"으으으으……."

살려달라는 병자들도 있었고 아군 병사들을 두려워해 울부짖는 자들도 있었다.

그들의 모습을 보고 있자니 조금 불쌍한 생각이 들기는 했지만 현재 상황에서 물자를 그들에게 나누어 줄 수는 없어 외면하고 지나칠 수밖에 없었다.

"만약의 경우에 대비해 철저하게 주변 마을을 초토화시킨 것 같습니다."

"음……."

물자가 크게 부족하지 않는 한 이런 작은 마을은 건드리지 않는 것이 보통이었다. 크게 방해가 되지 않는 데다가 이 땅을 점령한다면 이들은 세금원이 되기 때문이다.

마을에 제재를 가하거나 약간의 약탈은 있을지언정 이렇게까지 폐허로 만들지는 않았다.

헤르멘은 주변 마을을 초토화시켜 만약의 경우 테스턴이 이곳에서 물자를 징발하거나 마을 사람들로 병사를 증원하는 것을 사전에 차단

하려 한 것이 분명했다.

또 이 정도로 피폐화됐다면 헤르멘의 군대가 물러났을 때 이들이 굶주림을 면하기 위해 영주에게 도움을 요청하러 몰려갈 수도 있기에 헤르멘으로선 테스턴을 괴롭히는 효과도 얻을 수 있는 것이다.

아니나 다를까, 마을을 지나 영주의 성에 도착하자 난민들이 아군의 병사들을 보고 성 주변으로 도망치는 것을 볼 수 있었다.

성문 주위로는 이들이 살았다고 생각되는 천막 수백 채가 보였고 지나쳤던 마을들과 마찬가지로 움직이지 못하는 병자들만이 남아 있었다.

아군의 병사가 성에 도착하자 성문이 열리면서 일단의 기마가 우리 쪽으로 다가오는 것을 볼 수 있었다.

군대의 깃발을 보고 나를 확인한 테스턴 백작이 기사들을 밖으로 보낸 것이다.

"테스턴 백작가의 기사 힐스입니다!"

"이드리샤 공작가의 기사 슈펠트라 하오!"

테스턴 백작의 기사 중 하나가 자신의 이름을 소리쳐 말하자 슈펠트 역시 다른 기사들과 함께 앞으로 나와서는 그를 맞았다. 우리가 이드리샤 공작가의 군대라는 것을 확인한 힐스란 자는 크게 기뻐하는 모습을 보였다.

하긴 헤르멘에게 오랜 시간 시달리다 드디어 원군이라 할 수 있는 우리가 도착했으니 어찌 기쁘지 않겠는가?

우리의 존재를 확인한 기사는 급히 성으로 돌아갔고, 잠시 후 백작으로 보이는 이가 직접 말을 타고 나와서는 우리를 맞이했다.

"본작은 영주인 테스턴 백작이오."

“선봉장을 맡고 있는 슈펠트 남작입니다.”

“아! 반갑소. 설마 이드리샤 가에서 원군을 보내주리라고는 생각지도 못했습니다.”

슈펠트의 말에 테스턴은 크게 기뻐하는 표정을 지으며 말했으나 슈펠트는 고개를 숙이는 것으로 간단히 인사를 하고는 말했다.

“지금 공작 각하께서 뒤에 계십니다.”

“아! 설마 공작 각하께서 친히 원군을 끌고 오셨단 말씀입니까?”

“예. 저를 따라오시지요.”

내가 직접 군대를 이끌고 왔다는 말에 테스턴은 크게 놀라는 표정을 지었고 이내 슈펠트를 따라 아군의 본진으로 기사들과 함께 말을 몰아왔다.

그리고 본진의 중앙에서 나를 발견한 그는 말에서 내려 귀족의 예를 표하고는 인사를 올렸다.

“이드리샤 공작 각하께 테스턴 백작이 인사드립니다.”

“오랜만이오, 테스턴 백작.”

고개를 끄덕이며 인사를 받은 난 말에서 내려 그에게 다가가 두 손을 잡고는 형식적인 미소를 지으며 말했다.

“악적 헤르멘의 공격을 버티어내느라 고생하셨습니다.”

“공작 각하…….”

“지금 레트론에서 북련의 병력이 테스턴 백작을 돕기 위해 남하하고 있으니 다시 그에게 이 땅이 수난을 받을 일은 없을 것입니다.”

“공작 각하… 고맙습니다.”

꽤 고생을 했는지 전에 만났을 때와는 달리 테스턴 백작은 상당히 말라 있고 피로한 모습이 가득했다.

1만의 병사들을 성 앞에 머물게 한 난 상장과 기사 몇 사람과 함께 백작의 성으로 들어갔다.

성 자체는 함락되지 않았지만 성 밖에서의 공격으로 성 내부의 모습도 그리 좋지 못했다.

화공으로 인하여 성벽 주변 건물은 불에 타 있었고 사방엔 적의 공격에 부상을 당해 신음하고 있는 병사들과 영주민들이 널려 있었다.

"음… 상황이 그리 좋지 못하구려."

"예… 간신히 영주민까지 동원하여 적을 막기는 했지만 처음부터 수적으로 크게 열세였는지라……."

"군량 상황은 어떻소이까?"

"그것이… 기사들조차 하루 한 끼나 두 끼밖에 끼니를 못 때우고 있는 형편입니다."

레트론의 병력이 남하하는 것이 조금만 늦었어도 성이 함락되는 것을 피하기 어려웠던 상황인지라 난 고개를 끄덕이고는 옆에 있던 엡실론을 보며 말했다.

"엡실론 경, 무리가 되지 않는 한도까지 군량을 지원하도록 하시오."

"예, 각하."

"가, 감사합니다, 공작 각하……."

이런 나의 말에 테스턴 백작은 진심으로 감사하는 듯한 표정을 짓고 있었기에 난 이야기하기가 조금 편해졌다는 생각을 하며 말했다.

"이 정도쯤이야 무엇이 문제겠소? 앞으로 같이해 나가야 할 시간이 더 많은데 말이오."

"예?"

“자세한 것은 안으로 들어가서 이야기하도록 합시다.”

내 말에 의문 어린 표정으로 되묻는 테스턴을 보며 난 미소를 지으며 그의 성안으로 들어갔다.

헤르멘과의 대전을 치르기 전에 난 테스턴과 개인적으로 이야기할 시간을 가졌고 그 기회를 통해 나의 계획을 그에게 밝혔다.

성안의 접객실에서 테스턴 백작과 마주 앉은 난 하녀가 가져온 차를 한 모금 입에 머금은 채 잠시간 뜸을 들인 후 그를 보며 말했다.

“테스턴 백작, 그대도 왕도가 귀족파에 무너진 것을 알고 계실 것이오.”

“…예, 알고 있습니다.”

왕도가 무너진 것을 아느냐는 나의 말에 테스턴은 고개를 숙이며 대답했다. 왕당파의 실세 중 한 사람이었던 그이니만큼 왕도가 무너졌다는 사실은 큰 충격이 아닐 수 없었을 것이다.

“왕도가 무너지고 서먼의 국왕께서 적의 손에 붕어하셨으니 솔직히 말하면 사실상 서먼의 왕당파는 무너지고 왕조가 일리온 공작의 이름으로 이어질 것은 막을 수 없는 일이오.”

“……”

“테스턴 백작은 어찌하시겠소? 복수전을 생각하고 있소?”

서먼 국왕의 복수를 꾀하는 것은 아니냐는 물음을 던지자 테스턴은 잠시간 침묵을 지키다가 길게 한숨을 쉬며 말했다.

“국왕 폐하께는 죄송스러운 일이지만 복수를 하기에는 제 힘이 너무 미약합니다. 그리고 이젠 서먼 왕국도 내전을 끝내야 할 시점이고 말입니다.”

과연 왕당파에서 이름이 높았던 사람이기 때문일까? 복수를 하고 싶을 것임에도 현 상황을 잘 파악하고 불가능함을 알고 있는 그였기에 난 고개를 끄덕였다.

"일리온 공작이 왕조를 잇는다면 테스턴 백작은 서면에서 입지를 찾을 수 없을 것이오."

"알고 있습니다. 서면의 백성들을 생각해서라도 전 이만 물러나야 하겠지요."

물러날 것을 생각하고 있지만 테스턴 백작 정도의 인물은 물러난다고 해도 귀족파가 가만히 내버려 둘 리가 없다.

아마도 그의 가문의 장정은 모두 참수를 면치 못할 것인데 그러한 것을 알면서도 이런 결정을 하는 것을 보면 쓸 만한 자라 할 수 있었다.

"테스턴 백작, 내게 하나의 청이 있는데 들어줄 수 있겠소이까?"

"청이라 하시면?"

"북련의 일원이 되어주시오."

그 말에 테스턴은 크게 놀란 표정을 지어 보였다. 하지만 이내 안색을 정리하고는 나를 보며 물었다.

"하나… 솔직히 전 내전을 더 이상 끌고 싶은 생각이 없습니다. 당장 북련의 일원이 된다면 가문과 저의 목숨은 연명할 수 있지만 왕국은 또다시 혼란에 빠질 테니까요."

"그렇다면 앞으로 건국할 신성왕국의 일원이 되어주지 않겠소?"

"시… 신성왕국이라 하셨습니까?"

내 입에서 신성왕국이란 말이 나오자 그의 표정은 아까와는 비교도 되지 않을 정도로 변했다.

북련의 일원이 되어달라는 말은 말 그대로 셔먼 왕국 내에서 왕조를 잇게 될 일리온 공작과의 대치를 불러오고 테스턴은 다시 내전에서 한 축의 귀족으로 자리잡게 되지만, 새로 건국할 신성왕국의 일원이 되어달라는 말은 내전의 한 축이 아닌 차별화된 다른 하나의 왕국의 신하가 되라는 말이었다.

똑같은 세력이라 할지라도 그것은 완전히 다른 개념이기에 테스턴이 놀라는 것은 당연한 일이었다.

"일리온 공작이 국왕이 된다 할지라도 당장 북련을 도모할 수는 없는 일이오. 과거 왕당파의 땅을 차지한 만큼 그 땅을 안정시키는 것은 상당한 시간이 소모될 것이니 말이오. 하나 저들의 왕조는 그저 과거의 답습에 지나지 않소. 그대가 진정으로 셔먼을 생각한다면 과거의 답습이 아닌 새로운 시대의 흐름을 타야 할 것이오."

"…그것이 신성왕국입니까?"

"그렇소. 본작은 헤르멘이 차지하고 있는 서부를 도모한 후 레트론의 성자 요슨을 교황으로 추대하는 신성왕국의 건국을 생각하고 있소. 이는 건국 이후부터 혼란을 야기시켰던 왕조의 다른 모습이 아닌 새로운 왕조, 새로운 왕가의 등장을 말하는 것이오."

새로운 왕조를 세우는 일, 그것은 결코 간단한 일이 아니었다. 대륙의 모든 땅에 주인이 있는 만큼 이는 그 주인을 몰아내고 새로운 주인을 세우는 일이기 때문이다.

그러기 위해선 원주인의 반발을 누를 막강한 무력은 물론이요, 새로운 왕국의 구성원이 될 백성들과 귀족들을 자신의 편으로 끌어들여야 하고 국가의 경제 체제도 새롭게 바꾸어야 하는 일이기 때문이다.

그런 이유로 하나의 왕조를 세우기 위해 들어가는 힘과 노력, 그리고 재물은 천문학적인 수치로 올라갈 수밖에 없고, 이들 중 하나라도 만족스럽지 못하면 왕조의 건국은 불가능할 수밖에 없었다.

"…그렇게 되면 새로운 왕조는 누가 잇게 되는 것입니까? 공작께서 신성왕국의 초대 국왕이 되시는 것입니까?"

테스턴은 나를 차가운 눈빛으로 보고 있었다. 솔직히 서면 왕당파의 실세였던 그인만큼 타국의 존재인 내가, 그것도 고위 귀족 출신인 내가 자신의 땅의 국왕이 된다고 하는 것은 꺼려지는 일이 분명하기 때문이다.

그야말로 내가 야심을 드러내어 서면을 꿀꺽하려 하는 것처럼 보인다는 말인데, 그런 그의 말에 난 미소를 지으며 답했다.

"애석하지만 본작은 국왕이 될 그릇도 아니거니와 타국에서 왕이 되고 싶은 생각도 없소이다."

"그럼……?"

"신성왕국이 건국된다면 본작은 서면 출신인 알펜 성의 레빈 백작을 국왕으로 추대할 생각이오."

"알펜 성의 레빈 백작을 말입니까?"

"그렇소. 솔직히 난 새로이 건국할 신성왕국의 국왕으로 그대를 추대할 생각도 했소."

이런 나의 말에 테스턴은 이내 고개를 저으며 말했다.

"그것은 제가 찬성할 수 없는 일입니다. 저 역시 왕이 될 만한 그릇은 아니니까요."

"그대가 그렇게 말을 해주니 내 말을 하기가 조금 수월해지는구려. 하나 이 일에 있어서 테스턴 백작을 내세울 수 없는 것은 바로 백작의 가문이 서면 이전 라피나르 제국 시절부터 내려오던 명문가이기 때문이오."

"이전과는 전혀 다른 새로운 왕국의 건설이 목적이라면 확실히 저희 가문은 적합하지 않겠지요."

"그런 이유로 본작은 서면의 명문가 출신이 아님에도 고위 귀족의 자리에 오른 레빈 백작을 초대 국왕으로 추대하려는 것이오."

테스턴은 잠시간 생각에 잠기더니 이내 고개를 끄덕이고는 말했다.

"확실히 북련은 레트론의 요슨 성자님이 신앙의 축으로, 알펜 성의 레빈 백작께서 정치의 축으로 이미 자리를 굳히고 계시니 새로운 신생 왕국의 국왕으로 추대되시는 것은 당연한 것입니다."

레빈이 새로운 국가의 국왕이 되는 것을 납득하는 그를 보면서 난 다시 차를 한 모금 마시며 그에게 생각할 시간을 준 후 말했다.

"어떻소? 그대가 신성왕국의 일원이 된다면 본작은 그대에게 공작의 자리까지 약속할 수 있소."

"공작의 자리라니요! 솔직히 전 북련에 어떠한 일도 하지 못한 외부인이 아닙니까?"

"아니, 왕국은 국왕의 힘으로만 끌고 갈 수 있는 것이 아니오. 제대로 된 기반을 잡기 위해선 정치적으로 노련한 경험이 있는 사람이 반드시 필요하오. 하지만 애석하게도 북련에는 그러한 노련함을 가진 이가 전무한 상황이오. 백작의 영입은 북련에 도움을 주고 안 주고를 떠나 왕국의 기반을 확고히 하기 위해 반드시 필요한 인선이오."

이런 나의 말에 고민에 잠기던 그는 잠시 후 마음을 결정하고는 답했다.

"알겠습니다. 작은 힘이나마 도움이 된다면 최선을 다해보겠습니다."

"그대의 힘든 결정에 감사하오."

이렇게 해서 테스턴은 드디어 북련의 일원이 되었다. 뭐, 따르던 국왕이 귀족파의 손에 죽은 이상 그에게 남은 것은 북련밖에 없었기에 당연한 일일 수도 있지만 말이다.

하지만 그와는 달리 엡실론이 말한 계획엔 많은 문제가 있었다. 레트론의 군대를 상대하러 가기 위해 북상한 헤르멘을 테스턴 백작과 힘을 합쳐 양공한다는 계획이었지만 이전의 전투에서 테스턴은 상당한 피해를 입었기에 합류할 만한 병사가 없다는 것이다.

애초에 3만에 가까웠던 정규 병력도 대공세 속에서 반 가까이 줄어 있었고, 그 수마저도 부상자를 제외한다면 기껏 운용할 수 있는 병력은 7천 남짓에 불과했다.

이런 열세 속에서도 견딜 수 있었던 것은 테스턴 백작 성의 영주민들이 죽음을 무릅쓰고 직접 나가 싸웠기에 가능했던 것이다.

원정군에 성을 지켰던 방법과 같이 일반 백성들을 병사로 징집한다는 것은 여러 가지 문제가 있는 일인지라 상황은 그냥 처음부터 헤르멘 쪽으로 향하는 것만 못하게 되어버렸다.

하지만 생각 외의 소득이라면 테스턴 백작 측에 인재가 적지 않다는 것이다.

"소개하겠습니다. 이 사람은 백작령 기사단의 단장을 맡고 있는 라온 호스란 자작으로 현재 소드 마스터 초급의 실력자이기도 합니다."

"호오……."

놀랍게도 테스턴 백작에게도 소드 마스터가 있었던 것이다.

테스턴 백작의 소개를 받은 라온 호스란 자작은 엡실론과 비슷한 덩치의 소유자로 짧은 금발에 날카로운 눈매를 가진 근육질의 기사였다.

첫인상으론 조금 과격한 성격을 가진 이가 아닐까 싶었지만 이야기를 해보니 흐트러짐없고 침착한 말투는 지장이 아닐까 생각되었다.

솔직히 그리 기대는 하지 않았는데 그와 같은 인재가 있다니… 하긴 왕당파의 실세였으니 당연한 일일 수도 있었다.

그 외에도 테스턴 주위에는 슈페리어 넘버 급의 기사들이 십여 명가량 있었고, 정치적 식견이 뛰어난 하급 귀족들도 다수 있었다.

무력으로 치면 크게 미흡한 테스턴 백작이었지만 휘하에 있는 인재는 북련과 비교해도 뒤지지 않았다.

정치적으로 제대로 된 활동을 하기에는 그 수가 미흡한 북련을 생각한다면 테스턴 백작의 합류는 그야말로 신성왕국의 한 축을 담당하기에 충분했다.

테스턴 령에서 동원한 병력은 1만, 예상보다 적긴 했지만 그것도 강제 징병을 통해 어렵게 동원한 병력인지라 어쩔 수 없는 일이었다.

그래도 무장이라도 제대로 걸친 것을 다행이라 생각하며 아군 병력은 헤르멘의 군대가 향한 엘라스 성으로 향했다.

테스턴 백작의 병력까지 합친 2만의 병력은 삼 일 후 엘라스 성 가까이에 도착할 수 있었고, 드디어 척후병으로부터 전황이 들어왔다.

"각하! 엘라스 성 전투의 전황이 들어왔습니다."

"가져오게."

아군이 엘라스 성 가까이 도착했을 때는 이미 헤르멘과 레트론의 병력이 충돌한 지 오 일이 지난 후였다.

엘라스 성 남쪽 평원에서 처음 충돌한 전투는 처음에는 계속된 원정으로 인하여 지친 헤르멘이 1차 전투에서 밀리긴 했으나 2차 전투부터는 어느 정도 안정을 찾아갔다고 한다.

그리고 3차 접전에서 나이트 배틀이 있었는데 그곳에서 헤르멘의 상장 중 하나인 소드 마스터 토리오 자작이 레크라스와 대결하였고, 이 싸움에서 레크라스가 밀려 어깨에 부상을 입었으나 간신히 아군 진영으로 돌아올 수 있었다 한다. 이에 실로페스가 직접 나이트 배틀에 나서자 헤르멘 진영에선 린드슨 자작이 나와 그와 겨루었지만 실로페스에게 패하고 도주했다고 한다.

나이트 배틀에서 1승 1패로 무승부가 나 현재 두 진영은 서로 비슷한 병력이라 대치 상태에 들어갔다.

"현재의 전황은 막상막하, 여기서 아군이 가세한다면 헤르멘은 패주를 면치 못할 것이다. 엡실론, 전군에 전투 준비를 명하라!"

"예."

과거 레트론 전투 이후 두 번째로 겨루게 된 헤르멘, 그 당시에는 그를 그냥 보내줄 수밖에 없었지만 이번에는 절대로 놓치지 않겠다 다짐하며 병력을 이끌고 엘라스 성으로 향했다.

"와아아아!!"

엘라스 성 평원, 멀리 보이는 성 앞으로 수많은 병사들이 진영을 이루고 있었고 그 앞으로는 헤르멘 측의 수많은 기가 바람에 휘날리며 많은 병력들이 진을 치고 있는 것을 볼 수 있었다.

전술 지도상 적과 아군의 배치도는 북쪽의 엘라스 성을 임시 요새로 두고 그 앞으로 약 6만의 레트론 본진이 진을 치고 있었고 그 좌우로 기병이 늘어서 있었다. 이에 헤르멘은 적 본진을 맞대고 본진 우측으로 다수의 기병이 존재하고 있으며 본진에서 남쪽으로 떨어진 곳에 임시 요새를 구축하고 있었다.

임시 요새에는 헤르멘 군의 군량과 함께 요새 방어병 1만이 지키고
서 있었다.

그리고 헤르멘 진영의 서쪽 알카서스 숲 쪽으로 아군의 2만 병력이
종으로 길게 병단을 이루고 있었다.

"이것이 현재의 병력 배치 상황입니다."

"대치하고 있는 적아 모두 현재 각하의 병력이 알카서스 숲에 있다
는 걸 알지 못하고 있으니 이 틈을 타 기습한다면 적을 크게 흔들 수
있다 생각합니다."

"하나 적 본진과 현 아군과의 거리는 대략 3킬로미터 남짓, 야습이
라면 충분히 기습이 가능한 거리입니다."

적과의 거리는 가깝다고도 멀다고도 할 수 없는 거리, 엡실론이 야
습을 건의하자 제장들 역시 그 의견에 동의했다.

"좋소. 오늘 밤 야습하도록 합시다."

야습이 정해지자 전 병력은 야습에 대비한 전투 준비를 행하기 시작
했다.

그날 밤 알카서스 숲에 숨어 있던 아군은 밤을 틈타 천천히 적 진영
으로 향하기 시작했다.

"와아아아!!"

하지만 적과의 거리가 가까워지자 적 진영에서 함성 소리와 함께 하
늘에서 무수히 많은 화살이 쏟아져 내려오기 시작했다.

"뭐야!!"

이에 놀란 아군은 예상치도 못한 적의 공격에 크게 흔들릴 수밖에
없었다. 적은 이미 우리가 야습을 꾀하고 있음을 알고 있었던 것이다.

"전군 후퇴!! 후퇴!!"

적에 들킨 상황이라면 야습은 불가능한 일, 어쩔 수 없이 난 병력을 뒤로 돌리고 후퇴할 수밖에 없었다. 그러나 이미 기다리고 있었던 듯 수많은 기병이 아군에 들이닥쳤고 한 치 앞도 보기 어려운 상황에서 드디어 대접전이 시작되었다.

나로선 레트론의 병력조차 오늘 도착한지 모르는 아군이 헤르멘의 눈에 띈 것을 이해할 수 없었다.

많은 피해를 입긴 했으나 다행히 아군은 무사히 알카서스 평원으로 피할 수 있었다. 하지만 야습의 실패로 인하여 3천 이상의 병력을 손실한 상태였다.

"어떻게 된 일인가!!"

간신히 알카서스 숲으로 피한 난 제장들에게 호통 쳤다.

"그것이… 알 수가 없습니다. 어떻게 적이……."

"빌어먹을… 크윽……."

차라리 정공을 취했다면 이런 어이없는 사태는 벌어지지 않았을 것이라 난 미간을 찌푸릴 수밖에 없었다.

다음날 난 엘라스 성으로 사람을 보내어 아군이 도착했고 야습이 실패했음을 알렸는데, 실로페스에게서 답신을 받은 후 허탈감에 아무 말도 할 수 없었다.

"야습이 실패했던 것이 이것 때문이었는가?"

"……."

제장들 역시 야습이 실패한 이유를 보며 어이없음에 말을 잇지 못하고 있었다. 헤르멘은 우리의 예상처럼 아군의 병력을 감지하지 못하고 있었다.

　그럼에도 불구하고 야습에 실패한 것은 레트론 군과 사전에 협의하지 않은 탓이었다.

　내가 전령을 통해 받은 전황은 3차 접전까지이지만 우리가 알카서스 숲에 도착하기 전 4차 전투가 전날 있었던 것이다.

　실로페스는 4차 전투에서 일부의 병력을 은밀히 돌려 야습을 통해 적 후위를 기습했고, 이 전투에서 약간의 우세를 보였다고 한다.

　이 때문에 헤르멘은 전날 있었던 야습에 대비하여 방심을 틈타 다시금 야습이 있을지 모른다는 생각을 하며 대비하고 있었던 것인데, 그것을 알지 못하고 아군이 야습을 행한 탓에 그대로 적에게 당하고 만 것이다.

　만약 사전에 실로페스에게 연락만 취했다면 어처구니없는 일은 벌어지지 않았을 것이란 생각에 난 통탄할 수밖에 없었다.

　아군의 위치가 적에게 드러난 이상 더는 알카서스 숲에 숨어 있을 필요가 없다고 생각했기에 이곳에서 진영을 구축할 것인가 아니면 레트론 병력과 합류할 것인가 하는 갈래 길에서 알카서스 숲에 진영을 구축하는 것으로 결정했다.

　아군의 진영은 좌측에 본진 1만이, 우측으로 두 개의 병단이 나누어져 중앙에는 보병이, 우측에는 기병이 위치했다.

　기본 일자 진형에서 변형을 준 것으로 좌우측에 무게를 둔 진형이었다.

　아군이 알카서스 숲 앞에서 진을 이루자 헤르멘은 1만 3천 정도의 병력을 돌려 아군과 대치하게 했고 그들은 아군을 맞대고 일자 진형을 이루었다.

　"엡실론! 실로페스의 전령이 도착했는가?"

“아직입니다. 아마도 헤르멘 쪽에서 철저하게 전령의 이동을 막고
있는 듯합니다.”

지금쯤이면 실로페스가 전령을 보냈을 것이 분명함에도 도착하지
않는 것으로 보아 엡실론의 추측이 맞는 듯했다.

그렇다고 한다면 레트론 병력과는 다른 작전 노선으로 움직여야 할
것은 분명한 일, 실로페스가 상황에 따라 잘 움직여 주어야 했다.

“적 진영의 가문기로 보아 아군과 맞서고 있는 지휘관은 토리오 자
작인 듯합니다.”

“토리오라면 부족하지 않겠지! 전군을 진군시켜 적 진영과 아군의
진영 사이를 천 보 이내로 줄여라!”

“예!”

내 명령에 북소리가 울리며 적 진영과의 사이를 좁히기 시작하자 그
와 함께 적 진영, 그리고 레트론 쪽에서도 작전의 북소리가 들려왔다.

“적 진영에서 움직임이 보입니다. 중앙 후위에 위치해 있던 적 기병
이 좌측으로 이동하고 있습니다.”

“본진! 급속 전진!!”

적 기병이 진영의 좌측으로 이동하는 것을 확인한 난 그대로 본진을
급속 전진시켰고 아군의 움직임은 빨라지기 시작했다.

아군의 본진이 움직이자 적 진영에서의 작전 신호가 급속히 바뀌며
그와 함께 또다시 적 진영의 움직임에 변형이 보이기 시작했다.

“적 기병 다시 우측으로 이동! 보병 본진 중 일부가 우측 진영 전위
로 이동하고 있습니다!”

“기병단 돌격!!”

“기병단 돌격!!”

그들의 움직임을 파악한 난 그대로 기병단의 돌격을 명했고 나의 명령에 우측의 기병단이 적 진영을 향해 돌격해 들어갔다.

"와아아아!!"

두그두그!!

"중앙 보병단 급속 전진! 본진 후위 기사단은 급속 전진하여 적의 좌측 진영에 돌입한다! 본진 전위 보병단 돌격!"

"와아아아!!"

적 진영의 움직임이 조금 위태로운 것을 파악하곤 그대로 전투를 시작했다.

우측의 아군 기병단이 돌격해 들어가자 적 진영에서 궁수대가 일제히 활을 쏘았으나 아군의 피해는 미비했다. 이에 아군의 기병대가 적 진영으로 돌입해 들어갔다.

그리고 다음 순간 아군의 좌측 본진 전위에 위치한 보병이 적과 충돌했고, 그 후위로 기사단이 적의 좌측으로 돌입하며 적 진형을 흐뜨려 놓았다.

아군이 적의 좌우 진형을 크게 흐뜨려놓자 토리오 자작은 본진이 위치한 중앙을 움직이기 시작했는데, 그 방향이 좌우측이 아닌 아군의 중앙 보병단을 노리고 들어오고 있었다.

"호오! 그렇게 나온다는 것인가? 중앙 보병단! 돌격! 본진은 돌격하는 중앙 보병단과 합류하여 적 본진을 괴멸시킨다!!"

토리오 자작이 본진이 위치한 좌측이나 상대적으로는 숫자가 적은 기병단이 돌격한 우측 진형으로 움직일 것이라 생각했는데, 그는 예상외로 중앙의 보병단을 노리고 들어왔다.

중앙 보병단의 숫자가 5천인 반면 적 본진의 숫자는 7천이었고 기사단이 위치해 있어 상대적으로 강한 힘을 보유하고 있었다.

하지만 아군의 본진이 중앙을 지원한다면 숫자에서 크게 압도하는 상황이었기에 적 본진과 상대하는 것은 해볼 만한 일이었다.

"와아아!!"

채재쟁!! 쟁!!

잠시 후 적의 본진은 중앙 보병단과 충돌했고 그와 함께 아군의 본진 역시 적을 향해 돌입해 들어갔다.

본진이 전투에 참여한 이상 나 역시 가만히 앉아 있을 수는 없는 일이었기에 지금까지 지휘만 하던 것을 멈추고는 병장기를 빼어 들고 친위 기사단과 함께 적 기사단에 돌진해 들어갔다.

친위 기사단은 만약의 사태에 대비하여 기존의 기사들이 아닌 크로우와 블루 버드 나이츠 중 정예 백 명을 뽑아 배치하고 있었기에 적 기사단이 숫자는 많아도 결코 밀리지 않을 것이 분명했다.

나를 비롯하여 친위 기사단이 직접 적의 기사들을 상대하자 상황은 크게 반전되기 시작했다. 수적으로도 크게 앞선 상태에서 아군이 압도적으로 적을 밀어붙이기 시작한 것이다.

전에 있었던 야습의 대실패가 믿어지지 않을 정도로 완벽하게 적을 밀어붙였다. 적은 본진까지 아군에 밀리자 후퇴하기 시작했다.

"후퇴하라!! 후퇴하라!!"

더 이상 전투를 계속한다면 전멸을 면치 못할 것이라 생각한 토리오 자작이 전군에 후퇴를 명한 것이다.

"공작 각하! 적이 본영으로 후퇴하고 있습니다!"

"본영을 상대하기에는 병력이 부족하다. 아군을 물리도록!"

"예!"

여건이 되었다면 후퇴하는 적을 쫓아 섬멸할 수도 있는 일이었지만, 본영이 버티고 있는 상황에서 레트론의 호응이 제대로 이루어졌는지도 알 수 없었기에 나로선 군을 물릴 수밖에 없었다.

하지만 헤르멘과 나의 첫 번째 전투라고 할 수 있는 이번 전투에서 아군이 크게 우세한 상황으로 전투를 마무리할 수 있었기에 만족할 수 있었다.

토리오의 1만 3천 병력과 아군의 1만 7천 병력의 싸움은 아군의 압도적인 우세로 끝났다.

적은 전체 병력 중 반 이상인 7천에 가까운 병사들이 전사한 것에 비해 아군은 2천 정도밖에 전사하지 않았기 때문이다.

무려 세 배가 넘는 전과를 올리자 아군의 사기는 크게 치솟아올랐고 진영을 정비한 이후 제장들 역시 크게 만족한 표정으로 모일 수 있었다.

"각하! 대승입니다!"

"아직 대승이라 보기는 어렵네. 우리가 상대한 것은 토리오 자작뿐이니 말이야."

"하오나 이번 전투로 헤르멘의 본영으로선 후방의 아군이 결코 만만하지 않다는 것을 알았으니 이번 전투는 아군에 크게 유리해졌다고 할 수 있습니다."

나의 겸손의 말에 엡실론은 아니라는 듯이 기뻐하며 말하였다. 이번 전술은 그동안 참모장인 게리오스와 의논하여 짠 것으로 보통 셔먼이 중앙에 본진을 두고 좌우의 균형을 비슷하게 하는 일반적인 진형을 이루고 있음을 알았기에 변칙적인 진형으로 전술의 극대화를 꾀한 것이다.

그 때문에 토리오는 제대로 대항도 하지 못하고 무너진 것이니 이번 전투에서 게리오스의 공로는 상당하다 할 수 있었다.

"모두 참모장인 게리오스 경의 뛰어난 전술 덕분이니 그의 공이 크다 할 수 있소."

"아닙니다. 공작 각하께서 계시지 않으면 어찌 이런 전술을 사용할 수 있었겠습니까."

자신을 칭찬하는 말에 게리오스는 겸손함을 보이고 있었기에 흡족한 표정을 지을 수 있었다.

아군에 패하고 본영으로 후퇴한 토리오 자작은 패배의 충격에서 벗어나지 못했는지 쉽게 아군의 진영으로 다가오지 못했다.

하지만 엘라스 성에 있는 레트론 군에서는 아직도 연락이 오지 않고 있는 상황이라 전황은 쉽게 파악할 수 없었다.

일단 슈펠트에게 척후를 보내어 전황을 알아보라 명했지만 적 역시 만만치 않아 아직 엘라스 성의 전황은 알지 못했다.

"레트론의 상황을 모르니 답답하구만."

"일단 제가 엘라스 성으로 가는 것이 어떻겠습니까?"

전령이 오지 않아 답답해하자 이에 게리오스가 나서 자신이 엘라스 성으로 가겠다는 말을 꺼냈다.

상당한 수준의 마법사인 그라면 몸을 투명하게 하는 인비지빌리티의 마법으로 충분히 적의 감시를 뚫고 엘라스 성에 갈 수 있겠지만, 그가 곁에 없는 것은 내심 불안했기 때문에 난 만류했다.

"참모장이 자리를 비운다는 것은 있을 수 없는 일이네."

나의 말에 게리오스는 더 이상 나서겠다는 말을 하지 않았다. 그때 지휘 막사로 기사 한 사람이 들어왔다.

"공작 각하, 엘라스 성의 전령이 도착했습니다."

"아!!"

엘라스 성의 전령이 도착했다는 말에 난 그를 안으로 들어오게 했는데, 전투를 치렀는지 전령은 온몸이 피로 뒤덮여 있었다.

"이드리샤 공작 각하께 인사드립니다."

"그래, 엘라스 성의 전황은 어떠한가?"

우리 쪽의 야습이 실패한 이후 난 엘라스 성에 전령을 보냈지만 그는 헤르멘의 병사들에게 막혀 죽임을 당한 듯했다.

그런 탓에 실로페스는 그저 우리가 야습에 실패하여 피해를 입었다는 정도의 정보밖에 얻지 못해 조심히 움직이고 있었는데, 이번 전투에서 아군이 움직이는 것을 안 실로페스는 군을 움직여 5차 전투에 들어갔다고 한다.

하지만 5차 전투에서 레크라스가 성급하게 군을 움직인 탓에 예상보다 큰 피해를 입고 다시 엘라스 성으로 밀려나고 말았는데, 다행히 전투를 행함과 동시에 전령을 보내어 무사히 전령이 내 진영에 도착한 것이다.

"5차 전투의 피해는 어느 정도 되는지 아는가?"

"저로서도 급히 오느라 확실한 것은 모르지만 마지막으로 본 것이 레크라스 경이 이끄는 기병대가 적 기병과 보병 사이에서 협공을 당한 모습이었기에 적어도 4, 5천 정도의 피해가 있지 않을까 생각합니다."

"음……."

레크라스, 이 머저리 같은 놈! 기껏 이쪽에서 대승을 거두어놓았더니 성급하게 움직여 망쳐 놓다니… 휴…….

뭐, 예전부터 그가 성급한 성격임은 알고 있었지만 중요한 전투에서 큰 실수를 한 것을 생각하니 한숨밖에 나오지 않았다.

"알겠네. 다시 돌아갈 수 있겠는가?"

"그것이… 무리일 것 같습니다. 이번에 온 것도 5차 전투의 틈을 탄 것인지라……."

"그럴 테지… 알겠네. 막사에서 휴식을 취하도록 하게."

"예, 각하."

5차 전투의 패배로 얼마나 큰 피해를 입었는지는 알 수 없지만 확실한 것은 레트론에는 헤르멘에 대적할 지휘관의 수가 극히 부족하다는 것이었다.

뭐, 그도 그럴 것이 레빈 쪽도 용병들로 이루어져 있어 무력에 뛰어난 자는 있을지언정 전술에 뛰어난 자는 없었고, 다른 쪽도 마찬가지였다.

제대로 믿을 수 있는 자는 실로페스뿐이니 그 혼자 힘으로 군을 이끈다는 것은 어려운 일이 분명할 것이다.

이번에 내가 쉽게 적을 패주시킬 수 있었던 것도 병사들을 지휘하는 일선 지휘관들이 뛰어나 전술적 움직임이 원활하게 이루어졌기에 가능했던 것이니 엘라스 성에서 혼자 분투하고 있는 실로페스가 불쌍할 뿐이었다.

아군의 2차 전투에 앞서 모인 상장들의 모임에서도 내가 이런 말을 털어놓자 상장들 역시 모두 고개를 끄덕이며 수긍하였다.

"하나 이제 와 지휘관급 기사들을 보낸다 할지라도 마찰이 있을지언정 원활한 군의 움직임을 보이기는 어려울 것입니다."

"제 생각도 엡실론 경과 마찬가지입니다. 이렇게 된 바에는 엘라스 성의 병력은 적을 견제하는 데 이용하고 저희 쪽이 전투를 주도하는 것이 훨씬 나을 것 같습니다."

"내 생각도 마찬가지이네. 엘라스 성 쪽은 5차 전투의 패배로 함부로 움직이지 못할 것이니 헤르멘은 우리 쪽에 상당수의 병력과 핵심 기사들을 보낼 확률이 높다. 그러니 그에 대응한 전술 수립을 우선하도록 하지."

"예, 각하."

다음날.

내 예상이 들어맞은 것일까? 헤르멘의 본영 쪽에서 나를 상대하기 위해 병력을 보내었고 그 숫자는 2만에 이르렀다.

그에 반해 아군의 수는 1만 5천, 아니, 중상자들을 제외한다면 1만 3천에 불과한지라 병력 수로 미루어본다면 1차 전투와 반대가 되었다고 해도 과언이 아니었다.

또 적 지휘부의 깃발을 보니 1차 전투에 참여했던 토리오 자작과 함께 린드슨 자작, 그리고 그 휘하에 있는 귀족으로 펠로슨 남작, 시온 남작도 포함되어 있었다.

"적 진형은 1차 때와 마찬가지로 중앙에 본진을 두고 있습니다만 좌측 진형으로 린드슨 자작이, 우측으로 펠로슨 남작이 진을 이루고 있습니다. 또 1차 때 우왕좌왕하여 제대로 힘을 발휘하지 못한 기병은 시온 남작이 맡고 있습니다."

적 진형은 중앙에 7천가량의 병력이, 좌우측으로 5천 정도의 병력이, 우측 후방으로는 기병 3천이 배치되어 있었다.

그에 반해 아군은 슈펠트 경이 이끄는 1천 5백의 병력이 좌측을, 크리븐과 기스 경이 중앙의 3천 병력을, 우측 본진은 나와 게리오스, 친위 기사단을 윙켈과 엘트로우스가 맡아 총 6천의 병력이 본진을 이루고 있고, 엡실론이 기병 2천 5백으로 본진 후방에 위치해 있었다.

전체적으로 우측으로 무게가 기울어 있는 진형을 이루고 있었다.

"어디, 놈들이 어찌 나오는지 볼까?"

이렇게 정면으로 붙는다면 아군은 좌측 진형의 열세를 피하지 못하고 붕괴될 것이 뻔한 일이기 때문이다.

하지만 누가 그대로 싸운다고 했던가. 녀석들의 모습을 확인한 난 군을 움직였다.

"본진 전진!"

내 명령이 떨어지자 6천의 본진 병력이 움직이기 시작했고, 잠시 후 다시 명령을 내려 중앙과 좌측 진형을 움직였다.

그러자 내 진형은 우측을 시작으로 해서 움직였다. 그러자 적 진영에서 기병이 움직이기 시작했다.

"기병단은 아군을 향해 움직이는 적 기병을 막아라!!"

명령이 떨어지자 엡실론은 2천 5백의 기병을 이끌고 우측 진영으로 돌진해 오는 적 기병을 향해 움직였고 잠시 후 두 기병단이 충돌했다.

"와아아!!"

아군과 적군의 기병 수는 엇비슷하였지만 아군 기병에는 크로우 나이츠와 블루 버드 나이츠 소속의 기사들을 합류시켜 놓은 상태였다.

아멘 7대 기사단의 기사인 만큼 이들은 아멘에서도 정예 중의 정예, 그런 탓에 접전 중이지만 아군이 우세한 모습을 보이고 있었다.

아군이 전진하는 상황에서도 적은 사태를 주시하며 움직이지 않고 있었지만 점차 자신들의 기병단이 밀리기 시작하자, 급히 우측 병력을 급속 전진시키며 밀리고 있는 기병을 보조하려는 움직임이 보였다.

"본진 돌격!!"

적 진형이 움직이기 시작한 것을 확인한 난 그대로 본진에 돌격을 명했고, 아군의 본진 병력은 적 우측 진형으로 돌격을 감행했다.

"와아아!!"

전체적으로는 아군이 병력면에서 열세일지 모르지만 부분적으로 본다면 아군이 1천가량 우위를 보이고 있었다.

또 아군의 선두에는 최정예라 할 수 있는 친위 기사단이 있었기에 그들이 전열을 무너뜨리자 적군은 급속도로 와해되기 시작했다.

"적의 본진 병력이 밀려오고 있습니다!"

"중앙과 좌측 병력은 돌격하여 적의 좌측 병력을 공격하라!!"

적의 중앙 본진이 열세인 우측 병력을 돕기 위해 움직이는 것을 확인한 난 중앙과 좌측 병단으로 하여금 적의 좌측 병단을 상대하게 하였다.

기병단의 전력에선 아군이 크게 앞서고 있는 상황에서 적 좌측 병단의 수는 5천, 아군은 중앙과 좌측 병단을 합쳐 4천 5백이었지만 병력의 차이는 거의 보이지 않았다.

비교적 후위에 위치해 있던 좌측 병단이었던 만큼 중앙 병단과 합류는 거의 동 시간에 이루어졌고, 우세를 보이던 기병단이 적 기병들을 밀어붙이며 적의 좌측 병단에 돌입하자 그 부분의 전세는 아군에 유리하게 이끌려 나가고 있었다.

적 중앙 본진은 우측 병단을 돕기 위해 움직였지만 치열한 전투가 행해지고 있는 시점이었기에 합류하는 것에는 시간이 걸릴 것이 분명한 일이었다.

"와아아아!!"

"하압!!"

하지만 전체적인 수에서 크게 밀리고 있었기에 어느 사이엔가 내 쪽까지 적의 병사들이 밀려왔다. 이에 난 플레일을 꺼내 들어 그 병사의 머리를 부수어 버리며 전황을 살펴 나갔다.

작전을 지휘하며 전투를 행하는 것은 결코 쉬운 일이 아니었기에 적을 상대할 때마다 등줄기로 땀이 물 흐르듯 흘렀다.

"아군 기병단과 중앙, 좌측 병단에 적 좌측 병단이 버티지 못하고 뒤로 밀리고 있습니다!!"

"기병단을 돌려 적 중앙 큭!! 빌어먹을!! 적 중앙 본진의 우측으로 돌진하게 하라!"

내 명령에 다시 기병단은 적의 기병단과 우측 병단을 밀어버릴 기세로 드디어 중앙 본진까지 돌진해 들어갔다.

하지만 그 사이에 아군의 본진은 합류된 적 중앙 본진 때문에 밀리고 있는 상황이었고 내가 있는 쪽으로도 상당수의 적 병력이 밀려오고 있었다.

"최대한 버텨라!! 아군의 기병단이 적 중앙 본진에 돌입할 때까지 버텨야 한다!!"

적은 수로 많은 수를 상대하는 것은 결코 바람직한 전술은 아니었다. 가능한 한 다수의 병력으로 소수의 병력을 상대하는 것이 가장 편하고 안전한 전술이기 때문이다.

하지만 상황이 그렇지 않다면 전술적인 움직임으로 그것을 커버해야 하는 것은 당연한 일, 내가 우측 본진에 많은 병력을 투입하고 좌측으로 수를 줄인 까닭은 큰 병력의 차를 보이는 적을 상대하기 위하여 조금이라도 유리한 고지를 점하고자 했기 때문이다.

그렇기에 적의 좌측 병단보다 수가 많은 우측 병단을 본진으로 상대했던 것이고, 적 본진이 밀리고 있는 우측 병단을 돕기 위해 움직일 때 수가 적은 중앙과 좌측 병단을 합쳐 적의 좌측 병단을 상대하여 수적인 열세를 커버하려 한 것이다.

아군에 유리한 것이 있다면 기병과 기사가 적에 비해 우수하다는 것이기에 그것을 이용하여 적을 농락하면 충분히 유리한 싸움이 되리라 생각했다.

그것이 맞아 들어가고 있었지만 실전 전투라는 것이 생각대로 행해지진 않는 법, 시간이 지날수록 아군의 피해가 커지고 있었다.

하지만 그에 대비하여 적의 피해 역시 만만치 않아 드디어 적 좌측 병단을 효과적으로 제압한 아군의 중앙과 좌측 병단이 적 중앙 본진으로 돌입해 들어가기 시작했다.

그러자 아군의 모습은 말 그대로 적은 수로 많은 수의 적군을 감싸는 형국이 되어버렸고 시간이 지나며 점차 아군에 유리하게 전황은 흘러가고 있었다.

"적이 후퇴하고 있습니다!!"

아니나 다를까, 아군의 포위 공격에 적은 더 이상 버티지 못하고 후퇴하기 시작했고, 아군은 크게 함성을 지르며 후퇴하는 적을 쫓기 시작했다.

그렇게 아군에 유리한 작전이 수행되고 있을 때, 드디어 기다리던 전령의 보고가 들어왔다.

"전령이 도착했습니다!! 헤르멘 본진과 6차 전투에 돌입했다고 합니다!!"

“되었다!! 후퇴하는 적을 쫓아라!!”

이 전투가 본격적으로 시작되었을 때 난 그 틈을 타 엘라스 성으로 전령 몇 사람을 보내어 아군이 전투를 시작했으니 병력을 끌고 헤르멘의 본영과 전투를 시작하라는 명령을 내렸다.

때문에 전령의 보고를 받은 실로페스가 헤르멘과 6차 전투에 들어갔다는 사실을 확인한 난 후퇴하는 적을 쫓게 한 것이다.

후퇴하는 적을 쫓아가자, 아니나 다를까, 멀리서 엘라스 성의 모습이 드러나며 수많은 병사가 전투를 벌이고 있는 것을 볼 수 있었다.

“후퇴하는 적을 쫓아 적 본영에 돌입한다!!”

나의 명령이 떨어지자 적을 추격하던 아군의 병력은 드디어 헤르멘의 본영으로 돌격하기 시작했다.

“각하!! 엡실론 경이 후퇴하던 린드슨 자작의 발을 잡는 데 성공했습니다!!”

“좋아! 친위 기사단은 엡실론 경을 중심으로 포위진을 형성하고 나머지는 그대로 적 본영으로 돌입하라!!”

“와아아아!!”

후퇴하던 적을 쫓던 아군은 그대로 적 본영으로 돌입해 들어갔다. 아군이 돌입한 것은 적 본영의 좌측 병단, 헤르멘은 엘라드 성의 레트론 병력과의 대치에서 군을 총 네 개의 무리로 나누며 좌측 두 번째 병단에 본진을 두고 있었다.

실로페스의 레트론 병력이 일자 형 진형으로 적진과 충돌한 상황에서 밀고 들어오자 적으로선 제대로 대응할 여지가 없었다.

그 때문에 적 본영은 얼마 후 아군이 돌입한 좌측에서부터 심각하게 무너지기 시작했다.

카가강!! 캉!!

"끄악!!"

아군이 돌입해 들어가고 있는 상황, 엡실론과 린드슨 자작은 치열한 대결을 벌였고 내 친위 기사단은 린드슨을 지키기 위해 필사적으로 대항하는 그의 호위 기사단을 상대했다.

하지만 친위 기사단은 국가 공인 기사단 출신의 정예, 린드슨 밑에 뛰어난 기사들이 많다 해도 결코 그들의 상대가 될 수 없었기에 성난 홍수에 제방이 무너지듯 쓰러지고 있었다.

"하압!!"

"끄윽!!"

그 외중에 두 소드 마스터의 대결은 점점 극에 달하고 있었다. 검에 맺혀 있는 푸른 검기는 상대를 압박하며 몰아붙이고 있었지만 어느 하나 패배를 용납할 수 없는 상황이었기에 물러서는 자는 없었다.

그러나 상대적으로 경지가 높은 엡실론이 린드슨 자작을 밀어붙이고 있었다.

"차압!!"

원을 그리듯 회전하며 마상에서 검을 겨루고 있었는데 엡실론은 계속되는 공세로 린드슨이 움직임에서 약간 흐트러진 모습을 보이자 그것을 놓치지 않고 그대로 그의 허리를 향해 검을 내질렀다.

"큭!!"

채쟁!!

엡실론의 공격에 린드슨은 간신히 검을 움직여 상대의 공격을 튕겨 낼 수 있었으나 이미 중심을 잃고 방금 전보다 더 크게 흔들렸다. 그것을 놓치지 않은 엡실론의 검은 마치 수십의 유성이 떨어지는 것과 같은 검기를 뿌리며 린드슨의 투구와 왼쪽 어깨를 향해 내려쳤다.

카가강!!

"끄악!!"

쿠궁!!

이에 검은 그대로 상대의 어깨 안쪽을 후려쳐 갑옷을 갈랐고 붉은 핏줄기가 하늘로 솟구쳐 오르며 린드슨은 고통의 비명과 함께 낙마하고 말았다.

둔탁한 소리와 함께 떨어진 린드슨은 급히 몸을 일으켜 엡실론의 공격을 피하려 했지만 결코 가벼운 부상이 아니었기에 그 움직임은 무겁기 그지없었다.

그가 몸을 일으키자 엡실론은 린드슨의 곁으로 말을 몰아가 기세를 살리며 마나가 서려 있는 검을 휘둘렀고, 이에 놈의 목은 검에 잘려 땅으로 떨어졌다.

"엡실론 경께서 적장의 목을 베셨다!!"

"와아아아아!!"

엡실론의 검에 린드슨의 목이 떨어지자 기사들은 크게 함성을 지르기 시작했고 한 병사가 잘려진 머리를 창에 꿰어 엡실론에게 주자 그는 하늘로 린드슨의 머리를 크게 치켜올렸다.

린드슨 자작은 헤르멘의 단순한 부하가 아니었다. 최측근의 한 사람으로 소드 마스터의 경지에 오른 자로, 그런 그를 베었다고 하는 것은 상당히 큰 파급 효과를 가지고 있었다.

엡실론 경이 적장의 목을 하늘로 들어 올리는 것을 확인한 난 다시 친위 기사들과 함께 적 본영으로 향했다.

후위를 기습한 아군에 의해 이미 적 좌측 병단은 심각한 피해를 입고 완전히 와해되었기에 이제 아군은 적의 본진을 빌어붙이기 시작했다.

그러자 비교적 레트론 군과의 접전에서 우위를 보이던 우측 병단 중 일부가 후위를 치고 들어온 아군을 상대하기 위해 움직였다.

적의 우측 병단이 그대로 진형의 후위 쪽으로 움직이며 좌측 후위로 치고 들어온 아군에게로 향하자 전투는 더욱 치열하게 진행될 수밖에 없었다.

이전까지 아군이 레트론과 영지의 병력으로 헤르멘 군을 앞뒤로 포위하여 공격하고 있었다면 지금은 헤르멘 군의 남아 있던 우측 병력이 반격하며 T자 형태의 진형으로 변하여 도리어 본영으로 돌입하던 아군을 2면에서 공략하며 감싸듯이 공격해 오기 시작했기 때문이다.

"엡실론 경과 슈펠트 경에게 친위 기사단과 본진 병력을 주어 우측에서 오는 적 병단을 막아 아군이 포위되는 것을 막게 하게!!"

"예!"

전투가 점점 혼전 양상으로 흘러가고 있었기에 현재 제대로 움직일 수 있는 병력은 친위 기사단과 본진 병력, 그 때문에 어쩔 수 없이 엡실론과 슈펠트에게 그들을 이끌고 적을 상대하라 할 수밖에 없었다.

친위 기사단과 엡실론, 슈펠트가 우측에서 돌입해 오는 적을 상대하자 영지의 병력은 어느 정도 숨통을 틀 수 있었기에 공세를 더욱 강화하는 한편, 전령을 통해 실로페스와의 연계에 빈틈이 생기지 않게 했다.

하지만 친위 기사단과 본진 병력이 외부로 빠져나감으로써 우려했던 상황이 벌어지고 말았다.

"각하!! 소수의 적 병단 하나가 지휘부로 돌진해 오고 있습니다!"

"역시!!"

엡실론과 슈펠트에게 보낸 친위 기사단과 본진 병력은 지휘부를 위한 병력이었다. 전투에 있어 지휘관은 군의 기둥이라 해도 과언이 아니었고 귀족들도 멍청한 놈이 아니라면 자신의 주위에 정예병을 배치하고 최대한 안전을 기울이는 것은 당연한 일이었기 때문이다.

하지만 난 내 안전의 마지막 보루라 할 수 있는 지휘부 병력과 함께 친위 기사단까지 보내 버렸으니, 현재 나를 지키고 있는 이들은 평상시 내 주위에 있던 자들과 비교한다면 한 단계 떨어지는 병사들이라 해도 과언이 아니었다.

현재 내 곁에는 크로우 나이츠 넘버 6 윙켈 남작과 제국에서부터 언제나 내 호위 기사를 맡고 있는 거구의 권투사 엘트로우스를 포함한 열 명 정도의 기사뿐이었다.

"윙켈 경, 아무래도 상황이 좋지 않은 것 같군. 버틸 수 있겠는가?"

"전황이 아군에 유리하게 흘러가고 있습니다. 저희로선 버틸 수밖에 없겠지요."

확실히 현재 상황에서 지휘부가 적의 공격에 밀려난다면 지금까지 유리하게 이끌었던 것이 모두 수포로 돌아간다. 그렇다고 적 본영에서 혼전을 벌이고 있는 병사들을 뒤로 뺄 수도 없는 일이었기에 현재의 병력으로 나를 노리고 오는 적을 막아야 했다.

"지휘부로 돌진해 오는 적기를 확인했습니다!"

"누구더냐?"

"토리오 자작입니다!"

"큭!!"

아군에 의해 밀려 본영으로 후퇴했던 토리오 자작이 혼전을 틈타 병력을 모아 지휘부를 공략하기 위해 움직였던 것이다.

상대가 소드 마스터인 토리오 자작이라고 한다면 현재의 지휘부 상태로 보아 감당하기 버거울 수밖에 없었으나 물러설 수 없는 상황이라면 싸울 수밖에 없었다.

"각 병단에 지금부터는 자체적으로 판단하여 전투에 임하도록 지시하고 지휘부는 돌진해 오는 적과 전투를 시작한다!"

"예!"

내 명령이 떨어지자 깃발병의 요란한 움직임과 함께 북소리가 울리며 각 병단에 지시가 하달되었고 그것을 확인한 난 적을 맞을 준비를 했다.

지휘부를 향해 돌진해 오는 적의 수는 대략 기사 이백에 병사 1천 정도, 그에 반해 아군은 나를 포함한 기사 열한 명에 병사 오백 정도에 불과했다.

"와아아아!!"

카가강!! 챙챙!!

"끄악!!"

잠시 후 토리오 자작이 이끄는 병사들이 지휘부의 병사들과 충돌하자 사방에선 병장기 소리와 함께 병사들의 함성 소리, 그리고 비명 소리가 울려 퍼지기 시작했다.

거대한 전투 와중에 생긴 작은 전투라고나 할까? 큰 전투에서는 우세를, 작은 전투에서는 열세를 면치 못하고 있는 와중에 그 작은 전투의 승패가 자칫 전황에 크게 작용될 수 있다는 것을 생각하면 입맛이 씁쓸할 수밖에 없었다.

이런 어이없는 상황을 초래한 것은 나의 방심이 가장 크게 작용했기 때문이다.

"윙켈 경, 엘트로우스 경! 상황이 이렇게 되었으니 가만히 있을 수는 없겠지?"

"알겠습니다!"

이에 내 뜻을 알아챈 윙켈은 고개를 끄덕이곤 허리에 차고 있던 검을 뽑아 들고 큰 소리로 외쳤다.

"전원 전투 준비!"

채재재쟁!!

윙켈의 말이 끝나자 기사들은 일제히 허리에 차고 있던 검을 뽑아 들었다. 내 곁에 모여 있는 그들은 슈페리어 급이거나 정규 기사들 중에서도 상위의 실력을 자랑하고 있는 자들인지 누구 하나 흐트러진 모습을 보이지 않았다.

그런 그들을 보며 나 역시 검을 뽑아 들고는 말을 몰아 그들의 선두에 서서 돌진해 오고 있는 적을 검으로 가리키며 소리쳤다.

"셔먼의 겁쟁이들에게 대 아멘 왕국의 기사의 힘을 보여주자!! 전원 돌격!!"

"와아아아!!"

기사들에게 소리친 난 그대로 말에 박차를 가한 후 적을 향해 달려갔고 내 뒤를 이어 기사들 역시 함성을 지르며 돌진하기 시작했다.

나를 포함한 기사들이 달려오자 토리오 자작의 기사들 역시 전열을 가다듬고는 일제히 내 쪽을 향해 달려오기 시작했다.

그래도 꽤 전투를 겪어보았다고는 하지만 막상 전투에 임하니 긴장감이 온몸을 엄습했다. 고삐와 검을 잡고 있는 손이 땀으로 젖어가고 있지만 무가의 자손인 내가 적을 눈앞에 두고 물러선다는 것은 있을 수 없는 일이었다.

"끄아아!!"

채쟁!! 챙!!

맹렬한 속도로 말을 몰아간 난 그대로 적 기사들과 충돌했다. 강하게 휘두른 검은 묵직한 기운과 함께 적의 병기와 충돌하며 날카로운 소리를 냈다.

하지만 그것은 시작을 알리는 종소리와 같은 것, 큰 폭으로 휘두른 검은 다시 날카로운 궤적을 그리며 또 다른 적을 향해가고 있었다.

소드 익스퍼트 최상급에 이른 나의 검은 허접한 셔면의 기사가 막을 수 있을 정도로 녹록한 것이 아니었다.

힘차게 휘두른 검에는 마나가 서려 있었고 내 앞에서 공격해 들어오던 적 기사의 팔을 노렸다.

강맹한 기세의 강격에 놈은 제대로 방패를 들어 막아 첫 번째 공격을 간신히 피했지만 그 기세로 중심이 흔들리는 모습이 역력하여 그 기회를 놓치지 않고 검을 놈의 옆구리에 찔러 넣었다.

"끄억!!"

검이 옆구리에 박혀 들어가자 놈은 신음 소리를 내며 몸을 옆으로 숙였고 그것을 본 난 검을 놓고 다시 메이스를 잡아서는 놈의 투구를 강타했다.

카강!!

"끄억!!"

메이스의 강렬한 일격이 강타하자 놈의 투구는 큰 소리와 함께 부서지며 붉은 피가 사방으로 튀며 몸은 땅에 처박혔다.

놈의 투구를 가격할 때 느껴진 둔탁한 느낌, 그리고 사방으로 흩뿌

려지는 피를 보자니 호기가 살아나기 시작했고, 이어 또다시 왼쪽에서 기사 한 놈이 플레일을 휘두르며 달려오는 것을 본 난 메이스를 방패를 잡고 있던 왼손으로 옮겨 잡곤 안장에 매여져 있는 하렝데스카를 뽑아 놈의 안면을 향해 던졌다.

퍼격!

"끄륵!!"

근거리에서 날린 하렝데스카는 그대로 안면에 박혔고 놈은 숨넘어가는 소리와 함께 뒤로 넘어갔다.

레크라스와의 대결에서 처음 써본 후부터 하렝데스카가 없으면 안장이 조금 허전하게 생각될 정도였다.

이러다 제국 기사로 오인받는 것은 아닐까 하는 생각도 들지만 지금 당장은 내 앞에 있는 적을 없애는 것이 최우선일 뿐이었다.

카강!!

"끄읍!!"

하지만 생각에 잠길 사이도 없이 어느 사이에 내 왼쪽으로 다가온 기사 하나가 나를 향해 플레일을 휘둘렀고, 크게 놀라 방패를 들어 놈의 공격을 막았지만 순간 강한 기세가 팔을 울리며 통증이 밀려왔다.

"빌어먹을!!"

방패 안쪽에 충격을 흡수하는 안감이 있다고는 하지만 기사의 플레일 공격의 충격을 모두 흡수할 정도는 아니었기에 눈물이 날 정도의 통증이 밀려왔다.

"차압!!"

카라랑!!

전투 중에 방심한 것이 잘못인지라 난 오른손에 들려 있는 메이스를 허리의 회전을 살려 그대로 놈을 향해 휘둘렀고 순간 메이스는 놈의 플레일 쇠사슬에 말려들며 그 위력이 크게 줄어들었다.

메이스가 플레일의 쇠사슬에 감겨 공격이 막히자 난 메이스를 잡은 손을 놓고 다시 안장에서 플레일을 꺼내어 놈에게 휘둘렀다.

놈 역시 들고 있던 플레일을 놓고 검을 뽑아 들었지만 소드 익스퍼트 최상급의 나와 놈의 스피드는 비교할 수 없는 일, 놈은 검을 뽑아 들기도 전에 내가 휘두른 플레일에 어깨를 가격당했고 이어 다시 휘두른 공격에 투구를 강타당하여 피를 흘리며 땅으로 처박혔다.

"비켜라!! 적장은 내가 상대하겠다!!"

그때 오른쪽에서 누군가의 외침이 들려와 고개를 돌려보니 화려한 은색 갑옷을 입은 기사 하나가 나를 향해 쇄도해 들어오는 것을 볼 수 있었다.

"토리오!!"

그가 누구인지 확인한 난 당황할 수밖에 없었다. 나를 상대하기 위해 달려오는 기사는 바로 헤르멘의 측근이자 소드 마스터의 일인인 토리오였다. 예전에 그를 상대로 싸운 적이 있었는데 거의 운이라고 할까, 간신히 살아남았었다. 그와의 싸움에서는 아직도 자신이 없었다.

그 때문에 놈의 쇄도를 막을 목적으로 안장의 하렝데스카를 잡아 마나를 돋우어 내던졌다.

카강!!

하지만 상대는 소드 마스터, 내가 던진 하렝데스카를 가볍게 방패로 튕겨내며 그 기세 그대로 나에게 달려들었다.

"죽어라!!"

근접 거리까지 다가온 놈은 손에 들고 있던 검을 그대로 휘둘렀기에 난 급히 놈의 검을 피하기 위해 몸을 옆으로 돌려 방패로 검을 막으려 했지만… 멍청한 짓이었다.

한순간 푸른 섬광이 번쩍이는가 싶더니 이내 얼굴과 팔뚝으로 뜨거운 기운이 스쳐 지나갔다.

"끄악!!"

그리고 잠시 후 방패가 두 동강이 나며 뜨거운 핏줄기가 터져 나왔고 난 비명을 내질렀다.

소드 마스터의 검기가 서린 강격은 그대로 방패와 함께 내 팔뚝을 잘라 버렸던 것이다.

마치 뜨거운 불에 팔을 지진 것 같은 고통이 밀려와 온몸을 잠식하기 시작했지만 토리오는 조금의 빈틈조차 주지 않으려는 듯 다시 마나가 서려 있는 검을 머리 위로 치켜올려서는 그대로 내려쳤다.

상대는 소드 마스터, 이전 싸움에선 엡실론과의 대결 이후 나를 상대하여 크게 마나가 소모된 뒤였기에 간신히 목숨이라도 부지할 수 있었던 것이지 그의 실력이 떨어졌던 건 아니었다.

방패와 함께 건틀렛을 끼고 있는 팔까지 잘라 버릴 수 있는 검을 휘두르는 자를 내가 무슨 수로 상대하겠는가?

엄청난 고통에 시야가 흐려진 상황에서 놈의 검은 그대로 내 목을 향해 내려쳐지려 했고 그 때문에 난 눈을 감고 말았다.

콰과과광!!

히히히힝!!

하지만 다음 순간 날카로운 큰 소리와 함께 말 울음소리가 터져 나왔기에 눈을 떠보니 놈은 자신이 타고 있던 말과 함께 옆으로 3, 4미터 튕겨져서는 그대로 땅바닥에 낙마해 있었다.

"크아아아!!"

그리고 쓰러진 말 쪽으로 거구의 기사 하나가 괴성을 지르며 놈을 향해 달려들고 있었기에 난 놀라 소리쳤다.

"엘트로우스!!"

또다시 위기에 처한 순간 거구의 권투사 엘트로우스가 나를 살린 것이다.

엘트로우스는 내가 위기에 처하자 온 힘을 다해 달려와서는 내 목을 향해 검을 휘두르는 토리오의 말 옆구리를 어깨로 강타해 날려 버렸던 것이다.

괴력의 엘트로우스가 아니라면 불가능한 그런 공격에 난 간신히 목숨을 구할 수 있었으나 부상은 결코 가벼운 것이 아니었다.

"이놈이!!"

말과 함께 옆으로 쓰러져 버린 토리오는 달려드는 엘트로우스를 보며 급히 안장의 부츠 받침을 벗고 그 자리에서 벗어나려 했다. 하나 그 순간 쓰러진 말이 일어서려 하는지라 옆으로 균형이 무너져 버렸고, 이에 엘트로우스는 일어선 말의 아귀를 건틀렛으로 그대로 후려쳤다.

빠각!!

히히힝!!

엘트로우스의 괴력의 주먹이 말 머리를 그대로 함몰시켜 버리자 말은 토리오의 몸 위로 쓰러져 버렸다.

"끄아아!! 빌어먹을 오우거 같은 놈!!"

그러자 놈은 쓰러진 말을 마나를 돌워 머리 위로 들어서는 내던져 버렸지만 그가 몸을 일으켰을 땐 이미 엘트로우스는 팔뚝이 잘려져 나가 흘린 피로 휘청거리는 나를 안아 들고 자리를 피한 후였다.

"공작 각하!! 각하!!"

"난 괜찮다. 엘트로우스! 전황은……."

"지휘부 기사들 중 살아남은 사람은 윙켈 경을 비롯하여 다섯 명 정도뿐이고 병사들은 태반이 죽임을 당했습니다."

"크윽… 친위 기사 쪽으로 가자……."

"알겠습니다!"

나의 말에 엘트로우스는 친위 기사들이 향했던 오른쪽으로 온 힘을 다해 달리기 시작했다.

하지만 원정군 사령관인 나를 적들이 가만히 둘 리는 만무했기에 금세 기사들이 둔기를 들고 엘트로우스의 앞을 막아섰다.

"죽어라!!"

놈들은 엘트로우스를 향해 둔기를 휘둘렀는데 나를 안고 달리던 엘트로우스는 공격을 할 수 없는 상황에서 거구의 몸을 앞으로 숙이며 필사적으로 나를 보호했다.

카강!! 캉!!

"끄윽!!"

나를 안고 있던 엘트로우스는 투구만으로 놈들의 공격을 받아야 했고 순간 신음 소리가 그의 입에서 흘러나왔다.

아무리 엘트로우스라 할지라도 둔기의 공격을 무방비 상태로 얻어맞았는데 멀쩡할 리가 없었다. 곧 붉은 피가 그의 투구에서 흘러내려 내 몸을 적시기 시작했다.

"에… 엘트로우스!!"

"끄아아아!!"

카가가광!!

하지만 엘트로우스는 큰 소리로 고함을 지르며 오른쪽에 있던 기사의 말을 숄더 어택으로 가격하여 밀려나게 한 후 다시 앞으로 뛰어나갔다.

"놈을 놓치지 마라!! 반드시 이드리샤 공작의 목을 베어야 한다!!"

그러자 뒤에서 토리오의 마나가 서린 외침 소리가 들려오며 뒤쪽으로 수기의 말발굽 소리가 들려왔다. 다음 순간 엘트로우스의 몸에 날카로운 소리와 함께 강한 진동이 밀려왔다.

카가강!! 캉!! 카강!!

도주하는 엘트로우스의 등 뒤로 적의 기사가 검과 둔기를 휘두르며 공격해 오고 일부의 기사는 나를 안고 도주하는 엘트로우스의 몸을 옆에서 공격해 왔다.

하나 엘트로우스는 전혀 물러설 기미를 보이지 않았다.

"이런 괴물 같은 놈!! 끄아!!"

잠시 후 토리오의 목소리가 울림과 동시에 필사적으로 몸을 날리던 엘트로우스의 몸이 멈추어졌다.

"에… 엘트로우스!!"

고개를 들어보자 엘트로우스의 목의 경동맥 쪽에서 피가 분수처럼 솟구쳐 오르고 있었기에 난 경악하지 않을 수 없었다.

엘트로우스의 거구는 나를 안은 채 그대로 앞으로 쓰러지듯 무너졌고 내 몸 역시 대지와 강하게 충돌했다.

쿵!!

“끄윽!! 에… 엘트로우스!!”

난 통증보다 그의 상태가 걱정되었다. 하지만 쓰러진 엘트로우스는 자신의 몸을 오그리며 내 몸을 감싸 안은 상태로 머리를 땅에 처박고 적의 공격에서 나를 보호하기 시작했다.

“엘트로우스!!”

“…가… 각하…….”

다급히 그를 불렀지만 엘트로우스에게서 전과 같은 우렁찬 목소리는 더 이상 흘러나오지 않았고, 희미해져 가는 음성 뒤로 그의 목과 입에서 흐르는 붉은 피가 대지를 적시고 있었다.

“뭐 하는 것이냐! 저 괴물 같은 놈을 치우고 공작의 목을 베어라!”

“예!”

흐릿해져 가는 의식 속에서 토리오 자작의 목소리가 들려오자 기사들 몇이 나를 안고 쓰러진 엘트로우스를 떼어내러 다가왔다.

“크오오오!!”

하지만 그 순간 죽었다고 생각되었던 엘트로우스는 고함을 지르며 몸을 일으켜서는 다가오던 기사 두 놈의 머리를 잡아채고는 그대로 땅에 처박아 버렸고, 이에 토리오 자작과 기사들은 대경해 다시 검을 들어 올렸다.

“끄압!!”

“빌어먹을!!”

엘트로우스의 괴력에 땅에 처박힌 두 기사의 머리가 부수어지자 토리오는 미간을 찌푸리며 달려나와 그대로 엘트로우스를 향해 검을 휘둘렀고 그 순간 붉은 피가 그의 가슴에서 뿜어져 나왔다.

마나가 서린 검에 가슴 깊숙이 베였음에도 불구하고 엘트로우스는 그대로 토리오에게 달려들었다. 하지만 토리오는 달려드는 그를 오른발을 축으로 하여 피하고는 검을 휘둘러 상대의 다리를 베어버렸다.

"끄억!!"

쿵!!

엘트로우스는 그대로 다리가 베어져 날아가며 신음 소리와 함께 땅으로 쓰러졌고, 이에 토리오는 멈추지 않고 그의 가슴에 검을 박아 넣었다.

"끄윽……."

"헉헉!! 괴물 같은 놈……."

"에… 엘트로우스……!"

토리오의 검이 엘트로우스의 가슴에 박혀 들어가자 난 눈물을 참을 수가 없었다. 레빈의 명령으로 나에게 온 후부터 언제나 내 곁에 있었던 그였기에 그런 그가 죽자 눈물을 참을 수가 없었다.

난 잘려진 팔에서 흘러나오는 피가 대지를 적시고 있음에도 멈추지 않고 그를 향해 온 힘을 다해 기어갔다.

이것이 마지막이라면 적어도 죽으면서까지 나를 지키려 했던 엘트로우스의 곁에서 죽고 싶었기 때문이다.

그런 나를 이해하는지 엘트로우스의 가슴에 검을 박아 넣었던 토리오는 그대로 나를 지켜보았고, 난 두 눈을 부릅뜬 채 죽은 엘트로우스의 눈을 감겨주고는 그를 보며 말했다.

"에… 엘트로우스… 저승에 간다… 해도 경의… 충혼을… 잊지 않겠네……!"

그렇게 엘트로우스의 눈을 감겨준 난 그의 손을 잡았고 이에 토리오가 나의 곁으로 와서는 차가운 목소리로 말했다.

"이드리샤 공작, 이제 죽어주셔야겠소."

"……."

그의 말에 난 고개를 끄덕였고 놈의 검이 내 머리 위로 치솟아올랐다.

이제 마지막일까? 참으로 파란만장한 생을 겪어야 했다 생각했고 이제 미망인이 될 아내들에게 미안했다.

하지만 마지막 가는 길은 그렇게 외롭지 않을 것이다. 빌에 이어 엘트로우스, 언제나 내 곁에서 나를 보필해 주던 두 명의 기사가 기다리고 있기 때문이다.

"하압!!"

그리고 그렇게 토리오의 검이 내 목을 향해 내려쳐졌는데, 순간 놀라운 일이 벌어졌다.

죽었다고 생각한 엘트로우스가 갑자기 눈을 뜨더니 그대로 내 몸을 옆으로 쳐내어 버렸기 때문이다.

"끄윽!!"

서걱!!

갑자기 나를 밀쳐 낸 엘트로우스에 의해 내 몸은 옆으로 나뒹굴어졌고 토리오의 검은 내 목이 아닌 엘트로우스의 팔을 베어버린 것이다.

"뭐야!!"

그 때문에 나는 물론 토리오나 그의 기사들 모두 크게 놀랄 수밖에 없었다. 가슴에 검을 박아 넣었던 자가 살아나 나를 구했으니 어찌 놀라지 않을 수 있겠는가?

하나 엘트로우스가 서서히 몸을 일으키기 시작하자 토리오는 미간을 찌푸리며 마나를 머금은 검을 휘둘러 그대로 엘트로우스의 목을 날려 버렸다.

스걱!!

"엘트로우스!!"

그 때문에 난 고통도 잊은 채 그의 이름을 소리쳐 불렀는데, 다음 순간 난 입을 다물 수가 없었다. 목이 베어졌음에도 불구하고 엘트로우스는 계속 몸을 일으켜서는 그대로 토리오 자작을 향해 몸을 날렸기 때문이다.

"헉!!"

심장에 검상을, 그리고 이어 목까지 잘려 나간 자가 살아서 자신에게 덤비니 놀라지 않는 것이 이상한 일, 토리오는 헛바람 소리를 내며 뒤로 물러나고 말았다.

하지만 난 이전에 그러한 현상을 본 적이 있었기에 한 존재를 생각해 내었다.

"제스토!!"

저주사 이모랄의 제자이자 그의 명령으로 언제나 내 곁에 있는 제스토는 과거 빌의 경우 때도 이와 같은 방법으로 나를 위기에서 구한 적이 있었기에, 난 이번 일 역시 그가 행한 것임을 알 수 있었다.

"빌어먹을, 언데드인가!!"

토리오는 목이 잘려진 채 달려드는 놈을 보며 소리치고는 그대로 마나를 검에 불어넣어 엘트로우스를 향해 휘둘렀다.

언데드는 어둠의 힘으로 되살아나는 존재, 하지만 자연의 힘이라 할 수 있는 마나는 어둠의 힘을 몰아낼 수 있었기에 마나를 머금은 검을 휘두른 것이다.

토리오의 마나를 머금은 검이 스쳐 지나가자 엘트로우스의 몸에서 검의 연기가 새어 나오기 시작했다. 이내 땅에 쓰러진 몸이 썩어 들어

가기 시작했는데 그와 함께 내 옆의 대지에서 검은 피가 땅을 적시기 시작했다.

"제… 제스토?"

토리오의 마나를 머금은 검은 엘트로우스에게 펼쳐졌던 언데드 술을 깨며 제스토까지 상처 입힌 것이다.

정령사나 소환사들은 자신이 불렀던 정령이나 소환물들이 상처를 입으면 그 영향이 자신에게까지 미친다는 말을 들은 적이 있었기에 제스토가 그러한 것에 당한 것이 아닐까 하는 생각이 들었다.

"거긴가!!"

토리오 역시 나와 같은 생각을 했는지 내 옆의 대지에서 검은 피가 흘러나오자 그대로 몸을 날려서는 대지에 마나가 서린 검을 박아 넣었고, 다음 순간 땅에서 검은 피가 분수처럼 터져 나왔다.

"괴물 같은 기사 놈에 이어 정체를 알 수 없는 네크로멘서라니…….
공작, 당신의 수하들은 인간 같지 않은 놈들뿐이군!"

제스토까지 놈의 검에 희생당했다는 생각에 난 정신이 하나도 없었고 그런 나를 보며 중얼거린 토리오는 다시 한 번 검을 들어 내 목을 베어버리려 했다.

화르르륵!!

하지만 천운일까? 아니면 수하들의 필사적인 노력 때문일까? 토리오의 뒤로 불덩어리가 날아왔고 토리오는 또다시 실패하고 말았다.

"젠장!!"

연이어 자신을 방해하는 존재에 토리오는 노기를 드러내며 소리쳤다. 다음 순간 푸른 기운이 내 옆에서 생겨나는가 싶더니 한 존재가 완전히 그 모습을 드러내었다.

“게… 게리오스!”

“공작 각하, 잠시만 기다려 주십시오! 라이트닝 애로우!!”

나를 위기에서 구해준 이는 바로 게리오스였다. 상의를 벗고 있는 그는 마법 문신이 가득한 상체를 드러내고 있었는데 나를 안심시키려는 듯 말을 한 후 바로 마법의 시동어를 외쳤다.

그러자 몸에 새겨져 있던 마법 문신 중 일부가 푸른빛을 발하는가 싶더니 이내 토리오를 향해 전격 화살이 날아갔다.

하지만 토리오는 땅을 박차 몸을 날리어 게리오스의 마법을 피하곤 그를 노려보며 소리쳤다.

“이번엔 마법사인가!! 합!!”

“어스 프리클!!”

라이트닝 애로우를 피한 토리오가 자신을 향해 몸을 날려오자 게리오스는 또다시 마법 시동어를 외쳤다. 그러자 문신 중 일부가 다시 빛을 발하더니 토리오 밑의 대지가 일순간 크게 치솟아올랐다.

마치 땅에서 가시가 돋아 오른 것 같은 마법 공격이었지만 토리오는 이미 마나의 움직임으로 그것을 간파하고 있었는지 쉽게 피하며 게리오스를 향해 다가와서는 검을 휘둘렀다.

“블링크!!”

하지만 게리오스는 데리언 학파의 수장, 소드 마스터라 해도 쉽게 당할 사람이 아니었다. 검이 자신의 앞까지 밀려오자 그는 블링크 마법으로 순간 몸을 이동시켰고 이에 토리오의 등 뒤, 5미터 정도 뒤로 이동해서는 다시 마법을 날렸다.

“매직 애로우!!”

그러자 여덟 개 정도의 푸른빛의 화살이 생기더니 토리오를 향해 날

아갔고, 이에 그는 콧방귀를 뀌며 마나를 머금은 검을 휘둘러 빛의 화
살을 공중에서 모두 소멸시켜 버렸다.

그러나 게리오스의 공격은 그것이 끝이 아니었다.

낮은 서클의 마법으로 토리오를 쓰러뜨리지 못함을 아는 게리오스
가 상위의 마법을 쓰기 위해 그의 움직임을 잠시 멈추게 하기 위한 것
에 불과했다.

"위대한 마나의 존재시여, 내 앞에 있는 적을 염화의 불꽃으로 태워
주소서! 익스플로젼!!"

콰광!!

그리고 다음 순간 게리오스는 도저히 인간이 말하는 것이라고는 생
각지 못할 속도로 빠르게 주문을 외우고는 마법의 시동어를 외쳤고, 다
음 순간 그의 왼쪽 팔뚝에서 어깨까지의 문신이 일시에 푸른빛을 내뿜
는가 싶더니 토리오가 서 있던 곳이 불꽃과 함께 폭발했다.

"끄윽!!"

토리오는 상위의 마법이 자신에게 밀려오는 것을 알고는 급히 몸을
피했지만 익스플로젼의 폭발은 결코 가볍지 않았기에 그 여파에 신음
소리를 내며 크게 뒤로 밀리고 말았다.

마법 학파의 수장이란 것은 가진 바 그 실력이 바탕이 되지 않으면
어느 학파에서도 인정받지 못하는 것이 상례, 데리언 학파는 수는 많지
않지만 그 구성원 하나하나의 실력은 상당한 수준이었기에 수장인 게
리오스의 실력 역시 만만치 않은 것은 당연한 일이다.

이전에 게리오스에게 데리언 학파의 문신사가 가지는 마법 문신에
대해서 물어본 적이 있었다.

보통 마법사는 마법을 구동하기 위해 마나 발현, 마나를 각 원소로

변환, 변환된 원소를 서클 공식에 따른 분배, 분배된 원소의 응집, 마법 시행하는 순서를 따르게 된다.

여기에서 마나 발현 단계는 수련을 통해 이루어지고, 원소 변환과 서클 공식에 따른 분배의 경우에는 마법사의 지능이 많이 좌우하며 원소의 응집엔 정신력이 좌우하게 된다고 한다.

데리언 학파는 이러한 과정의 마법 발현 단계를 줄이기 위해 학파의 마법 학술을 세분화하였다. 마나 사제는 마나 발현의 단계에서 어떻게 하면 마나를 더욱 많고 밀도가 높게 사용할 수 있는가를, 진법사는 서클 공식에 따른 분배에 들어가는 시간을 줄이기 위해, 연금사는 원소 변환의 단계를, 저주사는 마법의 힘을 저주라는 특수를 통해 강화할 수 있는가에서 나오는 것이었고 이들 네 가지 전문 분야 마법사의 연구를 통해 더욱 강하고 빠른 마법의 결과물이 바로 문신사였다.

처음 데리언 학파를 결성한 마법사들 중 가장 큰 피해를 입은 이는 문신사였는데, 쉽게 말하면 문신사는 네 가지 분야로 나뉘어진 연구를 실제로 적용하게 되는 몰모트와 같은 것이었기 때문이다.

아직 가설에 지나지 않은 결과물을 자신의 몸에 시행하는 것처럼 위험한 일은 없으니 당연한 일이었다.

이런 이유로 문신사는 데리언 학파의 수장이 맡게 되었는데 학파의 연구에 대한 희생의 대가라 해도 과언이 아닌 셈이었다.

게리오스의 경우에는 황궁의 황자 시절, 우연히 데리언 학파의 수장을 만나게 되었고 위험하긴 하지만 자유를 얻기 위해서 이 문신사가 되었다.

그가 문신사가 된 것은 십 년 정도에 지나지 않았지만 수백 년을 이어온 데리언 학파의 연구 결과가 문신을 통해 이루어짐으로써 보통 마법사로는 꿈도 꿀 수 없는 힘을 손에 넣게 된 것이다.

게리오스는 같은 등급의 마법사보다 마법 시행 시간을 30%까지 줄일 수 있었고 그 위력은 세 배까지 강화할 수 있었다.

게리오스의 강력한 익스플로전 마법으로 인하여 뒤로 튕겨지듯 날아가 버린 토리오였지만, 소드 마스터를 우습게 볼 수 없는 것인지 금방 자리에서 일어나 있었다.

하지만 강한 폭발의 열기로 인하여 갑옷이 가려주지 못한 그의 얼굴은 군데군데 화상을 입어 흉하게 변해 있었다.

"빌어먹을 마법사 놈! 죽어 버리겠다!! 으드득!!"

소드 마스터 정도의 인물이라면 8, 9서클의 고위 등급 마법사가 아닌 이상 근접전에서 마법사가 승리한다는 것은 불가능한 일이었다.

그런 때문에 7서클 이하의 마법사와 소드 마스터의 근접전이란 것은 당연히 소드 마스터의 승리로 굳어진다고 해도 과언이 아니었다.

그러니 당연히 마법 천재라고 알려져 있는 게리오스라 해도 객관적으로 본다면 토리오를 상대로 우세를 보인다는 것은 믿기 어려운 일이었다.

"소드 애로우!!"

"……!!"

하지만 토리오 역시 만만한 인물은 아니었다. 소드 마스터가 무서운 것은 강력한 검의 힘뿐 아니라 검사로선 불가능한 원거리 공격이 가능하기 때문이다.

노기를 드러내며 소리친 토리오는 검을 크게 뒤로 젖히는가 싶더니 이내 게리오스를 향해 빠른 속도로 검을 내질렀고, 순간 검에서 마나의 푸른빛이 일렁이는가 싶더니 그대로 게리오스를 향해 뻗어 나갔다.

"큭!! 매직 실드!!"

콰광!! 채쟁!!

"끄윽!!"

토리오의 원거리 공격에 게리오스는 급히 매직 실드를 사용하였지만 소드 마스터의 공격을 막을 만한 힘이 아니었기에 날카로운 소리와 함께 매직 실드는 깨어지고 게리오스는 피를 흘리며 쓰러지고 말았다.

"게… 게리오스!!"

그 모습에 놀란 난 자리에서 일어나 소리쳤다.

"크윽……."

다행히도 내 목소리에 게리오스는 신음 소리를 내며 자리에서 일어났지만 왼쪽 옆구리는 시뻘겋게 피로 물들어 있었다.

"마법사 따위가… 감히!!"

그 모습을 보며 토리오는 미간을 크게 일그러뜨리며 게리오스를 향해 걸음을 옮겼고, 이에 게리오스는 다시금 마법을 사용하여 그를 공격하려 했지만 상황은 그리 쉬운 것이 아니었다.

마법사가 마법을 펼치기 위해선 정신력이 상당히 중요하게 작용하기 때문에 작은 가시 하나가 손에 박혀도 마법을 실패하는 경우가 많았다.

물론 서클이 올라갈수록 이러한 마법 실패율은 크게 줄어들긴 하지만 큰 중상을 입은 상태라면 정신을 집중하는 데 상당한 방해가 될 것이 분명한 일이었다.

"파이어 애로우!!"

다행히 게리오스는 그러한 중상을 입었음에도 마법을 사용할 수 있는 정신력을 가지고 있었는지 다가오는 토리오를 향해 파이어 애로우를 날렸다.

하지만 붉은 마법의 화살이 자신에게 날아오자 토리오는 코웃음 치며 마나가 서린 검을 휘둘렀고 순간 마법의 화살은 반으로 잘려져 나갔다.

낮은 서클의 마법으로는 소드 마스터인 토리오를 상대할 수 없었던 것이다.

"죽어라!! 소드 애로우!!"

파이어 애로우를 일검에 잘라 버린 토리오는 다시 게리오스를 향해 마법을 날렸고 이에 게리오스는 급히 마법을 사용하려 했다.

"블링크!! 끄윽!!"

하지만 중상을 입은 상태에서 급히 블링크를 사용하려 했던 게리오스가 마법을 실패했기에 난 크게 놀랄 수밖에 없었다.

도저히 피할 수 없는 공격에 절망감까지 밀려오고 있었는데 또 다른 기적일까, 순간 무엇인가가 빠른 속도로 토리오가 날린 소드 애로우를 향해 날아왔다.

쿠구궁!!

그리고 다음 순간 큰 폭발과 함께 소드 애로우는 공중에서 산산이 흩어졌다. 고개를 돌려 그것을 막은 사람을 확인한 순간 난 기쁨을 감출 수 없었다.

"엡실론!!"

"죄송합니다! 공작 각하!!"

토리오의 공격을 막아낸 이는 바로 엡실론이었던 것이다.

아군 쪽으로 갑작스럽게 밀려온 군대를 막기 위해 본진의 병력을 이끌고 나갔던 엡실론이었지만 지휘부가 무너지고 게리오스의 익스플로 전 마법까지 작렬한 상황에서 지금까지 눈치 채지 못하고 있을 리는 만무했던 것이다.

말을 몰며 급하게 달려온 엡실론의 뒤에는 크로우 나이츠 소속의 기 사들과 백여 명 이상의 병사가 따르고 있었기에 난 안도의 한숨을 내 쉴 수 있었다.

"젠장……!!"

하지만 자신과는 달리 토리오의 얼굴은 절망으로 물들어 있었다.

어렵게 병력을 돌려 간신히 나를 칠 수 있는 기회를 만들었는데 그 것이 내 수하의 방해로 실패했기 때문이다.

거기에다 상대는 소드 마스터 최상급의 엡실론. 많은 체력을 소모하 고 필살기까지 사용하여 마나가 크게 줄어든 상태에선 상대할 수 있는 적이 절대 아니었다.

전의를 상실한 토리오는 엡실론에게 제대로 된 반항도 하지 못한 채 사로잡혔고 본진을 공격했던 그의 부하들 역시 엡실론을 따라온 기사 와 병사들의 손에 죽거나 포로가 되고 말았다.

"공작 각하! 사제가 있는 곳에 곧 도착할 것이니 조금만 참으십시 오."

"…알겠다. 그런데… 전투는……?"

"본진의 정예 병력을 돌린 덕분에 우측에서 포위해 오던 적을 효과 적으로 진압할 수 있었습니다. 게다가 주 전투 역시 어렵게 승리하여 헤르멘은 1만 정도의 병력과 함께 패주하였습니다. 아군의 대승입니 다."

"…그… 그런가……."

아군이 승리했다는 말을 듣자 난 안도감을 느끼며 정신을 잃고 말았다.

전투의 승리는 나에게 큰 기쁨을 주지 못했다. 헤르멘을 거의 완벽하게 패주시켰다고는 하지만 이번 전투에서 흘린 피가 적지 않았기 때문이다.

이번 전투에서 전사한 아군의 숫자는 3만 2천, 거기에다 상장인 레크라스는 큰 중상을 입었고 내 친위 기사단 부단장인 엘트로우스와 마법사 제스토는 전사, 그 외에도 상위급 기사 사십여 명이 죽임을 당했다.

물론 헤르멘 측은 그 자신을 제외한 소드 마스터 두 명이 죽거나 포로로 잡히고 상위급 기사 대부분이 전사했다고 하지만 적의 피해가 어찌 나의 것과 비교될 수 있겠는가?

간신히 정신을 차렸을 때는 난 엘라스 성에서 자애의 여신의 사제에게 치료를 받고 있었다. 하지만 토리오에게 잘려진 왼팔은 복구 불능 상태였기에 평생을 외팔이로 살아야 하는 상황이었다.

나 자신이 움직일 수 없는 상황이라 난 어쩔 수 없이 레트론으로 이송될 수밖에 없었기에 이후 헤르멘을 추적하는 일은 엡실론과 실로페스에게 일임했다.

레트론에 도착한 난 재수없는 요슨 성자에게 직접 치료를 받아 몸은 어느 정도 원상태로 복구되기 시작했다.

레트론에 머문 지 한 달이 넘었을 때 실로페스와 엡실론은 나에게 헤르멘의 본성에서 승리를 거두고 헤르멘의 목을 베었음을 전해왔다.

서먼 서부를 장악한 귀족파의 강력한 무장 헤르멘을 쓰러뜨렸음에
따라 서부는 완전히 북련의 손으로 들어왔다.

하지만 왕당파는 귀족파에 완전히 무너졌고 귀족파의 수장 일리온
공작이 왕으로 등극하며 수백 년 이상 이어져 왔던 서먼 왕국을 붕괴
시키고 차렌이란 이름으로 새로운 나라를 세웠다.

일리온 공작이 차렌을 건국한다는 포고령이 북련에 전해지자 난 요
슨 성자와 논의하여 우리 역시 계획을 시작했고 알펜 성의 성주 레빈
을 국왕으로 하는 신성왕국 프리티아란 이름으로 하나의 왕국이 건국
되었다.

솔직히 개인적으로 프리티아란 이름이 그다지 마음에 들지 않았지
만, 요슨 그 머저리 같은 인간이 끝까지 나라 이름을 프리티아라 정해
야 한다며 고집한 끝에 어쩔 수 없이 그 이름을 사용해야 했다.

도대체 나라 이름이 프리티아가 뭔가, 프리티아… 그래도 신성왕국
자체가 자애의 여신을 따르는 왕국인 덕에 아름다운이라는 뜻의 프리
티아가 그다지 나라 이름으로 부적합하지는 않아 다행이었다.

레빈이 국왕으로 등극하여 새로이 신성왕국을 건국했지만 아직 분
란이 완전히 사라진 것은 아니었기에 그가 제일 처음 한 것은 차렌 왕
국에 정전 사절을 보낸 것이다.

정전의 대가로 보낸 것은 엘라스 성 전투에서 포로로 잡은 토리오
자작, 소드 마스터를 선물로 보낸다는 것이 조금 위험스러운 일이긴 하
지만 정전의 대가로는 충분한 일이었다.

소드 마스터라는 존재는 국가의 무력에서 상당히 큰 부분을 좌우하
기 때문이다.

차렌 왕국 자체에 뛰어난 무장이 많지 않았기에 토리오의 존재는 그

들에게 상당히 필요했던 존재였고, 왕당파의 땅을 차지하긴 했지만 아직 남은 잔당이 많은 상태에서 차렌 왕국 역시 함부로 군사를 돌릴 수 없었기에 일리온 국왕은 정전을 받아들였다.

이로써 수백 년을 이어온 서먼의 내전은 끝이 나고 서먼은 두 개의 나라로 분리되며 또 다른 역사를 시작하게 된 것이다.

신성왕국 프리티아가 건국된 후 제일 처음 한 것이 차렌 왕국에 정전 사절을 보낸 것이라면 그 뒤에 이어진 것은 논공행상이었다.

하나의 나라가 건국된 상황에서 논공행상이 없다는 것 자체가 말이 안 되는 일이니 말이다.

이번 건국전에서 제일공신이라 함은 당연히 나라고 할 수 있지만 타국의 공작인 탓에 논공행상에 제외될 수밖에 없었다.

물론 이러한 것은 엡실론을 비롯한 내 영지의 기사들 역시 마찬가지긴 했지만 나는 그렇다 치더라도 내 휘하의 기사들에게까지 아무런 상도 내리지 않는다는 것은 불만을 살 수 있는 일이기에 레빈은 이들에게 상당한 돈을 내렸다.

나와 내 영지를 제외한 일등 공신은 역시나 레트론의 병력을 이끈 실로페스였다. 그는 게리오스의 허락을 받고 헤르멘의 땅 일부를 손에 넣은 후 델카슨이란 성과 함께 공작의 작위에 올랐다.

왕당파였다 나의 설득으로 신성왕국의 일원이 된 테스턴 백작 역시 본래 자신의 땅과 함께 헤르멘의 영토 일부분을 영지로 받고 원래의 성을 그대로 유지하며 공작의 작위를 하사받았다.

무장이 많은 신성왕국의 상황에서 뛰어난 문관인 테스턴은 반드시 필요한 존재였기 때문이다.

그 외에도 북련에서 영주로 있었던 이들은 모두 작위가 하나씩 상승

하였고 레트론과 필로드 성의 영주인 두 형제 역시 백작의 작위를 하사받았다.

그리고 가장 중요한 것은 바로 요슨 성자의 직위인데, 레빈이 정전 사절을 보내고 정전의 대가로 토리오를 보낸 이후 그들이 보내온 것은 바로 왕도에 거의 볼모 비슷하게 잡혀 있었던 교황과 주교들이었다.

이제 왕국을 세운 이상 그들은 귀족들의 신앙인 천신을 따르며 신앙의 주체를 바꾸려 했기 때문에 교황 자체가 필요없었고, 또 우리가 신성왕국인 이상 교황의 존재로 상당히 문제가 생길 것을 바란 때문도 있을 것이다.

때문에 난 그 소식을 듣고 교황을 암살해야 하지나 않을까 생각했는데 다행히 자애의 여신이 때를 잘 맞추어 교황에게 강림하여 교황의 자리를 요슨에게 물려주라는 계시를 전한 탓에 큰 혼란은 생기지 않았다.

그리하여 교황에게 자리를 이어받은 요슨은 신성왕국의 교황이 될 수 있었는데 그 후 어이없는 일이 발생하고 말았다.

교황에 오른 요슨이 가장 먼저 한 일은 바로 프리티아의 직위를 세우는 일이었기 때문이다.

자신이 자애의 여신교 교황이라면 가장 먼저 할 일은 내전으로 고통받았을 것이 뻔한 신도들을 다독여야 함에도 불구하고 이놈은 내 딸내미를 공식적인 자신의 후계자이자 차대 교황으로 임명해 버린 것이다.

때문에 프리티아가 신전으로 가야 하는 운명을 약간 바꾸어보려던 나의 시도는 여지없이 실패하고 말았다.

내 공이라면 레빈 역시 나의 청을 거부하지 못할 것이나 정식으로
공표한 상황에서 신성왕국의 성격상 국왕이나 내 힘으로 아이의 처지
를 바꾸는 것은 불가능하기 때문이다.

재수없는 늙은이가 내 계획을 미리 눈치 채고 재빨리 일을 치른 것
이니 나로선 놈의 가증스러운 행동에 분통만 삭일 뿐이었다.

제 4 3 장 번져 가는 전화의 불꽃

“뭐라? 그것이 무슨 말인가?”

“당했습니다. 설마 네라드가 알디하렌 제국에서의 행적까지 손에 넣었을 줄이야…….”

신성왕국 프리티아의 수도 레트론 성에서 건국전의 휴식을 취하고 있던 나에게 게리오스는 충격적인 소식을 전해왔다.

바로 아멘 왕국이 이드리샤 공작가를 폐하고 나를 폐작위시켰다는 것이다. 본국 제일 적국이라 할 수 있는 알디하렌과의 밀약이라는 죄목으로 말이다.

네라드가 이 죄목으로 나를 뒤집어씌운 것도 우스운 일이지만 설마 믿었던 왕가가 나를 이렇게 버리리라고는 생각도 못한 일이었다.

“설마… 로필론 국왕이…….”

“어차피 왕가의 입장에서 강한 힘을 가진 귀족은 영원한 장애물일 수밖에 없습니다. 알디하렌의 일이 알려졌다면 분명 서면의 일 역시 알려졌을 터, 로필론 국왕은 이드리샤 공작가의 저력을 두려워해 선수를 쳤을 수도 있습니다."

"음……."

확실히 고조부 때 이전의 이드리샤 가를 생각하면 왕가의 이번 결정은 당연한 일일지도 모른다.

네라드 따위의 말에 혹해 나를 내친 왕가에 대한 분노는 참을 수 없었다. 적어도 나 자신은 누군가의 말에 왕가를 배신할 생각은 없었기 때문이다.

"하지만 이상하군. 네라드 놈이 어떻게 알디하렌에서의 일을 알았지?"

"…저희 측에 배신자가 있는 듯합니다."

"그런……!"

"골든 아이를 통해 역추적한다면 배신자를 찾는 것은 그리 어렵지 않을 것이나 그것보다는 일단 이드리샤 영지의 영주민들과 군대를 신속하게 프리티아 왕국으로 이주시키는 것이 좋을 듯합니다."

"음……."

확실히 게리오스의 말대로 이대로 가만히 있다가는 크로우와 블루 버드 나이츠를 뺏기는 것은 물론 내 영지민들에게까지 피해가 올 것이 분명한 일이었다.

"알리샤와 아이들은?"

"폐작위가 결정된 직후 에르가 백작이 최우선적으로 피신시켰으니 안심해도 될 것입니다."

"다행이군. 자네는 지금 당장 아멘 왕국으로 돌아갈 준비를 하게."

"예? 설마……?"

"홍! 네라드 놈이 무슨 간계를 꾸미는지는 모르지만 난 이드리샤 공작가의 가주, 뭐가 무서워 돌아가지 못하겠는가?"

"위험한 일입니다!!"

나의 결정에 게리오스는 단호하게 반대하고 나섰다.

하긴 폐작위가 결정된 상황에서 내가 본국으로 돌아가면 반역자 취급받으며 참수형에 처해질 가능성이 높으니 게리오스의 반대는 당연했다.

하나, 내가 프리티아나 알디하렌에 보다 큰 영지를 가지고 있음에도 그곳에 자리잡지 않은 이유가 무엇이겠는가?

누가 뭐라 해도 난 아멘 왕국의 건국 공신가인 이드리샤 가의 가주다.

"게리오스, 내가 무엇을 두려워해 아멘으로 가지 않는단 말인가?"

"당연하지 않습니까? 제국과의 내통 혐의를 받고 있는 상황에서 아멘으로 가게 되면 참수를 면하기 어려울 것입니다."

"그럴 수도 있겠지. 하나 참수보다 더 중요한 것이 있지 않는가."

"참수보다 더 중요한 것이라면……."

"내가 바로 아멘의 건국 공신가인 이드리샤 공작가의 가주라는 것이야!"

나의 단호한 말에 게리오스는 아무 말도 못하고 한숨만 푹 내쉴 뿐이었다.

하긴 자신이 모시고 있는 주군이 뻔히 죽음이 보이는 상황으로 걸어간다면 나라도 막았을 것이다. 하지만 내 자신이 공작가의 가주로서 억울하게 타국으로 쫓겨나는 모습이 되고 싶지는 않았다.

위험한 상황에서 본국으로 돌아가기 전 난 게리오스와 함께 이번 일의 원인에 대해 이야기를 나누어보았다. 단지 네라드의 말만 믿고 왕가가 나를 반역자로 몰아붙여 폐작위를 시킬 이유는 없었기 때문인데, 게리오스와의 이야기 끝에 난 이드리샤 공작가의 폐작위에 대한 이유를 대충 알 수 있었다.

왕가에 의해 본 가가 중앙 정치에 대두되기 전, 아멘 왕정은 삼두체제라 볼 수 있었다.

가장 막강한 군사력을 보유하고 있는 왕가를 상대로 남부의 네라드와 동부의 페이든이 서로를 견제하고 있는 형국, 한쪽이 강한 힘을 보이려면 나머지 둘이 힘을 합쳐 끌어내리는 정치 체제를 이루고 있는지라 어찌 보면 가장 안정된 체제라 볼 수 있었다.

이 삼두체제는 막강한 권력으로 왕가마저 함부로 하지 못했던 건국 공신가인 이드리샤 가가 몰락하면서부터 시작되었다.

귀족권을 휘어잡고 막강한 권력을 휘두르던 이드리샤 공작가가 물러나자 이드리샤 공작가의 강한 힘에 눌려 있던 두 공작가와 왕가가 주인이 사라진 힘을 나누어 가짐으로써 생긴 정치 체제인 것이다.

하지만 왕가의 입장에선 강력한 왕권을 구축하려 함은 당연한 일이지만 두 공작가 역시 그러한 사실을 잘 알고 있는 상황에서 그들은 결코 만만한 존재가 아니었다.

어느 한쪽과 손을 잡을 수도 없는 상황의 왕가이기에 그대로 삼두체제를 유지할 수밖에 없었지만 본 가가 오랜 잠에서 깨어나 다시 중앙 정치에 끼어들자 상황이 달라지고 말았다. 오랜 시간 유지되었던 삼두체제가 또 다른 힘이 등장함으로써 붕괴될 조짐을 보인 것이다.

왕가의 입장에선 이것은 호기일 수밖에 없었기에 나에게 손을 뻗친 것이고, 이로 인하여 본 가는 왕가를 등에 업고 본국에서 빠르게 성세를 찾을 수 있었다.

왕가의 목적은 어느 정도 힘이 강해진 본 가와 힘을 합쳐 왕권을 깎아내리려 하는 기존의 두 공작가를 밀어내고 다시 강력한 왕권을 되찾으려는 것이다.

하지만 생각보다 본 가가 빨리 성장하여 그 힘이 페이든과 네라드에 버금갈 정도가 되자 상황은 달라지고 말았다. 급속도로 덩치가 커진 본 가를 왕가는 마음대로 움직일 수가 없었던 것이다. 거기에다 삼두체제의 다른 한 축인 페이든 가와 손을 잡을 조짐을 보임에 따라 왕가가 심각한 고민에 빠지는 것은 당연한 일이었다.

귀족권의 힘을 유지하며 자신의 힘을 키우려는 네라드와는 달리 페이든은 그 야심을 알 수 없는 인물이었기 때문이다.

야심이 강한 페이든 가에 본 가가 가세하기라도 하면 위험하다 생각한 왕가는 계획을 바꾸어 본 가를 축출한 후 기존의 삼두체제 상태로 회귀하기를 원했다. 그리고 그런 상황에서 네라드라는 존재가 왕가에 필요했던 본 가의 비밀을 드러냄으로써 이 계획은 빠르게 진행되기 시작하였다.

"그러니까 다시 본래의 삼두체제로 돌아가기 위해서라도 본 가의 축출은 불가피한 일이었다는 것인가?"

"예. 네라드는 기존 왕가와 귀족권의 관계를 유지하려 하는 보수파 귀족의 수장인 데다 본 가에 상당한 악감정을 가지고 있으니까요."

"음……."

만일 게리오스의 예측이 정확한 것이라면 난 지금까지 로필론 국왕에게 이용만 당한 꼴이 되는 것이다. 아니, 지금의 일이 없었어도 만약 왕가와 본 가가 힘을 합쳐 두 공작가를 밀어냈다 할지라도 본 가는 왕가에 의해 배신당했을 확률이 높았다.

왕권의 강화를 위해선 강한 귀족이란 불필요한 존재이기 때문이다.

"그런 상황이니 내가 본국으로 돌아가면 목숨을 잃을 확률이 높다는 말이군."

"예, 각하."

그 말에 난 잠시 생각에 잠기다 그를 보며 말했다.

"내가 본국으로 돌아간다는 가정 하에 대처할 수 있는 방법은 없겠는가?"

나라고 아무 대책 없이 가서 죽고 싶은 생각은 없었기에 게리오스에게 방법을 물었고, 이에 잠시 생각에 잠겨 있던 그는 차분한 목소리로 말했다.

"아멘 왕국으로 돌아간다는 자체가 위험을 포함하는 일이니 가장 좋은 방법은 가지 않는 것이겠지요. 하나, 그 외에 방법을 찾으신다면 그 또한 없는 것은 아닙니다."

"호오~ 방법이 있단 말인가?"

"예. 바로 페이든 공작의 힘을 빌리는 것입니다."

"페이든……."

페이든 공작의 힘을 빌리라는 말에 난 미간을 찌푸리고 말았다.

물론 그의 힘을 빌릴 수는 있다. 하지만 사안이 사안인 만큼 그에게 지불해야 할 대가는 무엇보다 클 것이다.

"하나 그에게 도움을 받는다면 왕가와는……."

"어차피 왕가는 이드리샤 공작가를 버렸습니다. 공작 각하께서 더 이상의 의리를 찾을 필요는 없다 생각합니다."

“······.”

확실히 그의 말대로 난 이제 왕가에 대한 의리를 찾을 필요는 없었다.

필요에 의해 나를 받아들이고 필요에 의해 버린 상황, 내가 돌아선다 할지라도 이상할 것은 없는 것이다.

귀족가는 왕가를 보필할 의무가 있지만 그 의무는 왕가의 신뢰 하에 이루어지는 것이기 때문이다.

신뢰를 버린 주종 관계는 더 이상 유지될 수 없다.

“하나 단순히 페이든의 힘을 빌리는 것만으로 가능할까?”

“이미 상황은 돌이킬 수 없는 순간까지 왔습니다. 그렇다면 공작 각하께서 아멘 왕국에 정당하게 가문의 이름을 세우기 위해선 한 가지밖에 없습니다.”

“한 가지라면······.”

“역성혁명입니다.”

게리오스는 예상대로 내가 우려하던 말을 꺼냈다.

역성혁명, 기존의 왕가를 몰아내고 새로운 왕가를 내세워야 한다는 말에 난 뭐라 말을 할 수가 없었다.

그것은 단순히 새로운 왕가를 내세우는 것에서 끝나는 것이 아니라 건국 이래부터 이어온 이드리샤 공작가 역시 역사 속에서 사라지는 것을 의미하기 때문이다.

“그렇다면 자네는 새로운 왕으로 페이든 공작을 세우라는 말이군.”

“예, 각하.”

그 말에 난 페이든을 새로운 왕으로 내세웠을 때 내가 얻을 수 있는 이득에 대해서 생각해 보았다.

페이든 혼자의 힘으로는 네라드와 왕가를 상대로 승부를 걸 수는 없지만 나의 힘이 가세한다면 상황은 달라질 것이다.

"본 가가 페이든에게 가세하면 얻을 수 있는 것은 무엇이겠는가?"

"원하신다면 왕좌까지도 가능할 것입니다. 물론 왕좌의 경우에는 제약이 많고 또한 공작 각하께서도 그리 바라시지 않는 일이니 사양하는 것이 좋겠지만 말입니다."

왕좌? 그런 것은 애초부터 생각한 적도 없었다. 내 자신이 공작가의 가주이고 보니 왕위란 것이 얼마나 불안하고 갑갑한 자리인지 잘 알고 있었기 때문이다.

거기다 나의 궁극적인 목표는 대공, 최고의 귀족으로 한 나라의 국왕에 버금가는 귀족이 되는 것이다.

아멘 본국으로 향하는 길은 그리 순탄하지만은 않았다.

가장 발길을 지체케 하는 이는 바로 나의 세 부인이었다. 아멘으로 향하는 것이 어떠한 결과를 만들어낼지 아는 이들은 나의 마음을 돌리려 했지만 본국으로 돌아가려는 나의 결심은 막을 수 없었다. 공작가의 가주로서 가문의 명예를 지키는 것이 무엇보다 우선되어야 하기 때문이다.

물론 그 이전에 충성이란 명제가 있기는 하지만 현재 나에게 왕가에 대한 충성이란 것은 이미 사라진 터라 명예가 제일순위가 되는 것이다.

사실 개인적으로는 내 생명과 세 명의 부인, 그리고 사랑스런 자식들이 가문의 명예보다 중요하긴 하다.

하지만 내 자신이 수하를 거느린 입장에서 자신의 것만을 생각한다는 것은 귀족으로서 할 일이 아님을 알고 있기에 당당히 본국으로의 귀환을 선택한 것이다.

서먼의 내전을 종식시키고 신성왕국 프리티아를 건국시키는 데 일조하기는 했지만 아멘으로 돌아가는 나를 따르는 병력은 그리 많지 않았다.

물론 폐작위와 함께 다수의 영주민과 병력들을 프리티아 왕국으로 이주시키기는 했지만, 만약의 경우를 위해서 국경에 배치해 놓았을 뿐 그들과 함께 본국으로 귀환할 생각은 없었다.

내가 거느린 병력은 오직 이번 프리티아 원정에 참여했던 크로우와 블루 버드 나이츠 소속의 기사들뿐이었다.

폐작이 결정되었다고는 하지만 크로우 나이츠는 가문의 기사단, 블루 버드 나이츠는 네라드의 손을 벗어나 본 가로 들어온 기사들이었기에 아직 그들은 나의 기사였다.

현재 드래곤 산맥의 교역로를 통해 내려가고 있는 기사들의 수는 삼백, 그리 많은 숫자라고 볼 수는 없었지만 그 수배의 적을 상대로도 지지 않을 정도의 실력있는 기사들이었다.

교역로의 끝에 다다르자 게리오스가 말을 몰며 가까이 와서 말했다.

"공작 각하, 곧 영지에 도착할 것입니다."

"페이든 측에는 연락을 했는가?"

"예, 각하."

페이든과 손을 잡기로 결정한 이상, 더 이상 시간을 지체할 필요는 없었다. 빠른 연계로 확실한 동조 체제를 가진다면 불가능한 것이라 할지라도 이룰 수 있다는 자신감이 있었다.

그런 이유로 영지에 도착하기에 앞서 페이든과의 협의에서 내가 제시할 것을 생각하고 있을 때 예상 밖의 사람이 나를 찾아왔다.

"각하!"

"무슨 일인가?"

"이스페든 경께서 찾아오셨습니다."

그렇게 생각에 잠겨 있을 때 기사 하나가 다가와서는 이스페든이 왔다는 말을 전해왔다.

"이스페든? 영지민들과 함께 프리티아 왕국으로 간 게 아니었는가?"

"이드리샤 영지에 남아 각하께서 돌아오시기를 기다리고 계셨던 것 같습니다."

위현자 이스페든, 내 영지에서 가장 뛰어난 현자임에는 틀림없지만 현 시대에 가장 어울리지 않는 사상의 소유자로 양날의 검과 같은 인물이었다.

이전에 그에게 몇 가지 조언을 얻은 적이 있지만 그가 나를 위해 일을 하리라고는 생각하지 않았다. 그런데 그런 그가 나를 기다리고 있었다는 말에 의외라는 생각이 들었다.

아니, 그가 이드리샤 영지에 남아 있다는 것은 처음부터 내가 이곳으로 올 것을 예상하고 있었다는 뜻이기도 했다.

"이스페든 경을 모시고 오게."

"예."

그가 나를 기다리고 있었다면 만나지 않을 이유가 없다고 생각한 난 소식을 전해온 기사에게 그를 데려오라 명했고, 잠시 후 이스페든이 다섯 명의 소년과 함께 모습을 드러내었다.

한데 이스페든의 복장을 본 난 할 말을 잃고 말았다.

현재 그가 입고 있는 옷은 평상시에 입던 옷이 아니라 뭐랄까, 마치 신전의 사제들이나 입을 법한 사제복이었기 때문이다.

　거기에다 그를 따르는 다섯 명의 소년은 견습 사제복을 입고 있는지라 영문을 알 수가 없었다.

　"이스페든 경… 그것은?"

　"자애의 여신을 모시고 있는 사제인 이스페든이라 하외다."

　이놈의 늙은이가 도대체 무슨 말을 하고 있는 것인지 알 수가 없었다. 프리티아 왕국으로 가기 전만 해도 멀쩡하던 자가 갑자기 사제로 변해 나타났는데 어찌 이상하지 않겠는가?

　하지만 이스페든은 여느 사제와 비교해도 이상할 것이 전혀 없는 모습, 아니, 족히 수십 년간 사제 직에 있었던 사람처럼 보였다.

　"이스페든, 당신 도대체 무슨 생각으로?"

　"하하하하! 뭘 그렇게 놀라나. 자네가 없는 동안 잠시 소일거리를 찾았을 뿐이네."

　"소일거리?"

　"후후후. 자네에게는 그리 나쁘지 않은 이야기일 것일세."

　나의 말에 웃음을 흘리던 그는 뒤돌아서서 아이들을 보며 무엇인가를 말했고, 잠시 후 견습 사제복을 입은 아이들이 일렬로 서서 노래를 부르기 시작했다.

　여신의 사랑에 감사할지어라.

　그분은 자애로우시다.

　그분의 사랑은 영원하시다.

　여신께 구함받은 이는 노래할지어라.

　원수의 손에서 구해주시고

　북부의 핍박받은 이를 불러오셨도다.

사람이 살길을 찾지 못하고
광야에서 길 잃고 헤매어
주리고 목마름으로 기력이 다한 고통받은 북부의 이들을
여신께선 자애로우심으로 사경에서 건져 주시어
사람 사는 곳으로 불러오셨도다.

제 몸이 쇠사슬에 묶인 것도 모르고
어둡고 캄캄한 곳에 갇혀 있는 자들은 들어라.
여신께서 너희들을 자비로우심으로 해방하니
너희들은 살아날 것이며,
이로 인하여 너희를 어둠으로 향하게 한 자는 벌을 받으리라.

곡의 음조로 보아 성가라 생각되는 노래였는데 아이들의 노래를 듣던 난 경악을 금치 못했다.

이후에도 두 절이 더 있어 5절로 이루어진 이 노래는 처음에는 자애의 여신에 구원받는 것으로 시작되더니 4, 5절에 가서는 북부의 사람들을 핍박한 이들을 자애의 여신의 명을 받은 자가 벌할 것이라는 내용으로 이어지고 있었기 때문이다.

"이, 이스페든 경… 당신……!"

이스페든의 지시에 따라 아이들이 부른 노래는 단순한 성가가 아니었다.

다분히 전략적 차원에서 북부의 사람들을 선동하는 내용이 담겨 있었다.

"하하하! 마음에 드는가?"

"그, 그 노래가 어디까지……."

"이미 북부의 전 지역에 퍼져 있다고 할 수 있겠지."

위현자 이스페든, 나라 하나 말아먹을 정도로 위험스러운 사상을 가진 그의 힘에 난 또 한 번 경악하지 않을 수 없었다.

단순한 성가가 무엇이 문제냐며 그저 우습게 넘길 수도 있는 일이지만, 그것은 상황에 따라 달라질 수 있기 때문이다.

성가에 앞서 먼저 생각해야 할 것은 북부의 현 상황이었다.

북부는 건국 초기에는 상당한 위세를 떨치는 귀족들이 다수 존재하던 곳이었지만 네라드 공작가와 페이든 공작가가 생겨나고 본 가가 중앙에서 밀려나면서부터 상대적으로 홀대를 받아온 곳이었다.

남부와 동부가 두 공작가의 힘으로 중앙에서 요직을 차지하고 서부는 왕가와의 유착으로 힘을 가진 반면, 북부는 본 가가 유배될 정도로 힘을 가진 귀족들이 없었고, 중앙에 직위를 가지고 있다 할지라도 요직이라 할 수는 없었다.

그 때문에 론과 같은 자가 북부의 중심으로 자리를 차지할 수 있었던 것이다.

북부에서는 중앙의 이러한 노골적인 차별로 인하여 한때 북부 배척설까지 나돌 정도로 왕가에 대해 크게 불만을 드러내고 있었는데, 그것은 본 가가 다시 중앙에서 힘을 드러냄으로써 조금 사라진 상황이었다.

그런데 본 가가 알디하렌 제국과의 유착으로 폐작위되었으니 다시 북부 배척설이 조금씩 나올 상황에서 이스페든이 성가로 위장하여 북부 배척설을 더욱 조장하며 북부에 새로운 영웅이 등장하여 세상을 뒤덮는다는 내용의 성가 아닌 성가를 퍼뜨리고 있는 것이다.

소년 견습 사제들이 부른 성가가 이미 북부 전역에 퍼졌다고 한다면 역성혁명을 생각하는 나에게 북부에서 힘을 얻을 수 있는 기회가 왔다 할 수 있었다.

"언제부터 생각하고 있었는가?"

"음… 자네에게 왕이 될 것이냐 하고 물음을 던졌을 때부터 시작한 일이니 꽤 되었지."

그의 말에 난 충격을 감출 수가 없었다.

그렇다면 이스페든은 그때부터 내가 왕가에 의해 배신당할 것임을 예측하고 있었다는 말과 다르지 않았기 때문이다.

과연 현자라는 호칭이 붙을 만한 사람이라는 생각에 난 감탄을 감출 수가 없었다.

"이미 북부의 각 영지에 작게나마 자애의 여신의 신전을 만들었고 그 수가 백여 곳, 신도의 수만 따진다면 족히 1백만은 넘을 것이네."

"하아……!"

도무지 입을 다물 수가 없었다.

그리 긴 시간이라고도 볼 수 없는 상황에서 백여 곳에 신전을 만들고 1백만의 신도를 모았다고 하는데 어찌 놀라지 않겠는가?

기존의 천신교를 믿고 있는 토양에서 이렇듯 많은 신도를 모았다는 것은 위현자라는 이스페든의 능력이 아니라면 불가능하다 해도 과언이 아니었다.

"이제 씨앗은 뿌렸으니 그것을 가꾸고 열매를 맺게 하는 것은 공작 각하의 일이 아니겠소?"

"씨앗을 가꾸고 열매를 맺게 한다? 하하하하하!"

난 대소를 터뜨렸다. 그의 말이 상당히 만족스러웠기 때문이다.

"게리오스!!"

"예, 각하."

"지금 당장 북부의 각 영지에 서신을 보내 영주들을 선동하게. 내용은 북부 배척설을 부각시켜 그들에게 왕가의 부덕함을 알리고 우리 일에 참여하는 것이 진정한 아멘의 정의라는 것으로 말이야."

"알겠습니다."

1백만을 넘는 신도가 있다면 북부의 영주들도 모르지는 않을 것이다. 아니, 그 정도의 신도 수를 가질 수 있다는 것 자체가 영주들 스스로 그것을 묵인하고 있다고 해석할 수 있는 것이다.

그런 상황이라면 이들은 약간의 거짓을 섞은 선동으로도 스스로 나의 힘이 되기를 청할 것이 분명했다. 그들 역시 귀족, 권력을 탐하는 이들이라면 자신에게 온 이 기회를 뿌리치지는 못할 것이기 때문이다.

예상치도 못한 이스페든의 공작으로 인하여 북부의 민심이 왕가에게서 돌아선 지금이야말로 역성혁명을 일으킬 최고의 기회가 될 수 있었다.

나의 병력과 북부의 유수 귀족들의 힘을 합친다면 페이든에 뒤지지 않을 정도의 대군을 거느릴 수 있으니 페이든과의 협상에서도 좋은 결과를 만들어낼 수 있을 것이다.

드래곤 산맥의 교역로를 지나 영지에 도착하기는 했지만 나로선 조용히 움직여야 했다. 본 가의 반역이 결정되어 파작된 상황이었기에 왕가는 본 가의 영지에 중앙군 1만을 보내어 아직도 남아 있을지 모를 본 가의 사람들을 색출하려 했기 때문이다.

그 때문에 드래곤 산맥의 경계 지점에서 영지를 감시하고 있는 중앙군의 눈길을 피하여 움직인 우린 일주일 후 페이든 측의 인사와 만나기로 한 북동부 케이오드 영지에 도착할 수 있었다.

케이오드 영주는 동부의 페이든 측 귀족들 중 북부 가까이에 영지를 가지고 있는 남작으로 드레이크 나이츠의 기사였던 자가 공을 세워 영주가 된 신흥 귀족가였다.

동부는 남부와는 달리 신흥 귀족이 많이 머물렀기에 그러한 영주들을 찾는 것은 어렵지 않았다.

케이오드 영지는 다행히 동부에 속한 귀족의 영지인 덕분에 중앙군의 모습은 보이지 않았기에 조금 편하게 영주의 저택으로 향할 수 있었다.

저택이 보이는 곳까지 다가가자 오십여 명의 사병과 기사가 마중을 나와 있었다.

"어서 오십시오, 이드리샤 공작 각하."

이미 내가 올 것을 알고 있었는지 우리 쪽으로 다가온 기사는 정중히 예의를 갖추며 인사를 올렸다. 그 기사가 입고 있는 갑옷의 복식과 문장은 케이오드 영지의 것이 아닌 드레이크 나이츠의 것이었다.

"자네는 누구인가?"

"케이오드 남작가의 차남으로 드레이크 나이츠 슈페리어 넘버 56인 카스몬 케이오드라 하옵니다."

기사의 예를 취하며 자신을 소개하는 그의 말에 난 고개를 끄덕이곤 그를 따라 케이오드 저택으로 향했다.

케이오드 저택은 내가 멸한 아메로스 남작의 저택보다 그 크기는 작았지만 그와는 별개로 병사들의 수준은 상당히 높은 듯 보였다.

내가 거느린 병사나 중앙의 정병과 비교해도 뒤지지 않게 보이는 그들은 흐트러짐없는 모습을 보이고 있어 상당한 훈련을 받았음을 알 수 있었다.

만약 이들이 아메로스 남작의 사병이었다면 처음 레빈과 함께 세운 작전은 수포로 돌아갔을 정도라고 할까?

물론 페이든 공작이 역성혁명을 생각하고 있었다면 이 정도의 정병은 당연한 일이지만 가장 구석에 위치한 작은 영지까지 이 정도라면 페이든 공작령의 사병은 이보다 더 뛰어날 것이 분명한지라 두려움마저 느껴질 정도였다.

게리오스와 엡실론, 그리고 십여 명의 기사만을 대동하여 저택 내부로 들어서자 육십 대 후반으로 보이는 노년의 남자와 삼십 대 초반으로 보이는 남자가 나를 향해 정중히 예를 취하였다.

"어서 오십시오, 이드리샤 공작 각하."

나를 맞이한 육십 대 후반의 남자는 이곳 케이오드 영지의 주인인 라론 폰 케이오드 남작이었고, 그의 옆에 있는 이는 드레이크 나이츠의 슈페리어 넘버 6의 실력자로 페이든 공작 대행으로 온 카포니 남작이었다.

그들의 인사를 받은 난 케이오드 남작의 안내로 저택 이층의 응접실에 도착할 수 있었다. 나와 게리오스가 자리에 앉자 페이든의 대행으로 온 카포니 남작이 미소 지으며 말했다.

"페이든 공작 각하께서는 이드리샤 공작 각하께서 제의해 오신 것에 대하여 상당히 기뻐하고 계십니다."

"흠… 그렇다면 본작의 의견을 페이든 공작도 받아들였다 보면 되겠는가?"

"예, 각하. 이것을 한번 보시겠습니까?"

페이든이 내 의견을 받아들였다는 말에 조금 의외란 생각이 들었다.

내가 그에게 보낸 서한은 본 가를 폐작위한 왕가의 부당함을 노골적으로 드러낸 것으로 조금은 격정적인 문장으로 쓰여 있었기 때문이다. 그리고 결말에는 그러한 왕가를 몰아내고 새로운 왕조를 세움으로써 진정한 아멘 왕국의 정의를 세우자는 뜻을 조금 우회적으로 표현했다.

페이든 정도의 인물이라면 어렵지 않게 뜻을 알 수 있는 서한이었기에 그가 이렇듯 쉽게 받아들이리라고는 생각지 못했다. 그 자신이 아멘 삼대공작가의 한 가문으로서 조금은 왕가에 대한 충성을 보이는 시늉은 할 것이라 생각했기 때문이다.

하지만 그는 내 예상과는 달리 마치 기다리고 있었다는 듯이 제의를 받아들여 자신이 역성혁명을 생각하고 있었음을 노골적으로 드러내었다.

과연 그는 무슨 생각을 하고 있는 것일까? 그런 생각을 하며 난 카포니 남작이 건네준 두툼한 서류 뭉치를 받아 들곤 그것을 읽어보았다. 그리고 다시 한 번 경악을 금치 못했다.

"이, 이것은?!"

"저의 참모본부가 설정한 로베니아 계획입니다."

"로베니아 계획……."

카포니 남작이 나에게 건네준 서류 뭉치, 그것은 놀랍게도 역성혁명을 일으키기 위한 군사적 행동 방침과 전략을 적어놓은 계획안이었던 것이다.

나야 왕가에 배신을 당한 때문에 마음이 변하여 반기를 들기로 결정한 것인데 이미 페이든은 이러한 나의 결정을 예상이라도 하고 있었던 듯 로베니아 계획에 포함시켜 놓고 있었다. 실로 무서운 자가 아닐 수 없었다.

로베니아 계획은 역성혁명에 필요한 군의 움직임과 거점 확보, 군수 물자의 이동로, 예상되는 적 병력과 반격 지점 등 전쟁에 필요한 모든 전술과 전략이 명시되어 있어 계획안만을 따르더라도 승리가 눈앞에 보이는 듯한 그런 것이었다.

거기다 최근에 내가 이루어놓은 프리티아 왕국까지 계획안에는 포함되어 있었다.

물론 서류에는 사라진 셔먼 왕국의 군대라 적혀 있었지만 그 주요 내용은 북련을 중심으로 되어 있었다.

"페이든 공작은 나와 북련의 관계까지 알고 있었던가?"

"다행히도 셔먼 쪽에 페이든 공작 각하와 친분이 있는 귀족이 있었던 덕에 알 수 있었던 것입니다."

친분이 있는 귀족이라? 그가 누구인지는 모르겠지만 페이든 공작은 역시 셔먼 왕국에 눈을 돌리고 있었음을 알 수 있었다.

완벽하게까지 보이는 로베니아 계획이 지금껏 이루어지지 않았던 것은 병력의 부족과 알렌스트 왕국 때문이었다.

계획을 성립시키기 위해 필요한 국내 병력은 30만, 하지만 계획안에 따르면 페이든 공작 측의 병력은 17만으로 반 가까이 부족한 상황이었다.

거기다 그 병력도 알렌스트의 존재 때문에 반 이상이 움직이지 못하는 상황인지라 로베니아 계획은 이루어질 수 없었다.

페이든이 셔먼에 눈을 돌린 이유는 이 알렌스트란 존재를 견제하기 위한 방책이었을 확률이 높았다. 알렌스트와 경계를 하고 있는 중앙대

류의 국가는 본국과 서먼뿐이었기 때문이다.

"게리오스 경, 자네도 한번 읽어보게."

로베니아 계획안을 대충 읽어본 난 그것을 게리오스에게 건네주었고 게리오스 역시 계획안의 전모를 확인하고는 충격을 감추지 못했다.

"실로 놀라운 계획이 아닐 수 없습니다. 이 계획안대로 혁명이 이루어진다면 성공 가능성은 팔 할 이상이 될 것입니다."

"그렇지?"

게리오스까지 성공 확률을 높게 본다면 두말할 것 없이 완벽한 계획인 것이다.

로베니아 계획은 하루아침에 만들어낼 수 있는 것이 아닌 족히 수십 년 이상의 노력이 없으면 이루어질 수 없는 것인지라 난 페이든이 제안을 거리낌없이 받아들인 것을 이해할 수 있었다.

"이 로베니아 계획의 성공을 위해선 반드시 본작의 존재가 필요한 것 같군."

"그렇습니다, 각하."

그 말에 난 이 카포니 남작이라는 자가 도대체 무슨 생각을 하고 있는지 궁금해졌다.

로베니아 계획의 성공을 위해서 날 끌어들인다 할지라도 후일을 생각해서는 나라는 존재를 깎아 내릴 필요가 있었는데 그는 오히려 나의 존재를 높여주고 있었기 때문이다.

뭐랄까? 그런 사소한 이득에 구애받지 않을 만큼 배포가 크다고 해야 하나? 뭐, 상대가 이리 나온다면 나도 밑질 것은 없는지라 상관없었다.

"로베니아 계획에서 가장 큰 문제점은 알렌스트 왕국인데 페이든 공작은 그들을 내가 막아주었으면 하는 것 같군.”

“예, 신성왕국 프리티아의 건국에 지대한 공을 세우신 이드리샤 공작 각하이시니 어렵지 않을 것이라 생각하고 있습니다.”

확실히 내가 부탁하면 레빈은 알렌스트 왕국의 국경에서 도발 정도는 해줄 수 있을 것이라 생각하지만, 그와 함께 그에게도 대가를 지불해야 할 것이다. 레빈 같은 이가 아무런 대가도 없이 그러한 일을 해주지는 않을 것이기 때문이다.

“하나 아무리 내가 건국에 공을 세웠다 할지라도 대가없이 프리티아 왕국의 국왕이 그러한 일을 해줄 리는 없지 않겠는가?”

“물론 그 일에 대해서도 준비해 두고 있으니 큰 걱정 하실 필요는 없습니다.”

대가를 준비했다라… 과연 그것이 무엇인지는 모르지만 카포니 남작은 자신감을 보이고 있었기에 그만한 준비는 한 듯했다.

어쨌든 지금의 상황에서는 그러한 것을 따질 때도 아니었고 게리오스가 팔 할 이상의 성공을 장담할 정도라면 해볼 만한 일이었다.

“알겠네. 로베니아 계획 실행 시기는 언제로 생각하고 있는가?”

“프리티아 왕국의 준비도 필요할 뿐 아니라 공작 각하께서도 준비가 필요하실 테니 한 달 후를 그 시기로 생각하고 있습니다.”

“알겠네.”

페이든과의 협정서에 사인을 끝으로 난 드디어 본 가가 오랜 시간 충성을 맹세해 왔던 아멘 왕국에 검을 겨누게 되었다.

페이든의 참모진이 만든 로베니아 계획의 큰 골조는 아주 간단했다.

아멘 왕국의 중심, 그리고 정신적 뿌리라 할 수 있는 왕도를 단시일 내에 함락한다는 것, 바로 그것이었다.

하지만 왕도를 함락하는 일은 그리 쉬운 일이 아닌 것이, 가장 큰 문제는 바로 중앙군. 왕가의 명령으로 움직이는 그 중앙군의 수는 대략 13만, 거기에 왕도 수비군 4만, 서부 귀족의 예상되는 병력이 7만, 남부 네라드가 가세할 경우 11만 정도의 병력을 예상하고 있기에 우리는 35만 이상의 대군을 상대해야 하는 것이다.

페이든이 운용할 수 있는 병력은 대략 17만, 현재 국경에서 대기하고 있는 내 병력은 7만 정도였다. 하지만 다크 데블 나이츠에 제국에 있는 내 영지의 병력까지 동원하고 북부의 일이 잘 풀린다고 한다면 20만에 가까운 병력을 손에 넣을 수 있었다.

케이오드 영지에서 돌아온 난 다시 교역로 쪽으로 방향을 바꾼 뒤 엘프의 마을에 자리를 잡았다. 로베니아 계획이 있기까지는 앞으로 한 달, 그 한 달 동안 난 내가 할 수 있는 모든 일을 해내야 했기 때문이다.

다행히 숲에서는 누구보다 빠른 엘프들이 나의 손을 들어주고 있는 상황이었기에 연락 계통은 아무런 문제가 없었다.

이스페든의 계획으로 북부의 현 왕가에 대한 불만 세력은 더욱 많아지고 있었고, 그런 차에 억울하게 폐작위된 이드리샤 가의 가주인 내가 선동하는 서한을 보내자 북부 귀족들은 하나둘씩 나에게 동조하기 시작했다.

그들로선 왕가에 손을 들어주어도 앞날이 보장되지 않는 시점에서 차라리 나에게 힘을 보태는 것이 나을 거라 생각한 것이다.

물론 개중에는 불가능한 일이라며 반대하는 이들도 적지 않았지만 애석하게도 그들은 골든 아이의 손에서 죽임을 면치 못할 것이다. 이 일이 가져올 파장을 잘 알고 있는 상황에서 반대하는 이들을 살려두었다가는 무슨 일이 벌어질지 알 수 없기 때문이다.

그리고 이와 함께 신성왕국 프리티아의 교황과 국왕인 레빈 앞으로 서신을 보내어 로베니아 계획의 필요성과 함께 도움을 요청했다. 물론 이 서신에서 나라 이름의 딸내미를 이용하여 약간의 협박을 가하는 것도 잊지 않았기에 프리티아라면 사족을 못 쓰는 교황 요슨은 나의 청을 거부하지 못할 것이다. 그놈의 정이 무엇인지…….

하지만 가장 큰 문제는 현재 나를 따르고 있는 기사들을 설득하는 일이었다. 그들이 내 기사라고는 하지만 국가와 왕가에 충성을 맹세한 이들이기 때문이다.

"반란이라니요! 아니 될 말씀이십니다!"

그중 가장 강하게 반대 의사를 표한 이는 슈펠트였다. 명문가에 양자로 들어갔던 엡실론과는 달리 슈펠트는 정통 기사 가문의 후예, 그런 그에게 반란이라는 것은 쉽게 용납할 수 없는 일이었다.

"각하께서는 왕가에 대한 충성의 맹세를 잊으신 것입니까!!"

그런 때문에 슈펠트는 강하게 반발하며 다시 마음을 돌릴 것을 권하고 있었는데, 이에 엡실론이 차가운 목소리로 말했다.

"무엇에 충성한단 말인가? 각하께서는 분명 왕가에 충성하셨지만 왕가가 각하께 내린 것은 폐작위 결정이었네. 이것은 각하께서 배신한 것이 아니라 왕가가 이드리샤 가를 먼저 버린 것임을 잊지 말게."

엡실론은 슈펠트와는 달리 나의 곁에서 많은 전쟁을 함께해 온 사람으로 기사 중에서 나와 가장 가까운 사람이라 할 수 있었다. 그런 때문에 왕가의 배신에 누구보다 더 배신감을 느꼈고, 반란을 일으킬 것이라는 나의 결정을 당연하다는 듯이 받아들이고 있었다.

"엡실론 경! 그것은 네라드의 술수에 의한 것이 아닙니까?"

"네라드의 술수가 있었다 할지라도 파작의 결정은 도를 넘어선 것이 아닌가! 자신을 따르는 신하의 충성을 간신배의 감언이설보다 못하게 여긴다면 그것은 왕으로서의 자질이 부족한 것이네!"

"엡실론!!"

엡실론의 말이 현 국왕에 대한 비하로 이어지자 슈펠트는 노기를 드러내며 검을 뽑아 당장이라도 그를 베어버릴 기세로 소리쳤다.

"각하께서 앞에 계시는데 지금 무엇을 하고 계시는 것입니까!"

"큭……!"

이에 게리오스가 슈펠트를 보며 강하게 다그치자 그제야 조금 마음을 안정시킨 슈펠트는 기세를 죽이고는 뒤로 물러섰다.

생각 외로 슈펠트의 반대가 강하자 난 그를 빼놓고 일을 진행하는 것이 어떨까 생각했다. 하지만 크로우 나이츠 내에서 서열이 높은 리베인이나 엡실론보다 슈펠트를 따르는 이들이 더 많아 그럴 수도 없었다. 크로우 나이츠 명문가의 자손인 슈펠트는 뛰어난 검술 재능과 함께 학식도 갖추고 있어 기사들 사이에선 누구보다 신망있는 사람이었기 때문이다.

"슈펠트 경, 만약 본작을 버린 것이 왕가의 계획된 일이라면 어찌하겠는가?"

"예? 계획된 일이라니요?"

"게리오스 경, 슈펠트 경에게 왕가가 본 가를 버린 이유를 자세하게 말해 주게."

"알겠습니다."

나의 명령에 게리오스는 엡실론과 슈펠트, 그리고 크로우와 블루 버드 나이츠의 고위 기사들이 보는 앞에서 본 가를 이용하여 왕권을 강화하려 했던 로필론 국왕의 계획에 대해서 말해 주었다. 그리고 그 이야기가 모두 끝났을 때 슈펠트는 도저히 믿을 수 없다는 표정을 짓고 있었다.

"가, 각하… 그것이 사실입니까?"

"증거는 없네. 하나 여러 가지 정황 증거가 모두 그러한 추리를 뒷받침하고 있으니 아마도 팔구 할은 진실이라 보고 있네."

"그런……!"

나의 말에 슈펠트는 상당한 충격을 받은 듯 고개를 숙이고 말았다.

"왕과 가신의 관계는 충성과 신임으로 이어져야 하네. 그렇지 않게 된다면 관계는 와해될 수밖에 없지. 물론 현 왕가에 충성의 맹세를 한 자네의 마음도 이해하지만 왕이 가신을 의심하고 가신이 왕을 믿지 못한다면 차라리 새로운 나라를 세우는 것만 못한 것이 세상의 이치이네."

"……."

슈펠트가 나의 말에 승복했다고는 볼 수 없었다. 하지만 그가 나의 가신으로서 배신은 하지 않을 것임을 믿고 있었기에 난 그의 어깨를 두드려 주면서 다른 기사들을 보며 말했다.

"본작은 이번 전쟁에서 승리한다 할지라도 왕좌를 노리지는 않는다. 오로지 부덕한 왕가를 몰아내고 이 땅에 새로운 왕을 세움으로써 군신의 관계가 올바르게 세워지기만을 바랄 뿐이니 경들은 이전과 같이 본작을 따라주었으면 한다."

"예, 공작 각하."

내 자신의 욕심이 아닌 군신의 관계를 바로 세우기 위함이라… 뭐,

진실로 이것 때문이라고는 말할 수 없었지만 그 말에 기사들이 굳은 결의를 보이는 것 같아 다행이란 생각이 들었다.

케이오드 영지에서의 협약이 있은 지 한 달, 드디어 아멘 왕국은 건국 이래 그 유래를 찾을 수 없는 격변의 시대가 도래한 것이다.

새벽 동틀 무렵 시작된 첫 전투는 내 영지에서 시작되었다.

교역로를 통해 들어온 8만의 병력 중 별동대 5천이 이드리샤 영지 본성에 주둔하고 있는 중앙군 5백 병력을 기습하여 일시에 섬멸시켰고, 그와 함께 선봉 1만 3천은 그대로 남진하여 아메로스, 션우드 영지에 주둔하고 있던 중앙군을 기습 공격했다.

몇 달의 시간 동안 영지에 머물러 있지도 않은 첩자를 색출한다며 버티고 있던 중앙군은 제대로 된 경계 태세조차 취하지 않고 있어 쉽게 무너지는 것은 당연한 일이었다.

병력의 수에서부터 압도적인 데다 중앙군이 병력을 분산시켜 주둔하고 있었던 덕에 세 차례의 전투는 단 삼 일 만에 아군의 완벽한 승리로 끝을 맺었다.

이드리샤 영지로 파견된 중앙군은 아군에 의해 크게 패하여 로필론 국왕에게 첩자 색출의 명을 받은 카도린 남작을 포함하여 5천에 가까운 적병을 포로로 잡을 수 있었다.

"각하! 명하신 대로 포로들을 모두 열 곳의 감옥에 나누어 가둬놓았습니다."

그리고 난 그 포로들은 병사들에게 지시하여 임시로 만든 감옥에 가두어놓았다.

단시간 안에 만든 감옥은 임시 요새와 같이 높이 5미터가 넘는 나무

벽으로 이루어져 있었다. 기사에게 포로를 모두 가두어놓았다는 보고를 들은 난 그를 보며 하나의 명령을 내렸다.

"수고했다. 그럼 놈들을 가두어놓은 감옥에 불을 질러라."

"예? 각하! 무슨 말씀이십니까?"

"못 들었는가? 포로들을 가두어놓은 감옥에 불을 지르라 명했다!"

그 말에 명령을 받은 기사는 충격을 금치 못한 듯 보였다. 명령을 받았음에도 그는 쉽게 발을 떼지 못했고 그런 기사의 모습을 보며 난 차가운 목소리로 말했다.

"전쟁은 공포를 수반하는 것. 그 공포는 그것을 어떻게 활용하느냐에 따라 승패가 갈릴 정도로 중요하다. 개중엔 전쟁의 공포를 순화시켜 가해자임에도 불구하고 침략지에서 어떠한 수탈도 하지 않고 적군의 포로를 자신의 병사로 만드는 이들도 있지만 난 그와는 반대로 적을 완전히 몰살시킴으로써 상대에게 전쟁의 공포를 극대화시키는 방법을 선택한 것이다."

"하오나 그것은 너무나 가혹한 일입니다."

그런 나의 말에 기사는 다급한 목소리로 내가 명령을 바꾸길 원했지만 난 그의 뜻을 받아들일 생각은 없었다.

"전쟁은 공포가 수반되어야 한다는 전제 하에 이루어져야 한다. 공포가 수반되지 않은 전쟁은 또 다른 전쟁을 불러올 수 있기 때문이다. 자네는 이 땅에 또다시 전쟁의 불꽃을 피울 생각인가?"

"그, 그것은……."

"이 싸움이 필연적이라면 난 나의 적에게 어떠한 존재보다 더한 공포의 존재가 될 것이다! 가라! 가서 본작을 적대한 자의 결말이 무엇인지를 보여주어라!"

나의 호통에 기사는 두려움이 가득한 표정으로 명을 수행하기 위해 물러났다. 그리고 그가 사라진 후 난 나의 선택을 생각하며 고민에 빠질 수밖에 없었다. 나 역시 이 선택이 잔인하다는 것은 알기 때문이다.

"위험한 선택이십니다."

그리고 그런 나의 생각을 아는지 게리오스가 조심스럽게 나에게 말을 건네왔다.

"무엇이 그리 위험하다는 것인가?"

"공포는 적뿐 아니라 아군에게까지 전해질 수 있기 때문입니다."

"그 정도는 알고 있네."

"그런데 왜……."

"대공의 작위를 위해서라고 할까?"

"대공의 작위 말씀이십니까?"

나의 말에 게리오스는 영문을 알 수 없다는 표정으로 물었다. 하긴 그라도 대공의 작위를 위해 잔혹해질 필요가 있는지 의문일 것이기 때문이다.

"본 가는 아멘 왕국의 건국 공신가, 만약 이 전쟁에서 승리한다면 어찌 되겠는가?"

"각하께서 왕좌를 원하시지 않는다면 또다시 건국 공신가가 되겠지요."

"하나 내가 왕좌를 원하지 않는다 할지라도 페이든은 달리 생각할 것이네. 조력자임과 동시에 라이벌이라고 말이야."

"확실히 그렇게 생각할 수도 있겠군요. 아니, 그쪽이 오히려 가능성이 높다 생각합니다."

"그 때문에 페이든에게 좋은 자리를 내어주려 하는 것이네. 잔혹한 왕은 귀족들의 반발을 살지언정 잔혹한 귀족은 왕가가 바라는 일이니 말이야."

왕은 한 나라 최고의 자리에 있는 이, 그런 사람이 피로 물든 손을 가지고 있다는 것은 결코 바람직한 일이 아니었다. 잔혹한 왕은 아무리 뛰어나다 할지라도 지탄을 받기 때문이다.

하지만 잔혹한 귀족이라고 한다면 그 평가는 조금 달라진다. 물론 잔혹한 귀족도 지탄받는 것은 당연한 일이지만 왕가의 입장에선 그것보다 좋은 것은 없기 때문이다.

국사를 행함에 있어 피를 묻히는 일은 불가결한 일이었고, 그런 상황에서 잔혹한 신하가 곁에 있다면 왕은 스스로의 손에 피를 묻히지 않고 무난히 처리할 수 있기 때문이다.

"그렇다면… 각하께서는……."

"뭐, 마음대로 풀리리라고는 생각지 않네. 하나 이미 결정했으니 피의 공작이라는 소리를 한번 들어보고 싶군."

"각하… 악취미이십니다."

"그런가?"

어쨌든 나의 결정을 게리오스는 반대하지 않는 듯 보였다.

이드리샤 영지에 주둔 중이던 중앙군 1만을 효과적으로 처리한 아군은 진군의 방향을 서쪽으로 하여 북부대로로 움직였다. 로베니아 계획에서 내가 맡은 일은 바로 왕가의 토벌군을 서쪽으로 끌어내는 것이기 때문이다.

현재의 병력은 8만에 지나지 않았지만 북부대로를 통해 서쪽으로 가며 북부의 귀족들에게서 병력을 지원받는다면 서쪽대로에 도착했을 때의 아군 병력은 족히 15만을 넘어설 것이었다.

그리된다면 왕가로서도 서부 귀족의 힘으로 감당할 수 있는 일이 아니기에 중앙군을 움직여 반군 토벌을 결의할 수밖에 없게 될 것이다.

서부 귀족군의 수는 7만, 중앙군의 보유 병력이 13만이라고 한다면 반군을 상대하기 위해 아마도 왕가는 중앙군의 다수를 움직여 반군을 토벌하려 할 것이었다. 그리고 나와 앙숙 관계에 있는 네라드 역시 군을 움직여 나를 토벌하려 할 것이었기에 아멘이 보유한 병력의 대다수가 서부 쪽으로 몰리게 되는 것이다.

물론 동부에도 왕가의 본군에 대한 토벌령이 내려질 것이 분명하지만 그들은 절대 동부를 벗어나지 못할 것이다. 토벌군이 조직된 시점, 이드리샤군의 잔여 병력이 영지에 남아 이들의 진로를 막아설 것이기 때문이다.

물론 이것은 로베니아 계획의 일환이었다.

서부 귀족이나 네라드와 같은 자가 페이든의 동부군을 기다릴 리는 만무한 일, 그들은 공을 세우기 위해서라도 병력을 움직여 나를 상대하려 할 것이다. 동부군이 가세하지 않은 상황에서도 이미 토벌군의 병력은 내가 거느린 반군의 병력을 상회할 것이기 때문이다.

그리고 이러한 시기를 기다려 동부군은 그대로 남하하여 왕도를 점거, 계획대로 일이 이루어진다면 왕도의 병력은 결코 페이든의 동부군을 감당할 수 없을 것이다.

이드리샤 영지에서 도망친 중앙군의 패잔병이 왕도에 반란의 소식을 알리기 전까지 내가 할 일은 북부 귀족들의 병력을 하나로 모으며 북부대로를 지나 다시 서부 해안 대로를 따라 남하하는 것. 패잔병이 왕도에 도착하는 시간과 병력을 응집할 시간을 생각하면 북부 귀족들을 가세하게 하여 몸집을 불리는 시간은 충분하다고 할 수 있었다.

이미 나에겐 한 달의 시간이 있었고 그 시간 동안 북부의 유수 귀족들이 나의 행로에 합류할 것임을 알려왔기 때문이다.

"라보나, 프로시오, 힐텐 령에서 총 3천의 병력이 합류해 왔습니다."

"수고했네."

북부대로를 통해 8만의 병력이 움직이기 시작하자 여기저기서 북부 귀족들이 반군에 합류하기 시작했고, 서부 해안 대로에 도착했을 땐 처음 8만의 병력은 이제 16만 3천으로 배 이상 병력이 증가했다.

북부 배척설이 북부 전체에 퍼지면서 이 기회를 놓치면 더 이상의 기회가 없다 생각한 이들과 5천의 병력을 모두 불태워 죽여 버린 일이 소문나면서 이번 일에 끼어들지 않으려던 귀족들까지 합류했다.

북부의 많은 귀족이 반군에 합류하는 상황에서 자칫 중립이나 반대의 입장에 선다면 목숨을 보전하지 못할 것이라는 생각 때문이었을 것이다.

물론 내가 잔인한 선택을 한 시점에서 이러한 이유도 있었지만 그럼에도 불구하고 나에게 합류하지 않은 귀족들은 그의 가솔 모두를 산 채로 불태워 죽인 일도 그것에 한몫했다.

등 뒤에서 적을 맞이하고 싶은 마음도 없었을뿐더러 우유부단하게 명이나 유지하려는 놈들은 더 볼 것이 없었기 때문이다.

이로 인하여 북부에서 내가 얻은 호칭은 피의 공작이 되어버렸지만 이미 시작한 일, 후회는 없었다.

서부 해안 대로에 16만을 넘어서는 병력이 운집하여 남하를 개시할 무렵 골든 아이로부터 왕도의 움직임에 대한 보고가 들어왔다.

"예상대로 네라드가 가세했군."

“그렇습니다. 톨스 자작을 사령관으로 한 남부군의 수는 총 8만, 예상보다 많은 숫자입니다.”

“중앙군과 서부군은?”

“중앙군은 군무대신이신 리미트 백작을 사령관으로 하여 총 10만의 병력이 나설 것으로 보입니다.”

남부군과 중앙군이 합류하면 18만 병력, 거기다 중앙군은 잘 훈련된 정병임을 생각한다면 토벌군을 상대로 승리한다는 것은 어려운 일이 아닐 수 없었다.

“하나 그들과 아군이 만나는 시기는 병력의 운집을 생각하면 이삼 주 후, 당장 우리가 상대해야 할 적은 서부군이겠군.”

“그렇습니다. 이미 서부군은 로포슨 영지로 병력을 집중시키고 있습니다. 예상대로라면 서부군의 사령관은 아델슨 후작의 절친한 친구라 알려져 있는 무관 귀족인 카이오란 백작이며 피닉스 나이츠의 일부가 가세할 것으로 보입니다. 예상되는 병력은 6만 3천입니다.”

게리오스의 보고에 난 잠시 생각에 잠겼다.

타국의 침공에 대한 아멘의 전략 방침은 첫째, 침공 방향에 있는 사방 방위군이 먼저 침공군을 막아 시간을 벌고 둘째, 침공국 가까이에 위치한 귀족들이 병력을 모아 적을 상대하며 셋째, 중앙군을 비롯한 나머지 삼방군이 일시에 왕국을 침공한 적을 섬멸한다는 삼 단계 방침이었다.

그런 상황에서 본다면 내전의 경우에는 사방 방위군의 존재가 미약해져 두 번째 단계가 먼저 이루어지기 때문에 내가 상대할 적은 서부군이 되는 것이다.

“본국의 삼 단계 방침을 생각하면 카이오란 백작의 임무는 아군을 상대로 토벌군이 올 때까지 시간을 끄는 것이 되겠군."

"그렇습니다."

"엡실론 경, 이에 대한 자네의 의견은 어떠한가?"

게리오스의 말에 난 넌지시 엡실론에게 의견을 물어보았다.

"카이오란을 상대로 시간을 끈다는 것은 불필요한 일입니다. 현 병력을 두 개의 군단으로 나누어 한쪽은 서부 해안 대로로 남진, 한쪽은 동남진하여 로포슨 영지를 지나 그대로 서부 귀족들의 영지를 유린하는 것이 좋을 듯합니다."

"이점은?"

"놈들의 목적은 아마도 로포슨 영지에서 수성하여 아군을 잡아두려할 것입니다. 우회하여 서부 귀족들의 영지를 유린한다면 어쩔 수 없이 적은 움직일 수밖에 없을 것이니 적을 끌어내어 단시간에 승부를 낼 수 있으리라 생각합니다."

"거기다 영지가 유린당하는 것을 보면 놈들이 자중지란을 일으킬 수도 있고 말이지?"

"예, 각하."

엡실론의 생각은 나쁘지 않은 듯했다. 확실히 병력에서 크게 우위를 보이고 있는 상황에서 구태여 놈들의 수에 말려들 이유는 없었기 때문이다.

하지만 엡실론의 작전은 계획대로 이루어지지 않았다.

로포슨 영지를 우회하여 보낸 5만의 병력은 계획대로 서부 귀족들의 영지를 유린하기 시작했지만 예상과는 달리 로포슨 성에서 수성전을 펼치고 있는 카이오란 백작의 서부군은 쉽게 움직이지 않았다.

카이오란의 군 장악력이 예상보다 뛰어났기에 서부군은 자신들의 영지가 유린당하고 있음에도 성에서 한 발자국도 나오지 않았다.

로포슨 성은 서부 해안 대로의 주요 거점으로 이곳을 그대로 놓아두고 남진한다는 것은 등 뒤에 후환을 남겨두는 일인지라 나로선 로포슨의 함락을 명할 수밖에 없었다.

로포슨 성의 성벽은 내성과 외벽으로 이루어져 있었는데 내성벽은 영주 성을 감싸고 있으며 외성벽은 성의 영주민들의 거주구가 위치해 있었다.

로포슨 성에 거주하고 있는 영주민의 수는 15만, 서부 해안 도로의 거점으로 상당한 규모를 지닌 거성이었기에 함락은 그리 쉽지 않았다.

거기다 카이오란은 영주민 중 많은 수를 외부로 내보내 상당한 양의 군량도 이미 확보한 이후였기에 수성전을 고집한다면 성을 함락시키는 일은 쉽지 않았다.

하지만 다른 것은 몰라도 카이오란이 나를 상대로 수성전을 벌인 것은 후회하게 만들 자신이 있었다.

"각하, 준비가 완료되었습니다."

"수고했네."

11만을 넘는 병력이 길게 진을 이루고 있는 모습은 장관이 아닐 수 없었다.

그리고 길게 이루어진 진의 전방에는 카이오란이 이끌고 있는 서부군 7만의 병력이 외성벽 위에서 공성전을 준비하고 있는 모습이 보이고 있었다.

"투석기를 전진시켜라!!"

호위 기사들과 함께 본진의 선두로 움직인 내가 손을 들자 아군의 진영 전방에 있던 열두 개의 투석기가 일제히 전진하기 시작했다.

"투석기 장전!!"

그리고 투석기가 정위치에 도착하자 기사의 명령에 따라 배치된 병사들은 일제히 발사대를 뒤로 젖혀 준비되어 있던 돌을 그 위에 올려놓기 시작했고, 잠시 후 나의 명령과 함께 발사된 돌은 일제히 솟구쳐 로포슨 성의 성벽을 향해 날아갔다.

슈우우웅!!

쿠쿵!!

어른 한 아름 정도 크기의 원형의 돌은 빠른 속도로 날아가며 잠시 후 적의 성벽과 충돌했고 강렬한 파괴음과 함께 성벽의 일부가 무너지는 것을 볼 수 있었다.

이전에 볼 수 없을 정도의 강렬한 모습으로 성벽의 일부를 부숴 버리는 투석을 보며 난 감탄을 멈추지 못했다.

사실 이전의 많은 싸움에서 공성 병기의 중요성을 깨달은 난 내전을 앞에 두고 드워프의 도움을 얻어 투석기를 비롯한 공성 병기의 제작을 의뢰했다.

지금까지의 전투에서는 공성전에 닥치면 투석기를 제작하는 식으로 넘겨왔지만 한시의 시간도 지체할 수 없는 이번 내란에선 그러한 방법을 쓸 수 없었기 때문이다.

그렇게 제작한 공성 병기의 일부가 바로 열두 개의 투석기였다.

이전과 비교하면 이번 투석기의 크기는 두 배 이상인 탓에 운반하는 것은 상당한 고생이었지만 일단 그 위력을 보니 드워프에게 맡기기를 잘했다는 생각이 들었다.

단순히 준비해 두었던 돌을 날렸을 뿐인데도 상당한 위력을 보이고 있었기 때문이다.

이 정도의 위력에 데리언 학파의 마나 활성화를 시킨 탄환을 사용한다면 엄청난 위력을 보일 것이 분명했다.

슈우웅!!

콰과광!!

적 역시 수성전에 대비하여 몇 개의 투석기를 만들어놓고 있었는지 아군 측에서 투석기를 쏘아 올리자 이들 역시 주먹만한 돌을 투석기로 날려와 아군의 투석기를 공격하기 시작했다.

하지만 투석기의 사거리가 서로 크게 차이가 나는 상황이었기에 그들이 날린 돌은 아군의 투석기 앞에만 떨어질 뿐 어느 하나 제대로 날아온 것이 없었다.

공성 병기인 투석기를 상대로 투석기로 상대한 것은 좋았지만 애석하게도 아군의 투석기의 사거리를 따르지 못한 것이다.

"적을 상대로 무의미한 공성전은 필요없겠군. 마나 활성화탄을 날려라!"

"예!"

나의 명령에 깃발병이 마나 활성화탄을 날리라는 명령을 내리자 병사들은 투석기에 게리오스가 활성화시킨 기름이 들어 있는 오크통을 올리기 시작했고, 발사의 명령이 떨어지자 열두 개의 투석기는 일제히 활성화탄을 쏘아 올렸다.

그리고 이전의 공성전에서 보여주었던 대로 활성화탄은 엄청난 위력으로 로포슨 성을 부수기 시작했다.

콰과과광!!

쿵!! 쿵!!

열두 개의 투석기가 쏘아 올린 활성화탄이 로포슨 성벽에 작렬하기 시작하자 적군은 물론 아군까지 경악을 금치 못했다.

마법사의 파이어 볼에 족히 수십 배는 될 듯한 폭발에 성벽이 부서지고 병사들이 화염에 휩싸여 고통에 몸부림치며 떨어져 내리고 있는 모습은 마치 지옥의 한 장면을 보고 있는 듯했다.

투석기의 활성화탄 공격이 계속 이어지자 얼마 후 성벽의 일부가 크게 무너져 내려 길이 생겼다.

"각하, 성벽의 일부가 부서졌습니다. 전군에 진군 명령을 내리심이……."

견고한 성벽이 무너져 공격로가 확보되자 북부 귀족 중 하나가 넌지시 병사들을 이용한 직접적인 공성전을 제의해 왔지만 아직은 때가 아니었다.

"아직은 아니다. 투석기를 전진시킨 후 성 내부로 마나 활성화탄을 쏟아 부어라. 적이 스스로 나올 때까지 병사들은 절대 움직여서는 안 된다."

"알겠습니다."

성벽이 부서지며 공격로가 확보되었다고는 해도 직접적으로 성내로 돌입하면 아군 역시 상당한 피해를 입을 것이 분명한 상황이었다.

중앙의 토벌군을 상대하여야 함을 생각하면 전력을 최대한 보전해야 했기에 이 상황에서 기사들이 보기엔 비겁하지만 마나 활성화탄을 이용하여 내부를 공격, 적이 스스로 나오게 할 필요가 있었다.

아니나 다를까, 다시 수십 발의 활성화탄이 성 내부를 유린하기 시작하자 얼마 후 로포슨 성의 성문이 열리며 적군이 쏟아져 나오기 시작했다.

계속되는 활성화탄의 공격을 건디지 못한 카이오란은 수성전이 아닌 야전을 선택한 것이다.

"전군 전진! 기마 1군단은 열린 성문으로 돌입하여 적을 유린하라!!"

성벽이 열리고 적군이 쏟아져 나오는 것을 본 난 전군에 전진 명령을 내리며 1만의 기마 1군단을 성으로 돌입시켰다.

활성화탄으로 인해 혼란이 가속된 상황에서 성을 나오며 적의 전열이 흐트러질 것은 분명한 일, 그것을 기회로 1만의 기마 1군단을 돌입시킨다면 놈들은 제대로 대응하지 못하고 무너질 것이 분명했다.

아니나 다를까, 기마 1군단이 노도와 같은 기세로 열린 성문으로 돌입해 들어가자 카이오란의 서부군은 제대로 대응도 하지 못한 채 무너지기 시작했다.

그와 함께 성 내부로 활성화탄의 공격이 계속 이어지자 전황은 급속도로 아군에 유리하게 이끌려 나가고 있었다.

그리고 이어 보병이 성 내부로 돌입하기 시작했을 때는 이미 로포슨 성은 더 이상 버틸 힘이 없었기에 성의 남문이 열리며 서부군은 로포슨 성에서 빠져나와 도주하기 시작했다.

내부는 활성화탄의 공격으로 불바다가 된 데다 성문과 부서진 성벽 사이로 기병과 보병들이 끊임없이 밀려오고 있는 상황에서 카이오란이라고 무슨 방법이 있겠는가.

하지만 로포슨 성을 우회하여 5만의 별동대가 서부 귀족의 영지를 유린하고 있는 상황에서 그들은 도주할 길이 없었다.

이미 나의 연락을 받은 별동대는 다시 북상하여 로포슨 성의 남쪽에서 도주해 올 적을 기다리고 있었기 때문이다.

로포슨 성에서 빠져나온 서부군의 병력은 대략 3만 정도였고, 그나마 패전으로 인하여 사기와 전열이 크게 와해된 상황이었기에 별동대의 공격을 막아설 방법이 없었다.

이렇게 해서 삼 일 동안 벌어진 로포슨 전투는 마나 활성화탄이라는 병기와 적 후방의 도주로를 차단한 아군의 완벽한 대승으로 끝날 수 있었다.

이 전투로 7만에 이르던 서부군은 완전 괴멸, 2만 3천 정도의 병사들이 죽고 나머지는 다치거나 포로로 잡히게 되었다.

이에 반해 아군의 피해는 3천 정도였기에 병력의 손실은 미비했지만 문제는 서부군이 삼 일의 시간을 벌었다는 것이다.

"중앙군과 남부군이 움직였다는 보고가 있었습니다. 예상대로 중앙군의 사령관은 군무대신인 리미트 백작이며 병력은 약 13만 정도라 합니다."

"드디어 시작이군."

로베니아 계획의 클라이맥스라고 할 수 있는 중앙군과의 전투에 앞서 각 제장을 소집하여 작전을 수립한 난 골든 아이의 보고로 중앙군의 규모와 사령관을 알아낼 수 있었다.

"남부군은?"

"그것이……."

"남부군은 움직이지 않았단 말인가?"

"골든 아이에서 남부군의 움직임을 놓치고 말았습니다."

"놓쳐?"

"예. 마지막으로 그들의 움직임을 발견한 곳은 남서부 카스탄 령인데 그곳에서 놈들이 선박을 이용하여 해로를 선택했기 때문에 종적을 놓치고 말았습니다. 남부군 내부의 골든 아이 정보원도 연락을 할 수 없는 위치라……."

"해로를 이용했단 말인가?"

그 말에 난 미간을 찌푸리고 말았다.

지금까지 내가 접한 전투는 모두가 육로를 이용한 전투, 단 한 번도 해로를 이용한 적과 마주한 적이 없었던 것이다. 거기다 제장 모두가 해로를 이용한 적과 대적한 경험이 없는지라 불안한 마음을 감추지 못했다.

"슈펠트 경, 남부군이 해로를 이용한 이유가 무엇이라 생각하는가?"

그런 이유로 그나마 크로우 나이츠의 명문 무가로 전술과 전략에 능력이 있는 슈펠트에게 물었고, 그는 잠시간 생각에 잠긴 후 말했다.

"아무래도 서부 해상로를 통해 우회한 후 아군의 후방에서 공격해 오지 않을까 생각합니다."

"아군의 후방?"

"예. 그리하게 되면 중앙군과 남부군은 일시에 아군을 앞뒤에서 포위 공격할 수 있을 테니 그대로 놈들의 움직임을 허용한다면 아군이 협공에 의해 섬멸당하는 것을 막을 수 없을 것입니다."

"그런……."

슈펠트의 말에 제장들의 표정은 심각하게 변했다.

로베니아 계획은 아군이 중앙군과 남부군을 서부에 잡아놓는 것이나 만약 아군이 섬멸당하면 계획 자체가 수포로 돌아갈 우려가 있었다.

"이에 대한 방책은 없는가?"

"저로선……."

적의 움직임을 간파한 슈펠트조차 이에 대한 방책이 없는 상황이었기에 미간을 찌푸릴 수밖에 없었다.

“아군이 남진하여 후방의 적이 오기 전 중앙군을 공격하는 것은 어떻습니까?”

“불가능한 일입니다. 중앙군의 13만 정병, 거기에다 사령관은 명장이라 불리는 리미트 백작이 아닙니까? 그런 분을 상대로 단시간에 전투를 끝낸다는 것은 무리입니다.”

단시간에 전투를 끝내지 못한다면 아군은 후방에서의 남부군의 협공에 무너질 것이다.

그렇다고 남부군을 상대하려 해도 해로를 이용한 상황에서 그들이 어느 곳에 상륙하여 병력을 내릴지 모르는 일이었다.

도저히 이를 타파할 방법이 없기에 암담함까지 들고 있었는데, 그때 블루 버드 나이츠의 기사 하나가 조심스럽게 말을 꺼냈다.

“적을 계곡으로 유인하는 것은 어떻습니까?”

“계곡으로?”

앞뒤로 몰려올지 모르는 적을 계곡으로 유인한다는 말에 나와 제장은 이해할 수 없다는 표정을 지었다.

확실히 계곡으로 적을 몰아내어 섬멸하는 방식은 용병술에 나오는 것이라 하지만, 적을 유인하는 것 자체가 쉬운 일이 아닐뿐더러 앞뒤로 밀려오는 적을 계곡으로 유인한다는 것 자체가 거의 불가능한 일이기도 했다.

“놈들을 계곡으로 끌어들인다는 것 자체가 불가능한 일 아닌가?”

“물론 그렇게 생각할 수도 있습니다. 하지만 저희에게는 마나 활성화탄이라는 신병기가 있지 않습니까?”

“마나 활성화탄?”

도대체 적을 계곡으로 끌어들여 어떻게 마나 활성화탄을 이용한단 말인가? 이해되지 않는 일이었다.

　하나 그의 계획을 모두 들은 제장은 탄성을 내지르며 감탄을 금치 못했다. 그의 생각대로만 된다면 아군은 앞뒤로 포위 섬멸을 꾀하는 적을 완벽하게 농락할 수 있기 때문이다.

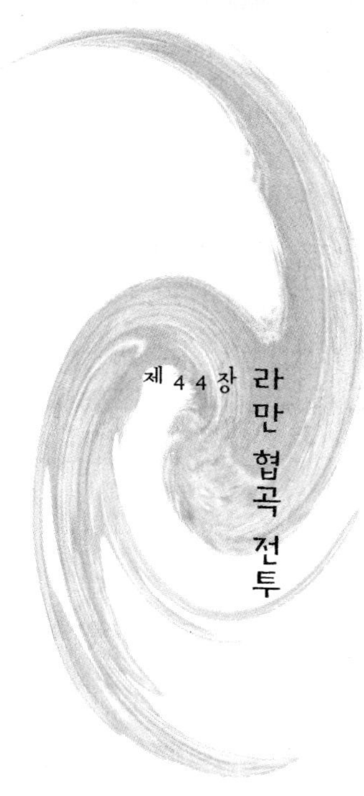

제 4 4 장 라만 협곡 전투

라만 협곡 전투

로포슨 성 전투가 있은 지 일주일 후 중앙군 13만은 드디어 아군의 10킬로미터 근처 거리까지 접근했다.

총사령관 리미트 백작, 그리고 그 휘하로는 국가 공인 기사단 중 최강이라 불리는 피닉스 나이츠 대부분이 가세하고 있었다.

로포슨 성에서 중앙군이 오기만을 기다리고 있던 난 척후병에게서 적이 10킬로미터 거리까지 접근했다는 보고를 듣곤 자리에서 일어나 게리오스를 보며 말했다.

"그 정도 거리라면 작전을 시행해도 무방할 것 같은데, 자네의 의견은 어떤가?"

"아직 남부군이 모습을 드러낸 것은 아니지만 이쯤 해서 로포슨 성에서 벗어나 칼로스 평원으로 움직이는 것이 낫겠지요. 그쪽이 작전을 시행하기에 좋을 테니 말입니다."

"그럼 전군에 칼로스 평원으로 진군을 명하도록 하게."

"예."

로포슨 성에서 중앙군이 오기를 기다리며 휴식을 취하고 있던 아군은 성에서 벗어나 칼로스 평원으로 향했다.

칼로스 평원은 중서부에 위치한 곳으로 동북으로는 라만 협곡이 있었다.

라만 협곡은 아멘 왕국 건국전 당시 명장 라만이 라피나르 대군과의 전투에서 그들을 협곡으로 유인하여 섬멸한 것에서 유래된 이름이었다. 그야말로 적에게는 아군이 자신들을 협곡으로 유인하여 섬멸하려는 것임을 말해 주는 곳이라 해도 과언이 아닌 곳이었다.

하나 작전대로라면 그들은 함정임을 알면서도 협곡으로 들어올 것이다.

아군이 칼로스 평원으로 이동하자 중앙군 역시 평원으로 진군해 왔다. 리미트 백작이라는 걸출한 명장이 있는 중앙군의 움직임은 아군과 비견할 수 없을 정도로 빠른 모습을 보이고 있었기에 로포슨 성에서 시간을 끌었다면 자칫 평원에서 적과 조우할 뻔한 아찔한 순간이 아닐 수 없었다.

다행히 진군을 서두르라 명한 탓에 그들이 5킬로미터 정도 가까이까지 다다랐을 때 아군은 칼로스 평원의 라만 협곡 입구에 도달할 수 있었다.

라만 협곡 입구에 도착한 난 전군으로 하여금 입구를 둘러싼 진영을 정비하게 한 후 적이 오기를 기다렸다.

적이 보기에는 이곳에서 승부를 보아 위험할 시 라만 협곡의 도주로를 확보하는 것으로 보이게 한 것이다.

물론 리미트 백작이 과연 그렇게 생각해 줄지도 미지수였고 내가 원하는 것도 그렇게 단순한 것이 아니었다.

리미트 백작이 생각할 때 내가 자신을 협곡으로 끌어들여 함정에 빠뜨리려 한다는 생각을 하게 하는 것이 목적이었다.

"중앙군이 전방에서 진군을 멈추었습니다."

아니나 다를까, 리미트 백작은 아군의 진영 바로 앞에서 진군을 멈추고 전투 대형을 취하기 시작했다.

중앙군 13만의 대군은 총 네 무리로 나누어 좌측 두 번째에 본진을 두고 우측 끝으로 기사단을 포함한 다수의 기병대를 포진시키고 있었다.

이에 반해 아군은 협곡으로 들어서는 입구에 본진을 세우고 양쪽으로 보병진, 그 옆으로 두 개의 기병 군단을 양쪽으로 배치해 놓았다.

뒤로 라만 협곡을 두고 있었기에 적의 우회 기동이 불가능하게 보였지만 상대가 중앙군의 정병임을 생각하면 다수의 아군으로라도 정면 대결을 함에 있어 쉽게 결판을 낼 수 없었다.

"후방으로 올 남부군의 움직임은 아직 파악하지 못했는가?"

"척후병에게서는 아직 연락이 오지 않았습니다."

"음……."

하지만 생각보다 남부군의 움직임이 느렸다. 예상대로라면 이곳으로 오는 시점에서 남부군의 종적이 발견되어야 했다.

일이 이렇게 된 이상 중앙군과 한판 승부는 불가피할 것으로 보였는데, 아나나 다를까, 중앙군의 좌측 보병과 우측 기병 군단이 움직일 기미를 보이고 있었다.

"이곳에서 한 번의 접전은 불가피한 듯하군. 엡실론 경."

“예.”

“중앙군, 아마도 피닉스 나이츠의 슈페리어 급 기사가 공격해 올 것이 분명하니 자네가 나서주어야 할 것 같네.”

“맡겨주십시오.”

피닉스 나이츠와 크로우 나이츠, 이 두 개의 기사단은 건국 초기에는 각자 용병 출신의 기사단과 제국의 정규 기사단 출신의 기사단으로 앙숙 관계에 가까웠다.

초기에는 크로우 나이츠가 아멘 제일의 기사단으로 자리하고 있었지만 시간이 지나면서 왕가의 지원을 받는 피닉스 나이츠의 힘은 커졌고, 본 가가 중앙 정계에서 밀려나자 피닉스 나이츠는 아멘 제일의 기사단으로 자리하여 그 차이를 벌려갔다.

그런 때문에 지금에 와서도 피닉스와 크로우 나이츠의 전력 차는 컸지만 아직 크로우 나이츠는 스스로를 아멘 제일의 기사단이라 생각하고 있었다. 그런 상황이니 내가 피닉스의 슈페리어 급 기사를 상대하라 명하자 엡실론은 자신감있는 목소리로 답하고는 우측 기병 군단으로 향했다.

하지만 피닉스 나이츠를 상대로 그가 잘 싸울 수 있을지 걱정될 수밖에 없었다.

“와아아아아아!!”

구구구구구구궁!!

대치가 이루어진 지 한 시간여가 지났을까? 중앙군이 드디어 아군을 향해 공격을 시작했다.

병력상으로는 아군에 비해 열세라고는 하지만 최정병이라 할 수 있는 중앙군은 원활한 기동을 보이며 좌측 보병단 3만으로 아군의 좌측 보병단을 향해 공격해 왔고 중앙군 기병 군단 2만은 그대로 아군의 우측 기병 군단을 향해 공격해 들어왔다.

"좌측 기병 군단으로 하여금 우회하여 공격해 오는 적 보병단의 옆구리를 치게 하고 아군의 보병은 전진하는 적 보병단을 상대하게 하라! 그리고 우측 보병단과 엡실론의 기병단은 다가오는 적 기병단을 상대하라!"

중앙군의 첫 공세, 난 급히 슈펠트가 이끄는 좌측 기병 군단 1만을 움직여 적 좌측 보병단을 공격케 했다.

하나 이미 아군의 기병이 옆구리를 노리고 전진할 것을 예상했는지 적 보병 군단 중 장창병 일부가 대 기병진을 형성하여 아군의 기병 군단에 대응했고, 이어 아군의 진영 우측으로 돌입하던 기병 군단의 반이 좌측으로 이동하며 전진해 오는 적을 상대하기 위해 나선 아군의 우측 보병 군단을 공격하려는 모습을 보였다.

그리고 나머지 기병 군단은 엡실론이 맡고 있는 우측 기병 군단에 맞서 움직이자 나로선 낭패감을 느낄 수밖에 없었다.

과연 리미트일까? 중앙군 정병들은 완벽할 정도의 기동을 보이고 있었다.

이리 되면 아군의 우측 보병단은 적 기병 군단에 유린될 것이 분명했고 전진해 오는 적 보병 군단을 공격하는 기병 군단은 대 기병진을 이루고 있는 장창병에 의해 효과를 보지 못할 것이 뻔했다.

"본진에 위치한 선봉 1만을 전진시켜 아군의 우측 보병 군단을 향해 공격해 오는 기병 군단을 막게 하라!"

어쩔 수 없이 우측 보병 군단을 구하기 위해 난 선봉을 움직여 그들을 막았다.

하지만 노련한 리미트는 아군의 선봉이 기병을 저지하기 위해 올라오자 그대로 기병 군단을 아군의 선봉을 향해 돌입시켰다.

"큭!!"

선봉의 구성은 기병 2천과 보병 8천, 적의 1만에 이르는 적 기병을 상대하기에는 열세일 수밖에 없었다.

그러는 사이에 엡실론이 이끄는 우측 기병 군단 1만은 적 기병 군단과의 전투를 시작했다.

소드 마스터 최상급의 엡실론을 상대하는 자는 피닉스 나이츠의 넘버 3 랑스 오피론이었다.

"랜스 돌격 대형!!"

적군이 눈앞에 보이자 엡실론은 랜스 돌격 대형을 취하게 했고 그의 뒤를 따르던 크로우 나이츠는 일제히 랜스를 들어 올렸다.

크로우 나이츠의 랜스 돌격 대형은 건국 전쟁에서 라피나르 제국군에 공포로 자리잡을 정도로 막강한 위력을 지니고 있었다.

물론 지금에 와서 그때의 기사단과 비교하면 기사들의 실력이 떨어지기는 하지만 아직까지도 랜스 돌격 대형만은 집중적으로 연습하고 있었다.

엡실론이 이끄는 기병 군단이 랜스 돌격 대형을 취하자 랑스 오피론이 이끄는 적 기병 군단 역시 랜스 돌격 대형을 취하며 두 군단은 강렬한 기세로 충돌해 갔다.

카가가강!!

캉!!

"끄악!!"

총 2만에 이르는 양군이 격돌하자 사방에서 병장기 소리와 함께 비명 소리가 울려 퍼졌다.

여기저기 상대의 랜스에 몸이 꿰뚫려 피를 흘리며 낙마하는 자들이 속출했고, 개중에는 간신히 상대의 공격은 막았지만 낙마하여 달려드는 말발굽에 밟혀 죽임을 당하는 자들도 있었다.

한 치의 양보없이 격돌하던 두 기병 군단은 이내 랜스를 버리고 둔기와 검을 뽑아 본격적인 전투를 벌였다.

엡실론이 거느리고 있는 기병 군단은 크로우와 블루 버드 나이츠의 기사들이 반 이상 포함되어 있는 정예 중의 정예로 랜스 공격에서 우세를 보이자 적군은 아군의 기세에 눌려 밀려가고 있었다.

하지만 그 이외의 전투는 아군에 상당히 불리하게 이끌려 가고 있었다.

적의 좌측 보병단과 충돌한 아군의 좌측 보병단은 눈에 띄게 무너져 갔고, 슈펠트가 이끄는 기병 군단은 대 기병진을 이루고 있는 장창보병을 상대로 우세한 모습을 보이곤 있었지만 아군의 보병을 돕는 것은 어려워 보였다.

거기다 방향을 선회한 적 기병 군단에 의해 선봉 역시 무너져 가고 있는 상황에서 새삼 중앙군에 대한 두려움까지 밀려왔다.

"아무래도 좋지 않군."

전황이 생각보다 더욱 어렵게 이끌려 가는 것을 보자 암담함이 밀려왔다.

원래대로라면 중앙군과는 작은 충돌은 있을지언정 이렇듯 대규모의 전투는 없어야 했다.

하지만 예상보다 남부군의 움직임이 더뎠기에 중앙군과의 전투로 시간을 끌어야 하는 상황에 처하게 되었다.

“이대로라면 패하지는 않더라도 상당한 피해를 입을 것이 분명합니다.”

“음… 아직 척후병은 남부군의 움직임을 찾지 못한 것인가?”

“해안 곳곳에 배치해 놓았지만 아직…….”

남부군의 움직임이 파악되지 않는 상황에서 나로선 고민이 될 수밖에 없었다.

“전군에 공격 명령을 내리는 것은 어떻습니까?”

“전군을?”

“예. 중앙군에 비해 아군의 병력이 많은 상황이니 전군으로 밀어붙인다면 적도 물러서는 수밖에 없을 것입니다.”

자칫 그것은 남부군이 협곡에 도착했을 때 작전을 늦추게 되는 결과를 발생시킬 수도 있는 일이었기에 고민이 되었지만 이대로 가만히 사태를 지켜볼 순 없는 노릇이었다.

“할 수 없군. 협곡 중앙에 있는…….”

할 수 없다는 생각에 난 게리오스의 의견을 따라 중앙군에게 총력전을 펼치라는 지시를 내리려 했는데 천운일까?

기사 하나가 황급히 뛰어와서는 나에게 남부군의 움직임을 파악했다는 보고를 전해왔다.

“각하! 남부군의 움직임이 파악됐습니다!!”

“아!!”

그의 말에 고개를 돌려보니 병사 하나가 산 위로 거울을 이용하여 신호를 보내는 것을 볼 수 있었다.

“남부군의 현 위치는?”

“현재 아군이 머물고 있는 곳에서 대략 10여 킬로미터 떨어진 헤온 영지입니다.”

“헤온? 남부군이 그곳까지 오는 동안 발견하지 못했단 말인가?”

“아무래도 아군 척후병의 감시를 눈치 채고 미리 손을 쓴 듯합니다.”

어쨌든 지금이라도 발견한 것이 다행이라면 다행이었기에 최대한 서둘러야 했다.

“라만 협곡 작전을 시행한다. 로펜 경과 레오핀 경은 곧 후위 4만의 병력을 이끌고 협곡 반대쪽에서 적을 협곡으로 유인하게 하고, 중앙군과 싸우는 군단엔 퇴각 명령을 내린다!”

“예!”

나의 명령이 떨어지자 블루 버드 나이츠의 단장인 로펜과 부단장 레오핀은 즉시 후위 4만의 병력을 이끌고 라만 협곡의 반대쪽 출구로 향했다.

그와 함께 아군은 천천히 협곡 내부로 들어서기 시작했다.

라만 협곡은 폭이 50여 미터, 높이가 50미터, 협곡의 길이만 5킬로미터에 달하는 곳이었다.

과거에는 물이 흘렀다 전해지고 있지만 라피나르 제국 이전의 시절, 대마법사에 의해 물길이 다른 곳으로 바뀌어 현재 협곡 내부는 나무와 정체를 알 수 없는 풀들만이 자라는 곳이었다.

이 협곡 안으로 아군이 들어가기 시작하자 중앙군 사령관인 리미트 백작은 기회라도 잡았다는 듯이 강렬한 공격을 시작해 왔다. 아군이 협곡 내부로 후퇴하며 생긴 공백을 효과적으로 이용하기 위함이었고 이 작전은 상당히 효과를 보는 듯했다.

하지만 엡실론과 슈펠트라는 내 휘하의 걸출한 기사들이 필사적으로 중앙군의 공격을 조금이나마 막아내고 있었다.

중앙군과의 개전 8시간, 본진 3만의 병력을 내세워 간신히 협곡 외부에 있던 엡실론과 슈펠트가 이끄는 기병 군단이 안전하게 협곡 안으로 들어온 후 집계한 아군의 피해는 엄청났다.

처음부터 이 전투에서 어느 정도의 피해는 예상하고 있었지만 현재까지 아군 병사 중 2만 이상이 사상자나 포로가 되어버렸다. 거기다 아군이 협곡으로 완전히 숨어들자 리미트 백작은 협곡 내부로 쫓아 들어오는 것이 아니라 관망의 자세를 취했다. 아무래도 아군이 협곡에서 무엇을 획책하고 있음을 눈치 채고 있는 듯했다.

"리미트 백작이 협곡 내부까지는 밀고 들어오지 않는 듯하군."

"아마도 아군의 함정이 있음을 예상하고 있는 것이겠지요."

"남부군은 어찌 되었는가?"

"계획대로 로펜 경이 남부군을 협곡 안으로 끌어들이고 있다 합니다."

중앙군과의 예상치도 못한 대규모 전투로 상당한 병력의 손실을 보았다고는 하지만 아직까지 큰 무리 없이 계획이 진행되고 있다는 것에 안심할 수 있었다.

하나 계획은 지금부터가 시작, 로펜이 남부군을 협곡으로 끌어들이고 있다는 말에 고개를 끄덕인 난 게리오스를 보며 말했다.

"라만 협곡 계획을 시작한다. 엘프들로 하여금 협곡의 상부로 이어지는 길을 만들도록 하게."

"예."

아군이 중앙군이나 남부군과 다른 것이 있다면 바로 엘프의 존재 유무였다.

　타국에 비해 유사 인종에 대한 차별이 심한 본국이 엘프라는 이종족을 군단에 배치시킨다는 것은 애초부터 불가능한 일이나 나 자신은 드래곤 산맥의 엘프들과 친분을 유지하고 있던 탓에 그들의 힘을 얻을 수 있었다.

　드래곤이 언령과 브레스라는 최강의 무기를 타고났다 한다면 엘프는 태어나면서부터 정령의 친화력과 한 가지 마법에 한해서만은 터득하고 있는 것이 있었다.

　그것은 바로 크리에이트 포레스트 마법, 바로 숲을 만드는 마법이었다.

　인간들이 좀처럼 엘프들을 찾지 못하는 이유도 모두 그들이 스스로 숲을 만들어 자신의 위치를 사람이나 마물에게서 숨기기 때문이었다.

　내 영지의 중요한 수입원이라 할 수 있는 교역로를 외부로부터 숨길 수 있었던 것도 모두가 엘프의 마법이 있기에 가능했던 일로 이번 원정에 데려온 엘프의 수는 스물두 명이었다. 직접적으로 전투에 참여시킬 생각은 없었지만 그들의 정령술은 만약의 경우를 위해 도움이 되지 않을까 생각했었다.

　나의 명령을 받은 게리오스는 즉시 엘프들에게 명령을 하달했고, 잠시 후 스물두 명의 엘프는 길게 일렬로 늘어서서는 마법의 주문을 외우기 시작했다.

　그러자 잠시 후 대지를 뚫고 무엇인가가 엄청난 기세로 솟아오르기 시작했는데 그것은 바로 나무 덩굴이었다.

　하지만 단순한 나무 덩굴이라 볼 수 없는 그것들은 그 굵기가 족히 장정 한 아름은 넘을 듯해 보였고, 스물두 명의 엘프가 마법을 통해 만

든 덩굴은 서로 얽혀가며 더욱 견고한 모습으로 협곡의 위까지 이어졌
다.

"각하, 협곡 위로 이어지는 다리가 완성되었습니다."

"슈펠트 경에게 즉시 5만의 병력을 이끌고 엘프들이 만든 다리를 통
해 협곡 외부로 빠져나가라 지시하게."

"예."

엘프를 선두로 하여 빠져나간다면 그들이 마법으로 길을 만들어주
어 5만의 병력이 어려움없이 협곡 위쪽의 숲을 통해 라만 협곡을 빠져
나갈 수 있을 것이다.

슈펠트가 5만의 병력을 이끌고 라만 협곡을 빠져나간 지 7시간 후
남부군을 유인하기 위해 보냈던 로펜 경의 군대가 눈에 들어왔다.

그리고 그 뒤로 기다리고 있었던 남부군이 드디어 그 모습을 드러내
었다.

남부군의 군세는 예상보다 1만이 많은 9만, 그들을 끌어들이는 것이
상당히 힘이 들었는지 협곡으로 오고 있는 로펜 경의 군대는 상당히
지쳐 있는 모습이었다.

거기다 병력 손실도 상당한 것이 족히 4, 5천 정도가 희생된 듯 보였
다.

"쉽지 않은 작전인 것은 알았지만 생각보다 피해가 큰 듯하군."

"그렇습니다."

"일단 로펜 경의 군대가 협곡으로 들어서면 엡실론 경이 4만의 병력
으로 적을 상대하도록 하게."

"예."

나의 명령을 받은 엡실론은 4만의 병력을 이끌고 협곡으로 나갔다.

적 군세가 9만에 이른다고는 하지만 로펜 경의 군세와 합쳐 7만 5천에 이르는 군세가 자신들과 맞서자 남부군은 멈추어 설 수밖에 없었고, 드디어 협곡의 양 입구에 중앙군과 남부군을 배치시키는 작전은 성공적으로 끝낼 수 있었다.

중앙군과 남부군 총 22만의 병력이 협곡의 양쪽에서 포진하고 아군이 협곡 내부에 갇혀 있다는 것은 상당히 불리한 상황이라 볼 수 있을 것이다. 그 때문인지 적은 무리하게 아군을 공격하기보다는 협곡 내부에 고립시키는 방법을 택하는 듯이 보였다.

마치 공성전에서 성을 둘러싸고 수성하는 군대가 식량이 떨어지는 것을 기다리고 있는 그런 모습일까?

만약 어느 쪽이든 아군이 참지 못하고 외부로 빠져나간다면 지형상 아군은 상당한 피해를 입을 수밖에 없었다.

하나 적들이 모르는 것이 있다면 바로 로베니아 계획에서의 내 역할이 바로 이들을 서부에 묶어두고 있어야 한다는 것이다.

때문에 놈들이 협곡을 사이에 두고 장기전을 생각하고 있다면 오히려 반길 일이지 불안해할 일이 아니었고, 이 상황이 작전에 의해 의도된 일인지라 그리 문제될 것도 없었다.

그렇게 놈들이 협곡의 양 입구를 막아서며 포진한 지 7일이 지났다.

그동안 중앙군과 남부군은 협곡의 위를 장악하여 아군을 공격하려 하는 방법도 시도해 보았지만 애석하게도 평원이 대부분인 중앙과 남부와는 달리 북부는 드래곤 산맥의 영향으로 산지가 중심이 되는 곳인지라 산에서 누구보다 강한 힘을 보이는 레인저도 상당수 포함되어 있는 아군에 있어 협곡 위쪽의 숲과 산은 아군의 힘을 백 퍼센트 발휘할 수 있는 유리한 지형이었다.

그래서 협곡의 위쪽으로 숨어들어 오던 중앙군과 남부군은 매번 상당한 피해를 입으며 물러날 수밖에 없었기에 대치는 점점 길어지고 있는 듯이 보였다.

"중앙군과 남부군의 동향은?"

놈들과의 대치가 계속되는 동안 아군의 군량 역시 바닥을 드러내기 시작했다.

좁은 협곡 내부에 있는 동안 계속적으로 협곡 외부로 이어져 있는 엘프들의 길로 군량을 수급하고는 있지만 10만이 넘는 병력을 유지하기에는 애초부터 어려울 수밖에 없었다.

"중앙군의 리미트 백작은 현재의 압박을 그대로 유지할 모양으로 일부의 군을 각 영주들에게 보내어 군수 물자를 징집하고 있습니다. 그에 반해 남부군은 그다지 상황이 좋지 않은 듯합니다."

"남부군이?"

"서부 귀족과 남부 귀족은 전통적으로 사이가 좋지 못한 것이 화근인 것 같습니다."

"호오……."

"남부군이 해로를 통해 북상한 탓에 군량에 한계가 있을 수밖에 없고, 이 때문에 일부 귀족들에게 군량을 요청했으나 대부분 거부당했다고 합니다."

"그런 일이?"

"예. 그 때문에 톨스 자작은 9만의 군세를 유지하기 위해 어쩔 수 없이 강제 징집을 행했고, 그것이 서부 귀족들의 큰 반발을 산 것 같습니다.”

생각보다 일이 손쉽게 풀리고 있는 듯한 기분이 들었다.

서부 귀족들이 이렇게까지 나를 도와준다고 한다면 이를 모른 척할 순 없는 일이니 군량도 떨어져 가는 지금 작전을 실행하는 것이 좋겠다는 생각이 들었다.

꾸준히 병력을 협곡의 외부로 보낸 탓에 현재 협곡 내부에 남아 있는 아군의 병력은 대략 4만, 그 외에 나머지 병력은 협곡 위에 있는 레인저 2만과 슈펠트의 지휘로 외부엔 8만의 병력이 나가 있었다.

작전을 시행하라는 나의 명령이 전해지자 드디어 슈펠트가 이끄는 8만의 병력이 움직였다.

다음날 새벽 라만 협곡 작전은 슈펠트에 의해 시작되었다.

이미 협곡의 외부로 나가 작전의 시작만을 기다리고 있던 슈펠트가 나의 명령이 떨어지자 어두운 밤을 틈타 병력을 우회시켜 협곡의 입구를 포위하고 있던 남부군의 뒤를 점한 것이다.

그리고 그와 함께 협곡 내부에 남아 있던 4만의 병력 역시 협곡의 남부군 쪽 입구로 모습을 드러냄으로써 협곡을 포위하며 유리한 고지를 점한 것으로 보이던 남부군은 한순간 아군에 의해 포위되어 버린 형국이 되었다.

“엡실론 경!”

“맡겨주십시오!”

남부군의 후위를 점한 슈펠트가 아군의 전법 중 하나인 사선 대형을 취하여 남부군을 향해 전진하자 난 엡실론에게 2만의 기마 군단을 맡겨 남부군의 전위를 어지럽히라는 명령을 내렸다.

협곡 내부에서 엡실론이 이끄는 기마 군단 2만이 모습을 드러내자 위기감을 느낀 남부군에서도 1만 5천의 기마 군단을 움직여 아군을 상대하게 하였지만 전위에선 기마 군단이 후위에선 슈펠트의 8만에 이르는 보병 군단이 밀려 들어오는 상황이었기에 남부군의 상황은 최악이라고밖에 볼 수 없었다.

"와아아아아!!"

"북부의 용자들이여! 남부의 겁쟁이들에게 북부의 힘을 보여주어라!!"

마나를 돋운 기사들의 맹렬한 함성으로 시작된 전투는 엡실론의 기마 군단에서부터 시작되었다.

기마 군단의 선두를 차지하고 있는 내 휘하의 기사단 크로우 나이츠, 그들이 장기인 랜스 어택으로 돌입해 들어가자 남부의 기사들은 제대로 반항 한번 하지 못한 채 무너져 가기 시작했다.

처음부터 중앙군과는 달리 남부군은 국가 공인 기사단인 그리폰 나이츠를 남부에 그대로 남겨두고 영주들의 기사들만을 토벌군으로 내세운 시점에서부터 기사들 간의 싸움에선 북부의 완승이 점쳐지고 있는 상황이었다.

크로우 나이츠의 맹렬한 돌격에 의해 와해되어 버린 남부의 기마 군단은 이어 밀려오는 후위의 블루 버드 나이츠 기사들이 우왕좌왕하고 있는 자들을 둔기와 검으로 쓰러뜨리며 나갔다. 그러자 삽시간에 1만 5천에 이르던 기사들은 그 태반이 대지에 몸을 뉘어야 했다.

이와 함께 슈펠트가 이끌고 있는 8만의 군세 역시 사선 대형으로 적 좌측 군단에서부터 밀어붙이기 시작하자 남부군의 패색은 더욱 짙어져 가고 있었다. 다수의 정예병을 진의 한쪽으로 위치시켜 적의 진형을 끝에서부터 천천히 무너뜨리는 것이 사선 대형의 중점이었다.

이에 반해 남부군은 아군의 대형을 전혀 파악하지 못한 채 일반적인 일자 대형으로 아군을 상대하고 있었기에 남부군이 슈펠트가 이끄는 8만의 북부군을 상대로 승리한다는 것은 애초부터 불가능한 일이었다.

전투가 시작된 지 6시간 정도가 지나자 남부군은 더 이상 버티지 못하고 협곡 안으로 밀리기 시작했다. 슈펠트의 군세가 밀고 들어오는 시점에서 그들에게 빠져나갈 길은 오직 협곡으로 들어서는 길밖에 없었다.

때문에 남부군은 남아 있는 전력을 모두 모아 협곡 내부로 진입해 들어오기 시작했기에 엡실론에게 기마 군단을 넘겨 2만의 병력밖에 남아 있지 않은 아군은 협곡 내부로 밀려날 수밖에 없었다.

물론 놈들이 협곡으로 도주하려는 것을 보며 슈펠트와 엡실론이 더욱 맹공을 가하여 그들을 몰아넣는 것은 당연한 일이었다.

"각하! 중앙군이 협곡 내부로 진입해 들어오기 시작했습니다!"

"호오~ 드디어 오는 것인가?"

그리고 남부군이 협곡으로 들어오는 사이 드디어 중앙군이 협곡 내부로 들어오기 시작했다.

아마도 위기에 처한 남부군이 전서구로 중앙군에 급히 도움을 요청했을 것이고, 협곡을 돌아간다면 족히 이삼 일은 걸리는 시점에서 협곡 내부의 길을 선택할 수밖에 없었을 것이다.

"협곡 내부로 들어선 중앙군의 수는?"

"대략 3만 정도로 예상됩니다."

"음……."

아마도 중앙군은 아군이 협곡에서 빠져나와 남부군을 공격했다는 보고를 듣고 협곡에서 외부로 빠져나갈 수 있는 또 하나의 길이 있다 생각했을 것이다.

때문에 슈펠트와 엡실론의 공세에 퇴각하는 남부군과 반대쪽 입구를 장악하고 있는 중앙군이 일시에 밀어붙이면 어쩔 수 없이 아군이 그 길을 통해 빠져나갈 것이라 생각한 것이다.

뭐, 그의 예상은 그리 틀리지 않았지만 이 작전 자체가 남부군이든 중앙군이든 일단 협곡으로 들어오게 하는 것이 목적임을 알지 못하는 것이 애석한 일이었다.

"폭파조에게 신호를 보내라!!"

"폭파조에게 신호를 보내라!!"

그렇게 놈들이 협곡 내부로 들어오는 것을 기다리며 난 폭파조에게 신호를 보내란 명령을 내렸고, 잠시 후 협곡의 양 입구에서 엄청난 굉음과 함께 큰 폭발이 일어났다.

히히힝!!

"끄아아아아!!"

"협곡이 무너져 내린다!!"

협곡의 양 입구를 파괴하기 시작한 것은 바로 데리언 학파의 마나 활성화탄이었다.

열두 개의 투석기가 일제히 양쪽의 협곡 입구를 향해 마나 활성화탄을 날리자 굉음과 함께 뜨거운 열기가 밀려들어 오며 순식간에 협곡 내부는 지옥의 열기로 뒤덮여 버렸다.

아군은 엘프들이 만들어놓은 다리를 통해 최대한 빠른 속도로 협곡 위로 빠져나가고 있었지만 강렬한 열기는 엄청난 폭풍을 만들어내며 다리를 건너던 아군을 땅으로 추락시키고 있었기에 빠져나가는 것조차 쉽지 않았다.

열기의 폭풍우와 함께 불길이 협곡 내부의 나무와 풀에 옮겨 붙기 시작하자 협곡 내부는 그야말로 불바다로 변해가고 있었다.

사방에서 사람들의 비명과 함께 사람의 살이 타는 역겨운 냄새가 폭풍과 함께 협곡을 진동시키고 있었다.

협곡 위의 레인저들의 공격에 대비하여 중앙군의 대다수가 방패를 들고 있었지만 뜨거운 불꽃과 열기의 폭풍 아래 방패가 도움이 될 리는 만무한 일이었다.

"엄청나군……."

수만에 이르는 사람이 뜨거운 불길에 타 들어가고 있는 모습은 뭐랄까? 엄청나다면 엄청나다 할 수 있으며 결코 두 번 이상은 보고 싶지 않은 모습이었다.

뜨거운 불길에서 조금이라도 벗어나고 싶어 오르지 못할 협곡의 벽을 잡고 손이 피투성이가 될 때까지 버티다 죽는 이가 있는가 하면, 어떤 이는 불길에 온몸이 타 들어가며 발광하다 쓰러지는 이들도 있었다.

하지만 그들 대부분은 협곡 내부의 불길이 만들어낸 연기로 인하여 버티지 못하고 질식하여 쓰러졌고 나 역시 협곡 위에서 이들을 지켜보곤 있다지만 그 연기에 더 이상 버티지 못하고 물러서야 했다.

마지막까지 협곡 내부에 있던 아군 중 빠져나온 이는 2만 중 단 1만, 반수 이상이 협곡에서 빠져나오지 못하고 죽었다.

물론 중앙군과 남부군들 중 협곡으로 들어가서 살아남은 이는 십여 명으로 사람의 명이 질긴 탓인지 지옥의 아수라장과 같은 곳에서 살아남은 이가 있다는 것 자체가 신기할 뿐이었다.

뭐, 그런 것이야 내가 신경 쓸 바는 아니었다. 어차피 누군가의 희생이 필요한 게 전쟁이라면 나 아닌 타인이 희생되어야 하는 것이 아니겠는가?

그런 것을 따져 나에게 피의 영주이니 파멸의 공작이니 부르는 것은 우스운 일이었지만 라만 협곡 전투의 사상자를 생각하면 그리 이상한 것도 아니었다. 라만 협곡 전투 자체만을 본다면 아멘의 단일 전투 사상 가장 큰 사상자를 만들어낸 전투였기 때문이다.

이 싸움에서 중앙군은 3만, 남부군은 그 병력의 다수인 5만이 협곡 내부에 갇혀 전사하고, 나머지 4만은 협곡 밖에서 아군과의 전투에 의해 전사하거나 포로로 잡혀 있었다.

아군 역시 협곡 내부에서 1만에 가까운 피해를 입어야 했고, 협곡 밖의 남부군과의 전투에서 1만 2천의 전사자를 내야 했기 때문이다.

중앙군이나 남부군의 피해와 견주어보면 아군의 대승이라 할 수 있지만, 이전의 전투까지 합쳐 4만이 넘는 병력의 손실을 보아야 했던 나에겐 그리 마음에 들지 않는 전과가 아닐 수 없었다.

4만이 넘는 병력이 손실되면서 현재 아군의 수는 부상자들을 제외하면 약 11만 8천이었다.

중앙군과의 접전을 앞에 두고 있는 상황에서 남부군이란 조금 귀찮은 적이 사라진 상황이었기에 한시름은 놓았지만 그래도 정예병으로 이루어진 중앙군은 만만한 상대가 아니었다.

"톨스 놈은 어떻게 되었는가?"

"남부군이 괴멸되었다는 소식을 듣고는 도주했다 합니다."

"칫……."

남부군과 함께 놈 역시 태워 죽이고 싶었는데 무슨 운이 그리도 좋은지… 물론 놈도 이번의 패배로 지금까지처럼 활개 치고 다니진 못하겠지만 그것으로는 부족했다.

"남부군의 잔여 병력은?"

"이번 라만 협곡 전투로 대다수를 잃어 남은 것은 톨스가 개인적으로 데리고 있던 2천뿐이라 합니다."

"사실상 남은 적은 중앙군뿐이란 말이군."

"하지만 중앙군은 정예병들로 이루어진 왕국 최강입니다. 그들을 상대로라면 현 병력 차로는 아군이 우세하다기보다 오히려 불리하다고 보는 것이 좋을 것입니다."

맞는 말이다.

중앙군과는 달리 북부군은 이 전쟁이 있기 전 급조한 군세, 제대로 된 훈련도 하지 않은 상황에서 전술상의 움직임 같은 것은 중앙군을 따를 수 없는 일이었다.

거기다 피로도만을 보더라도 계속 전투를 겪은 아군에 비해 중앙군은 협곡 입구를 포위하면서 휴식을 취한 상태, 이곳에서 기다리며 휴식을 취한다 할지라도 계속된 피로를 이 정도의 휴식으로 삭이는 것은 무리가 있는 일이었다.

"그래, 그에 대한 방법은?"

"한 가지 있습니다."

"한 가지?"

"예. 지금까지 포로로 잡힌 남부군이나 서부군을 화살받이로 쓰는 것입니다."

"화살받이?"

"예. 전력에 도움이 되지는 않겠지만 그들을 미끼로 활용한다면 중앙군을 상대로 효과적인 전술을 사용하는 것이 가능하리라 생각합니다."

적의 포로를 화살받이로 사용한다라… 조금 가혹한 일이기는 하겠지만 나 자신이 살아야 한다면 누구라도 희생시켜야 했다.

남들이 불러주는 그 피의 영주라는 이름답게 또 한 번 세인들에게 악명을 떨치는 선택을 해야 하는 것이다.

중앙군이 협곡을 돌아오기 전, 서부군의 포로와 남부군의 포로 4만을 모아 중앙군의 화살막이로 쓰기로 결정했다.

남부군의 괴멸, 그리고 중앙군의 패배는 서부 귀족들에게 큰 충격을 안겨주기에 충분했다. 이미 전투의 결과가 외부에 알려져 있는 상황에서 북부군의 위세는 서부 귀족들을 위축시켰다.

그러자 북부군이 약간만 겁을 줘도 제 목숨은 아까운지 영주들은 자신의 영지민들을 모두 밀어주고 있는지라 각지에서 놈들이 내어준 수만 해도 족히 7, 8만은 되었다.

물론 개중에는 노인이나 아직 싸울 힘도 없는 어린아이들, 거기다 여자들까지 다수 포함되어 있었기에 전력에 크게 도움이 되지 않는 상황이었지만 어차피 그것은 알 바 아닌 일. 숫자가 많으면 많을수록 중앙군을 현혹시키는 것은 손쉽기 때문이다.

"남아 있는 장비를 모두 풀어!! 어차피 중앙군과의 결전이 마지막이다. 장비 같은 것은 이제 필요도 없다고!!"

"이런 빌어먹을!! 어차피 병사로 보이기만 하면 되니까! 뭐 해! 필요한 장비만 수급하라고! 필요한 장비만!!"

"빌어먹을, 피투성이가 된 갑옷을 어떻게 입으라고 이런 것을 줘!!"

"군량을 의용병에게 이렇게 많이 돌리면 어떻게 하겠다는 거야! 이 머저리들아!!"

　서부 의용군이 가세하자 북부군이 소란스러워지는 것은 당연한 일이었다.

　한시라도 빨리 장비를 배급해야 하는지라 의용군이 있는 곳에선 온갖 욕설이 난무하며 개중에는 몽둥이를 들고 사람들을 패는 병사들도 없지 않았다.

　하지만 이것은 모두 대의를 위한 것, 다소의 희생이 필요하다면 불가피한 일이 아니겠는가?

　아마도 이로써 내 이름 앞에 피가 붙는 것은 죽을 때까지 영원하리란 생각이 들었다.

　다행히 남부군과의 대전에서 전리품을 꽤 얻기는 했지만 서부 의용군을 북부군으로 속여야 하는 상황에서 그들이 갖추어야 할 것은 북부군의 장비여야 했다.

　그 때문에 북부군 중에선 남부군의 희생자가 남긴 장비를 받는 이가 적지 않아 불만이 속출하고 있었지만, 그들의 불만으로 작전을 바꿀 수는 없는 일. 어찌어찌 서부 의용군에게 북부군의 장비를 모두 배급했을 때는 작전을 시작한 지 이틀 정도가 지난 후, 이제 남은 것은 중앙군을 서부 의용군 쪽으로 끌어들이는 일이었다.

　서부 의용군의 모습은 솔직히 말해 기대치에 못미처도 크게 못미치는 모습이었다. 애초부터 그리 기대하지는 않았지만 한눈에 허수아비 군대임을 드러내는 것은 너무한 일이 아니겠는가?

　"저런 모습으론 중앙군을 끌어내기는커녕 함정임을 말해 주는 꼴이 될 듯하군."

　"1만 정도의 병력을 차출하여 의용군 선두 열에 세우고 나무로 방책을 세워 가린다면 중앙군을 속일 수는 있을 것입니다."

"음… 확실히 그렇게 하면 눈속임은 되겠군."

물론 아까운 1만의 병력은 손해 보는 일이 되겠지만 저런 꼴의 의용군을 앞세우는 것보다 차라리 1만의 병력을 희생하는 것이 좋은 일일 것이다.

급조된 의용군 4만의 병력은 절대 움직여서는 안 되는 상황에서 중앙군이 올 방향을 선택하여 진형을 이루어야 했다.

4만의 의용군이 가세하며 아군은 4만의 병력을 적의 눈에서 자유롭게 움직일 수 있는 여건을 마련할 수 있었기에 이제 남은 것은 중앙군을 기다리는 일뿐이었다.

그리고 다시 하루가 지난 후 드디어 기다리고 있던 중앙군이 그 모습을 드러내었다.

아군이 진을 치고 있는 곳은 라만 협곡 북부의 시몬 평야, 평상시에는 수많은 밀이 자라나고 있었다.

수확철을 두 달여 앞두고 있는 시점의 밀은 조금씩 알곡을 맺고 있었지만 이 전투가 끝난 후 밀밭은 검은 재로 변할 것이기에 조금 아쉬운 마음이 들었다.

"바람의 방향은?"

"저희들의 예측대로 서북쪽에서 불어오고 있습니다."

아군의 등 쪽으로 불어오고 있다면 화공을 쓰기엔 무엇보다 적합한 바람이 아닐 수 없었다.

라만 협곡에서 그들이 당한 것도 엄밀히 따지면 화공이기 때문이다. 리미트 백작과 같은 노련한 지휘관이 화공을 감안하지 않을 리가 없었다.

아니나 다를까, 평원으로 들어선 중앙군은 예상처럼 화공을 피하고자 그 방향을 아군의 진영에서 1.5킬로미터 서쪽으로 틀어진 곳에 배치한 것이다. 화공의 공격을 미연에 방지하려는 리미트 백작의 노련함이라고 할까?

어쨌든 이것으로 이 싸움이 결코 쉽지는 않을 것임을 알 수 있었지만 그가 서쪽으로 진을 구축하리란 것은 이미 예상하고 있었던 일이다.

"중앙군의 진영이 완성된 것 같습니다!!"

중앙군은 서쪽으로 치우친 상태에서 아군을 바라보는 상황, 이에 반해 아군은 의용군을 중앙에 위치시켜 놓고 있기에 그대로 진영을 유지하고 있었다.

뭐, 진영의 방향이라고 하는 것은 전술상 움직임에 따라 좌우되는 일, 그 정도야 충분히 감당할 수 있는 일이지만 문제는 의용군이 마음대로 움직여 주지 않는 것이다.

전술상 움직임을 따라주지 못하는 상황에서 의용군의 존재는 자칫 방해가 될 수 있는 일, 신중한 움직임을 보이지 않으면 엄청난 기세로 무너질 것이 뻔했기에 차라리 진영을 움직이지 않고 그대로 유지하는 것을 선택한 것이다.

거기다 이곳에서의 전투를 대비하고 임시로 나무를 세워 방책을 만들어놓은 상황에서 그것을 무시하며 진영을 움직일 생각은 없었다.

물론 임시 방책 자체가 엉성하여 보병 군단이 밀고 들어와도 무너질 정도이지만 적어도 의용군의 허실은 감출 수 있을 듯 보였다.

아군과의 대치 상황을 만들어낸 중앙군은 움직일 생각을 하지 않았다. 휴식 때문인지 아니면 또다시 함정이 있지 않을까 대비하는 때문인지 몰라도 중앙군이 신중한 모습을 취해준다는 것은 오히려 내가 반길 일이었다.

남부군을 괴멸시키고 동부군이 아무런 방해 없이 왕도로 진군하고 있는 상황에서 이제 남은 것은 중앙군을 상대로 시간을 끄는 것이지 그들을 상대로 승리하는 것이 아니기 때문이다.

하루의 대치 상황이 끝났을까? 다음날 아침 중앙군에서 백기를 든 사자가 모습을 드러내었다.

"중앙군의 사자라고?"

"예."

그 말에 난 생각에 잠겼다.

아군의 허실을 알아볼 생각일까? 아니면 내란을 그만두라는 리미트 백작의 뜻을 전할 생각일까? 일단 만나보는 것도 나쁘지 않다는 생각이 들었다.

"적을 방책 내부로 들어온다면 의용군을 배치했다는 것이 알려질 수 있다. 북부군으로 하여금 의용군 앞을 확실히 가려 사자가 그것을 알아채지 못하게 하게."

"예."

놈들에게 의용군을 보여 공격의 빌미를 제공하고 싶은 생각은 없기에 확실히 감출 것은 감추어야 했다.

어느 정도 북부군이 의용군의 앞을 가린 후 백기를 들고 있는 사자는 방책 내부로 들어올 수 있었다.

피닉스 나이츠의 슈페리어 급 기사의 견장을 차고 있는 그는 당당한 모습으로 내부로 들어섰다.

단 일 기임에도 불구하고 전혀 주눅 들지 않은 그의 모습은 과연 피닉스 나이츠의 기사다워 보였다.

방책 내로 들어온 그는 말에서 내려 기사의 안내를 받으며 당당히 걸음을 옮겼고 잠시 후 슈펠트와 레오핀 두 사람을 양쪽에 두고 있는 나와 만날 수 있었다.

"어서 오게."

"피닉스 나이츠 슈페리어 넘버 24 아만스라 합니다."

"어서 오게. 그래, 리미트 백작은 무슨 일로 본작에게 사자를 보냈는가?"

"사령관께서 각하께 드리는 서한입니다."

그렇게 말한 아만스는 나의 앞에 공손히 리미트 백작가의 인장이 밀랍으로 찍혀 있는 서한을 바쳤다.

"가져오게."

직접 가져올 수도 있는 일이지만 전쟁 중에 방심은 있을 수 없는 일, 나의 말에 왼쪽에 서 있던 레오핀이 가까이 다가가 서한을 받아 나에게 건네주었고, 그것을 받은 난 밀랍을 뜯고 서한을 읽어보았다.

"흠……."

리미트 백작이 나에게 보낸 서한은 적이라고 할 수 없을 정도로 온건한 문체였으며 나를 격동시킬 문장은 한 군데도 보이지 않았다.

오히려 이드리샤 가의 폐작위가 잘못된 결정이며 이것을 획책한 것은 네라드, 그리고 내란을 지금이라도 멈춘다면 그 자신의 이름을 걸고 부당함을 왕가에 알려 공작가의 폐작위를 취소시키겠다는 제안까지 쓰여 있었다.

과거 왕도에서 본 리미트 백작은 아멘 명문 무가의 현 가주로 한 치의 모자람도 없는 그런 자였다.

풍채는 풍채대로, 인품은 인품대로 뛰어난 그는 어느 파의 귀족이라
도 혹평을 하지 않을 정도로 귀족 중의 귀족이라 생각되는 자였기 때
문이다.

하지만 그것으로 이 서한을 믿을 수 있겠냐고 묻는다면 애석하게도
그것은 그렇지 않다는 것이다.

그 자신이 명문 무가의 자손으로 누구보다 정당한 성품을 가지고 있
다 할지라도 나라의 운명이 걸린 싸움에선 해야 될 일이 있기 때문이
다.

그것은 리미트 백작 자신이 아멘 제일의 명장이라는 것을 감안한다
면 신빙성이 있는 추측이었다. 적어도 그는 자신의 정당함과 나라의
운명 중 무엇이 더 중요한지는 알고 있을 것이기 때문이다.

하나 시간을 끌어야 하는 상황에서 구태여 전투를 서두를 필요는 없
는 법, 난 서한을 레오핀에게 건네주고는 사자로 온 기사 아만스를 보
며 물었다.

"리미트 백작의 뜻은 잘 알아들었네. 하나 솔직히 서신만으로는 그
뜻을 알기에 무리가 있는 듯하군."

"그러하시다면?"

"내일 정오, 양측 진영의 중간 지점에서 대담을 하고 싶다 전하게.
호위는 두 명으로 한정하고 말이야."

"…알겠습니다. 백작 각하께 그리 전하도록 하겠습니다."

나의 말에 아만스가 고개를 끄덕이고 물러가자 게리오스가 걱정되
는 표정으로 말했다.

"각하, 리미트 백작은 무가의 가주이기 전에 뛰어난 기사였던 사람
입니다. 그가 피닉스 나이츠 단장에서 물러나기 전의 실력이 마스터

최상급이었던 것을 생각하면 현재 오버러가 되었다 해도 이상할 것이 없는 자입니다. 그런데 그런 사람과……."

"그 때문에 더욱 믿는 것이겠지. 그 정도의 실력이 있는 사람이 단독 대담에서 살수를 쓰겠는가?"

"그런……."

"믿어보게. 리미트 백작이 이 대담 자체에 흥미를 가지지 않을 자였다면 애초에 서신조차 보내지 않았을 것이야."

나의 말에 게리오스는 조금 수긍하는 듯했지만 그래도 마음이 놓이진 않는 듯이 보였다.

하긴 나의 안전을 생각해 주어야 하는 그로서는 꺼려지는 것이 당연한 일이지만 개인적으로 리미트 백작을 한번 만나고 싶은 생각도 없지 않았기에 그와 단독 대담을 하기로 결정한 것이다.

다음날 정오, 양 진영의 중간 지점에 천막이 세워지는 것을 확인한 난 엡실론과 로펜, 현재 내 진영에 있는 강자 두 사람을 대동하고 진영을 나왔다. 이와 동시에 중앙군의 진영에서도 누군가의 모습이 드러났다.

한데 두 명의 호위를 대동해도 된다는 조건과는 달리 중앙군의 진영에서 모습을 드러낸 이는 단 한 사람, 리미트 백작뿐이었다.

"호오~ 과연 리미트 백작인가?"

나와 두 명의 소드 마스터는 충분히 감당할 수 있다는 것인가? 그것이 경솔함인지 아니면 자신감인지는 모르지만 왠지 조금 부러워지는 것은 어쩔 수 없는 일이었다. 나 역시 그 정도의 실력자라면 한번 해보고 싶은 일이기 때문이다. 뭐라 그래도 나 역시 무가의 사람인데 부러운 마음이 왜 들지 않겠는가?

어쨌든 그의 그런 행동에 실력이 떨어지는 내가 현혹되어 똑같이 행동할 필요는 없는지라 두 기사를 그대로 대동한 채 막사에 도착했고, 잠시 후 리미트 백작 역시 막사에 도착했다.

과거에 보았을 때와 비교해 전혀 달라지지 않은 그의 모습에 과연 그가 예순을 넘은 노장이 맞는가 하는 생각이 들었다. 그때 역시 많이 봐주어야 마흔 초반 정도였는데 지금 역시 다르지 않았기 때문이다.

막사의 내부에는 두 사람이 앉을 의자와 함께 탁자가 놓여 있었고, 근처의 영지에서 끌고 온 영주의 여종 두 사람이 긴장한 표정으로 자리하고 있었다.

리미트 백작과 내가 자리에 앉자 여종들은 미리 준비해 놓았던 차를 가져다 내려놓았다.

물론 리미트 입장에서야 독이 든 음료라 생각할 수 있겠지만 그거야 대담 중에 마시지 않으면 끝날 문제이니 그리 문제라 생각하지는 않았다.

"오랜만입니다, 리미트 백작."

"이렇게 이드리샤 공작을 다시 뵙게 되니 반갑습니다."

딱딱한 목소리로 형식상 인사를 나눈 난 잠시간 그를 쳐다보았다.

얼굴에 살짝 미소를 지어 보이고 있는 그의 모습은 우리가 전투를 앞두고 있음을 잊게 할 정도로 담담함을 보이고 있는지라 과연 리미트라는 생각이 들게 만들었다.

"서한을 잘 읽어보았습니다. 다행히 리미트 백작께서는 제가 처한 상황을 이해해 주고 계시더군요."

"그리 말씀해 주시니 감사합니다. 이드리샤 공작, 지금이라도 생각을 바꾸시는 것이 어떻겠습니까? 이런 상황이 계속된다는 것은 아멘 전체나 이드리샤 가를 생각해서라도 결코 좋지 못한 일이 될 것입니다."

나라를 생각하는 충신인가? 뭐, 리미트 백작이 친왕가파인 것은 이전에도 잘 알고 있었던 일이니 이리 말하는 것은 당연하겠지만, 내 입장에서 그것을 받아들인다는 것은 있을 수 없는 일이었다.

"확실히 리미트 백작의 말대로 내전이 지속된다는 것은 어느 누구에게도 좋지 못할 것입니다. 하지만 내가 이곳에서 내란을 멈춘다 하여 폐하께서 저를 용서해 주실지는 의문이 아닐 수 없군요."

"그것은 서신에서도 말씀드린 대로 제가 본 가의 명예를 걸고……."

쿵!!

역시나 나의 말에 리미트 백작은 자신의 이름을 걸고 반드시 본작의 가문을 다시 복위시키겠다 말하고 있었지만 있을 수 없는 일이었다.

때문에 난 성난 모습으로 탁자를 후려친 후 그를 차가운 표정으로 노려보며 말했다.

"리미트 백작, 당신은 기사로선 뛰어난 사람인지는 모르나 정국을 이끄는 자로선 가능성없는 이상론에 휘둘리는 자로군."

"…무슨 말씀이십니까……."

"본 가는 국왕 폐하에 의해 폐작됐고, 이미 내란은 시작되어 본인의 손에 서부군과 남부군이 희생된 이 마당에 리미트 백작의 힘만으로 그것이 해결될 수 있다 생각하시오?"

"……."

나의 말에 그는 더 이상 말을 하지 못했다. 하긴 그 역시도 내가 다시 작위를 찾는 것은 어렵다 생각했을 것이다.

그래도 왕가의 신임과 자신의 이름을 건다면 어떻게 해볼 수도 있지 않을까 하는 생각에서 말한 것이었는데, 애석하게도 그러기엔 사태는 종잡을 수 없이 흘러간 후였다.

"한 가지 묻고 싶은 것이 있습니다."

"말씀하십시오."

내 말에 침묵에 잠겨 있던 리미트 백작은 잠시 후 나를 보며 가라앉은 목소리로 한 가지 물어볼 것이 있다는 말을 건넸다.

"이드리샤의 복위가 목적이 아니라면 도대체 무슨 까닭으로 내전을 일으키신 것입니까? 북부군의 힘으로 내란을 성공시키는 것은 불가능한 일이 아닙니까?"

"……!!"

그 말에 난 속으로 크게 놀랄 수밖에 없었다.

과연 리미트일까? 그가 의도했는지는 모르나 나에게 또 다른 동조자가 있는 것이 아니냐는 뜻의 질문을 던졌기 때문이다.

그 때문에 과연 그에게 무슨 말을 해야 할까 고민될 수밖에 없었는데 이런 나의 모습을 보며 그는 고개를 저으면서 계속 말을 이었다.

"역시… 페이든 공작입니까?"

"……"

"서부군, 남부군, 중앙군을 모두 서부로 불러 모은 후 페이든 공작의 동부군이 왕도를 공격하는 것이 계획이었습니까?"

"…부정하진 않겠소."

그런 그의 말에 난 잠시 생각에 잠기는 듯한 표정을 짓다 이내 고개를 끄덕였다.

부정하든 부정하지 않든 리미트 백작은 이미 상황을 모두 알아채고 있는 듯했고, 이제 와 모든 걸 알아챘다 할지라도 이미 지금쯤 왕도는 동부군에 의해 공격당하고 있을 것이다.

거기다 남부군과 서부군이 북부군에 의해 대부분 괴멸되어 버린 상황에서 이제 중앙군이 돌아간다 할지라도 정권을 찾는 것은 불가능한 일이었다.

아니, 정권을 찾는다 할지라도 왕가의 구성원 전부가 페이든 공작에게 잡혀 있는데 중앙군이 무슨 힘을 쓸 수 있겠는가?

"언제 그 사실을 아셨습니까."

"라만 협곡 전투가 끝난 후입니다. 이드리샤 공작 각하의 놀라운 작전에 탐복하던 중 문득 그 생각이 들더군요. 북부군은 왜 감당할 수 없는 내란을 일으킨 것일까 하고 말입니다."

"호오~ 패전에서 그런 것을 유추했단 말입니까?"

"패배는 자신에 대한 소홀함이 가져오는 일, 이 내란 자체를 처음부터 돌아보던 중 그런 의문이 들었습니다."

"…혹시 백작은 이것을 염두에 두고 나에게 내란을 끝낼 것을 제안한 것입니까?"

"그런 마음도 없지 않았습니다."

솔직하게 자신의 감정을 밝히는 리미트의 말에 나는 잠시간 생각에 잠겼다.

왕가가 페이든 공작의 손에 들어간 상황이라면 내가 내란을 멈춘다 해도 사태의 진전은 있을 수 없기 때문이다.

하지만 문득 한 가지 생각이 들었는데 그것은 바로 중앙군에 왕가의 인물이 섞여 있을 가능성이었다.

"중앙군에 세 분의 왕자 중 한 분이 계시는 것 같군요. 안 그렇습니까?"

"…부정하지 않겠습니다. 삼왕자이신 델피르 전하께서 저희와 함께하고 계십니다."

"델피르 전하께서?"

"각하께서 잘 아시는 숙녀 분이 이번 중앙군의 원정에 끼어 있었으니까요."

"처제인 시미온 양을 말씀하시는 것입니까?"

"예."

시미온을 이용해 나를 협박할 생각이었는가? 뭐, 그 방법을 썼다고 해봤자 내가 내란을 멈추는 일은 없었을 것이고, 리미트 백작 같은 이가 친족을 인질로 협박 같은 것을 행할 자가 아니란 생각이 들었다.

"시미온을 보내줄 생각이셨군요."

"델피르 전하의 요청이셨습니다. 이드리샤 공작가의 파작이 결정된 후 시미온 양을 보호한 것은 전하이셨으니까요. 각하께서 내란까지 일으킨 상황에 더 이상 왕도에서 시미온 양을 보호할 수 없다 생각한 전하께선 중앙군에 참전하는 모습으로 시미온 양을 이곳까지 데려온 것입니다."

사랑이란 것은 참 모를 일이었다.

역적의 친족이라 할 수 있는 여자를 보호하기 위해 왕자 자신이 전쟁에 참여하니 말이다.

뭐, 나 역시 과거 알리샤가 위기에 처했을 때는 세상이 무너지는 것 같은 충격을 받았으니 조금 이해할 수 있기는 하지만 말이다.

확실히 삼왕자이신 델피르 전하가 중앙군과 함께하고 있다면 왕가의 명맥이 끊어지는 일은 없을 것이니 조금 안심할 수 있었다. 그리고 중앙군이 존재한다면 서부를 기점으로 다시 한 번 재기를 꾀해 볼 수 있는 일이니 중앙군의 입장에선 북부군과 전투를 벌이는 것은 꺼려질 것이 분명한 일, 다시 생각해 보아야 했다.

"오늘은 이쯤에서 끝내고 내일 다시 대담을 하는 것이 어떻겠소? 물론 왕자 전하와 시미온 양을 대동하고 말입니다."

"알겠습니다. 일이 이렇게 된 이상 서두를 필요도 없을 테니 말입니다."

이렇게 해서 첫 번째 대담은 순조롭게 끝날 수 있었지만 문제는 지금부터였다.

진영으로 돌아온 이후 난 제장을 소집하여 바로 리미트 백작이 한 이야기와 그에 대한 대책을 논의해야 했기 때문이다.

"확실히 삼왕자 전하께서 중앙군과 함께 계시다면 서부에서 재기를 꿈꾸는 것이 리미트 백작이 할 수 있는 최대의 결정이겠지요."

게리오스 역시 나와 비슷한 생각을 하고 있었다.

현 상황에서 중앙군이 무너지면 왕가 자체가 무너지는 것과 같으니 당연한 일일지도 몰랐다.

"하나 이대로 중앙군을 놓아주면 페이든 공작과의 교섭에서 문제가 생기는 것은 아닙니까?"

이에 블루 버드 나이츠의 단장인 로펜 경은 혹시나 하는 생각에 나를 보며 물었다.

"어차피 로베니아 계획에서 북부군이 할 일은 중앙군과 서부군, 남부군을 서부에 묶어두는 것이었습니다. 그런데 북부군은 서부군과 남부군을 괴멸시켰으니 계획보다 많은 일을 한 것인데 무엇이 문제겠습니까."

“아!”

로펜 경의 질문에 답한 사람은 게리오스, 그 말에 제장들은 탄성을 지르며 고개를 끄덕였다.

그렇다. 애초부터 이들 세 개의 군을 혼자 상대하여 묶어두는 것 자체가 힘든 일이라고밖에 할 수 없었다. 그럼에도 불구하고 로베니아 계획의 가능성이 높았던 것은 서부의 지리적 위치를 따져 보며 희생을 각오한다면 충분히 해상 탈출로를 마련할 수 있었기 때문이다.

병사들의 피해는 상당하였겠지만 기사단의 신속한 기동력이라면 충분히 놈들을 뿌리치고 달아나며 이들 세 개의 군을 묶어둘 수 있고, 적절한 시기에 빠져나갈 수도 있다 생각했다. 그런데 예정이 빗나가 아군이 중앙군을 제외하고 서부군과 남부군을 괴멸시켰으니 로베니아 계획에 차질이라면 차질이 생긴 것이다.

“제 생각을 말씀드리자면 이대로 중앙군을 내버려 두는 편이 좋을 듯합니다.”

그때 슈펠트가 말을 꺼냈다.

“이유는?”

“페이든 공작을 완전히 신용할 수 없다는 것입니다. 애초에 북부를 공작 각하께 내어드린다는 것이 계약 조건이었지만 원래의 로베니아 계획대로라면 애초에 그 약속조차 믿을 수 없는 것이 아니겠습니까?”

“하나, 페이든은 나에게 프리티아 왕국과 제국에 자치령이 있음을 알 텐데?”

“타국의 힘일 뿐입니다. 아멘 왕국을 손에 넣는다면 그 정도야 손바닥 뒤집기보다 쉬운 일 아니겠습니까?”

“음…….”

슈펠트의 말도 틀리진 않았다.

확실히 아멘을 손에 넣었다고 한다면 그 엄청난 힘으로 프리티아나 일개 자치령의 힘 따위는 무시할 수 있을 것이기 때문이다.

제국이 그 엄청난 내전에도 불구하고 복구가 어렵지 않았듯 아멘 역시 이 정도의 내전은 수년 안에 복구할 수 있는 저력이 있는 국가였다. 그리고 내 전체 전력과 맞설 수 있는 전력을 일 년 안에 만들 수 있는 힘을 가진 국가였다.

"엡실론 경의 생각은 어떠한가?"

"저 역시 슈펠트 경과 같은 생각입니다. 중앙군을 놓아준다면 페이든을 견제할 수 있을 테니 말입니다."

하지만 솔직히 그것은 마음에 들지 않는 일이었다.

중앙군을 놓아주고 서부를 그들에게 넘긴다면 아멘은 그야말로 현실상 삼국으로 분리되는 결과가 되기 때문이다. 서부의 아멘, 북부의 이드리샤, 그리고 왕도의 페이든이라는 식으로 말이다.

그리고 그렇게 되면 중앙대륙의 양대 강국으로 명성을 떨치던 아멘은 전력의 분산으로 다시는 과거의 명망을 되찾지 못하게 될 수도 있었다. 타국의 역사, 아니, 라피나르 제국만 하더라도 내전의 결과로 나누어진 것이 지금까지 이어져 왔지 않던가.

나 자신이 아멘 명문가의 가주로서 자긍심이 높았던 탓에 본국의 힘이 약해지는 것은 왠지 거부감이 들었다.

"저 역시 같은 생각입니다. 자칫 페이든의 독주가 될 수 있는 것을 미연에 방지하는 것도 나쁘지는 않겠지요."

하나 제장 모두 중앙군과의 전투를 피하는 것으로 의견을 정하고 있었다.

싸우게 되더라도 승리를 점치기 어려울 정도로 중앙군은 정예병으로 이루어진 데다 상황을 미루어보더라도 싸우기보다는 피하는 것이 북부를 위해 좋은 일이었다.

그래도 기껏 서부 의용병까지 모아놨는데… 쩝…….

"알겠네. 제장의 의견이 그러하다면 따라야겠지."

제장의 충언을 무시할 만큼 바보는 아니었기에 난 그들의 의견을 따르기로 했다.

거기다 솔직히 과거의 왕가 무도회에서 그가 나에게 보여주었던 모습 때문인지 리미트 백작은 미워지지 않는 사람이었다.

다음날 다시 대담을 위해 양 진영 사이에 있는 막사에 도착하자 반가운 얼굴의 주인공을 볼 수 있었다.

바로 시미온, 왕도에서 꽤 고생을 했는지 조금 수척해 보이는 기색이 역력했지만 그래도 나를 보자 반가운 미소를 보이는 걸 보니 델피르 전하께서 홀대는 안 하시는 모양이었다.

"오랜만에 뵙습니다, 델피르 전하."

"오랜만이오, 이드리샤 공작."

그리고 그녀의 옆에는 삼왕자이신 델피르 전하의 모습이 보였기에 공손히 예를 취했다. 일이 어찌 되었든 왕자이신 것은 변하지 않았으니 귀족으로 왕가에 대한 예의는 잊지 않은 것이다.

한데 놀라운 것은 그 두 사람 외에 막사로 온 한 인물이었다.

리미트 백작이 올 것이라는 예상과는 달리 대담에 온 인물은 바로 아델슨 후작이었다.

"의외군요. 설마 아델슨 후작께서도 중앙군 원정에 참여하셨을 줄은 생각지도 못했습니다."

"중앙군에 참여하지는 않았습니다. 귀 가의 폐작위 이후 제가 늙었다는 생각에 영지로 물러나 있었는데 내란이 일어났단 소문이 들리더군요."

"그렇습니까?"

"이미 정치에서 손을 뗀 상태라 움직이지 않고 있었으나 리미트 백작이 저를 찾더이다. 상황이 좋지 않음을 말하고 말입니다."

"음……."

아마도 정계에서 물러나려 했던 것이 분명한데 왕가가 무너질 것이라는 말에 노구의 몸을 일으킨 것이 분명했다.

답답한 로필론, 아델슨 같은 인물을 버려두고 도대체 무엇을 하겠다는 것인지… 쯧쯧. 내가 만약 로필론이었다면 적어도 아델슨 같은 사람을 버리는 일은 없었을 것이다.

그가 능력이 있고 없고를 떠나 그와 같은 충신 자체를 찾기 힘들기 때문이다.

명군이라 할지라도 실수할 때가 있다 들었는데 로필론은 실수치고는 치명적인 실수로 아멘 왕국을 파탄으로 몰아넣은 것이다.

그런 생각을 하며 내가 자리에 앉자 아델슨 후작은 조용한 목소리로 나에게 물었다.

"결정은 되었습니까?"

자리에 앉자마자 단도직입적으로 물어오는 아델슨 후작의 말에 잠시간 생각에 잠긴 표정을 지은 난 바로 말을 해주어도 상관없겠다는 생각에 제장과의 토의로 나온 결정을 말해 주었다.

"예, 저희들 역시 중앙군과의 전투는 되도록 피하고 싶은 일이더군요."

"…다행입니다."

내 말에 아델슨 후작은 안도하는 표정이 역력했다. 하긴 그의 입장에서는 지푸라기라도 잡고 싶은 마음이 역력했을 것이다.

"솔직히 지금의 상황은 폐작위되기 전까지 저 역시도 생각지 못했던 일이었습니다."

"이해합니다. 로필론 국왕 폐하의 결정은 저 역시 받아들이기 힘들었으니까요. 하나 이것은 로필론 국왕께서 의도하신 것이 아니라는 것을 말씀드리고 싶습니다. 모두가 그 간신배 같은 네라드의 획책으로……."

역시나 본 가의 파작에는 네라드가 깊숙이 관련되어 있는 듯했다.

하긴 본 가가 제국과 연이 있다는 증거를 발견한 이상 본 가에 이를 갈고 있는 네라드가 가만히 보고 있을 리는 없었을 것이다.

그것을 증거로 귀족들을 선동하여 로필론 국왕을 독촉했을 것이고, 로필론은 할 수 없이 본 가의 파작을 결정했겠지.

하나, 로필론이 본 가에 대해 다른 마음을 품지 않았다고는 말할 수 없는 것이 건국왕의 유시로 이어진 본 가의 영원한 존속을 로필론 국왕이 무너뜨렸다는 것이다.

아무리 로필론이 귀족들의 압력을 받았다 할지라도 파작은 건국왕의 유시를 무시하는 것이 되니 쉽게 할 수 없는 일이었다.

그러니 아델슨의 말이 맞다 할지라도 지금에 와서 그것이 아니다라고 밝힐 필요는 없는 것이 아니겠는가?

대화는 나와 아델슨 후작만이 나눌 뿐 델피르 왕자 전하나 시미온은 한마디도 뱉지 못하고 있었다.

　그도 그럴 것이 난 반군의 수장인 데다 시미온은 내 처제임과 동시에 반군의 적인 왕가의 왕자를 사랑하는 여인이니 말이다.

　그녀의 처지를 이해할 수 있는 난 대담을 모두 끝내고 돌아갈 때 그녀를 보며 물었다.

　"돌아오겠느냐?"

　솔직히 그녀가 돌아와 주었으면 한다.

　중앙군이 서부에 거점을 정하고 버틴다 할지라도 페이든이 국왕으로 등극한 이후라면 아마 왕가는 몇 대를 버티지 못할 것이다.

　페이든은 분명 왕가의 잔재를 남겨두는 것을 허락하지 않을 것이 확실한 상황이니 그녀를 위해서라도 데려오는 것이 정답일 것이다.

　하지만 델피르 왕자를 사랑하고 있는 그녀를 데려가는 것이 옳은 것이냐 한다면 옳다고는 할 수 없다.

　나 자신이 사랑이란 것을 몰랐을 때라면 모를까, 지금이라면 그녀의 심정을 알 수 있기 때문이다.

　"언니에게 미안하다고 전해주세요."

　"…알겠다."

　역시나 그녀는 리안나에게 미안하다는 말을 전해달라는 것으로 자신의 답변을 대신했고 난 그녀의 결정을 따라주기로 했다.

　적어도 시미온이 나의 종속인이 아닌 이상 이러한 결정을 막고 싶은 마음은 없었다.

　양쪽이 서로 합의 하에 전투를 멈추기로 하자 북부군은 다시 바빠질 수밖에 없었다.

　아직 내란은 끝이 아니기 때문이다.

중앙군은 북부군과의 접전을 중지하고 남쪽에 있는 아델슨 후작의 영지에 거점을 정하며 그곳에서 아멘 왕가의 존속을 꿈꾸기로 결정했다.

북부군과의 전투를 포기하고 남쪽으로 내려가는 중앙군의 모습은 왠지 사라져 가는 아멘이란 왕국의 결말을 보는 듯했다. 그들의 모습을 보고 있노라니 난 북부군에게 이제 남은 것은 무엇인가를 생각했다.

여기에서 왕도로 향해야 하는 것일까, 아니면 남부의 네라드를 상대해야 하는 것일까 하는 문제 말이다.

원래대로라면 북부군을 상대하기 위해 많은 수의 병력을 서부로 보낸 남부를 처리하는 것은 동부군이었기 때문이다.

두 곳 모두 계획대로라면 페이든이 해결을 봐야 하는 곳이었기에 그곳을 내가 내려가면 상황은 급반전하게 된다.

솔직히 남부는 내가 치고 싶은 마음이 적지 않았다. 적어도 네라드와 톨스만은 내 손으로 베어버리고 싶은 심정이 굴뚝 같으니 말이다.

하지만 얼마 후 난 물러가는 중앙군에게서 예상치도 못한 선물을 받을 수 있었다.

"하… 하하하하!!"

리미트 백작, 그가 물러가며 톨스와 그의 사병들을 모두 묶어놓고 떠난 것이다.

그리고 한마디, 이런 간신은 더 이상 필요하지 않다나? 호쾌하기까지 한 그의 행동에 나로선 웃음밖에 나오지 않았지만 톨스를 나의 손에 넘겨주었다는 것만으로도 이번 결정이 나쁘지 않았다는 생각이 들었다.

중앙군이 떠난 자리에 십수만에 이르는 병사를 세워놓은 후 난 그

앞에 톨스와 그의 수족들을 포박하여 앉혀놓았다.

역시나 사람을 주눅 들게 하는 것은 기세가 최고, 십수만의 병사들이 노려보고 있는 상황이니 문관 귀족인 톨스가 배겨낼 재간이 없을 것이란 생각이 들었다.

"오랜만이군, 톨스 자작……."

"크윽……."

기사들에 의해 강제로 내 앞에 무릎 꿇려진 톨스를 보며 난 미소 지으면서 말했고, 그는 처참한 표정으로 침음을 흘렸다.

하긴 현재의 자신의 상황이 좀처럼 믿어지지 않겠지. 남부의 권력자인 네라드 공작의 아들로 태어난 그가 언제 이런 꼴을 당해봤겠는가? 뭐, 그런 생각에 난 더욱 기분이 좋아지지만 말이다.

"영원할 것 같은 권력도 한순간이란 말이 있던데 자네 역시 다르지 않은가 보군!"

"크드득… 이놈… 아버지께서 반드시 복수해 주실 것이다!"

"복수? 하하하하! 이거 리미트 백작에게서 아무것도 듣지 못했는가?"

놈이 하는 말을 들어보니 아무래도 리미트 백작에게서 아무 말도 듣지 못한 듯했다. 아니, 사실 말을 들었어도 믿으려 하지 않을 자이기도 했지만 말이다.

물론 모른다면 그에게 정확한 사실을 이야기해 주어 절망감을 심어주는 것도 처절한 복수를 위한 나의 당연한 선택이지만 말이다.

"애석하지만 이제 아멘 왕가는 페이든 가로 바뀔 것임을 알고 있는가?"

"페, 페이든?"

"아직도 본작이 중앙군을 비롯하여 남부군과 서부군을 서부에 잡아 두기 위하여 무리하게 내전을 일으킨 것조차 알지 못하는 것 같군."

톨스도 바보는 아니었다.

그가 나를 괴롭힌 것만 보더라도 머리가 없는 이는 아니었고, 나의 설명이 이어지자 그의 얼굴은 점차 하얗게 변해가고 있었다.

중앙군이 북부군과의 전투를 포기한 채 물러나고 자신을 남겨놓았다는 것에서 이미 사태는 돌이킬 수 없을 정도가 되었다는 걸 의미함을 알 수 있을 것이다.

"그… 그런……."

"슈펠트, 검을 가져와라!!"

"예."

새하얗게 변해가는 그의 모습을 확인하며 난 슈펠트에게 검을 가져오게 하였다. 그리곤 그것을 들고 천천히 놈에게로 걸음을 옮기면서 미소 지으며 말했다.

"자, 한 가지 사실을 알았으니 그만한 대가가 필요하겠지?"

"무… 무엇을……. *끄악!!*"

나의 말에 놀라 더듬거리며 말하는 그였으나 들을 필요도 없는 말이었다. 나의 눈짓에 그를 잡아두고 있던 기사는 왼팔을 들어 올렸고, 난 한 치의 망설임없이 그의 왼팔을 검으로 그어버렸다.

그러자 잘려진 톨스의 팔에서 붉은 피가 터져 나오며 일대를 붉게 적시기 시작했고, 놈은 비명을 지르며 고통스러워하고 있었지만 그러한 비명은 오히려 나를 즐겁게 하기에 충분했다.

하지만 놈과 네라드에 의해 죽임을 당한 빌을 포함한 호위 기사들, 그리고 그때의 고생을 생각하면 아직 그가 겪어야 할 고통은 많이 남앉기에 아직 죽일 생각이 없던 난 자리에 앉아 기사를 보며 말했다.

"놈의 상처를 치료하라! 하나, 자살하지 못하게 감시는 철저히 해야 할 것이다."

"알겠습니다."

"놈을 가두고 한 가지 정보에 놈의 신체 하나를 잘라내라! 하나, 죽여서는 안 된다. 그리고 놈에게서 더 이상 잘라낼 것이 없을 때 나를 불러라. 그땐 내 손으로 놈을 저승으로 보내줄 것이니 말이다."

세상에 복수라는 것이 이렇듯 기분이 좋은 것일까?

아직도 놈의 팔이 살아 움직이는 것처럼 꿈틀거리고 있는 것을 보며 난 병사들과 기사들을 휴식에 취하게 한 후 간만에 숙면에 취할 수 있었다.

중앙군이 물러나고 10일 후 왕도에서 기다리고 있던 소식이 전해져 왔다.

페이든의 동부군이 왕도를 공격, 5일 만에 왕도를 무너뜨리고 국왕 로필론과 왕세자 세피로스, 이왕자 숀을 잡아 참수했다는 소식이었다.

그리고 페이든은 자신 스스로 국왕의 좌에 올라 신생 아토리안 왕국의 건국을 선포한 것이다.

왕도의 함락 이후 단 삼 일 만에 이루어진 그의 선포에 세상이 놀란 것은 당연한 일, 역시나 가장 심하게 반발한 것은 남부의 네라드였다.

하지만 그의 반발도 그리 오래 가지는 않았다.

아멘과 국경을 마주하고 있다 하지만 동쪽과 국경을 하고 있는 알렌스트 왕국과는 달리 국력이 약해 아멘의 대외 외교에서 아래로 취급되었던 테일즈 왕국이 8만의 군세를 이끌고 남부를 침공한 것이다.

이미 나의 북부군을 토벌하기 위해 가용할 수 있는 남부군 병력 중 반 이상을 소비한 시점에서 왕도를 장악한 동부군과 테일즈 왕국군의 협공을 견딘다는 것은 애초부터 불가능한 일이었다.

남과 북으로 밀고 들어오는 적에 남부군은 최대한 병력을 끌어 모아 세론 성에서 마지막까지 농성을 했지만, 어중이떠중이들만 모아놓은 남부군이 이날만을 위해 병사들을 훈련시킨 동부군이나 테일즈 왕국군을 상대한다는 것은 애초부터 불가능한 일이었다.

두 군세의 맹렬한 공격에 세론 성은 단 하루도 버티지 못하고 함락, 네라드와 그의 가솔들은 페이든 군에 의해 잡히고 그를 따르던 남부의 대영주들 대부분이 참수당하는 것으로 남부의 마지막 발악은 끝을 맺게 되었다.

이 과정에서 한 가지 이채로운 것이 있다면 바로 크로우 나이츠의 페이든 파에 속한 리베인의 거취 문제였다. 테일즈 왕국군이 아멘의 남부를 침공하면서 그의 진실한 정체가 드러났기 때문이다. 놀랍게도 페이든의 수하라 여겨졌던 리베인의 진정한 정체는 바로 테일즈 왕국의 왕세자였던 것이다.

한 나라의 왕위를 이을 후계자를 타 왕국 귀족의 수하로 보내는 것도 어이없는 일이었지만, 페이든이 오랜 시간을 두고 테일즈 왕국과 밀약을 주고받았다는 것은 나에게 또 다른 충격이었다.

나야 왕위에 그다지 생각이 없던 사람이었지만 페이든은 왕위를 염두에 두고 획책한 이가 아닌가? 엄밀히 따지면 폐작위되어야 할 사람은 내가 아니라 페이든이었다.

그럼에도 페이든에겐 어떠한 혐의도 발견하지 못하고 나를 쫓아낸 로필론이나 네라드, 그들을 뭐라 말해야 하는지⋯⋯.

가장 두려워해야 할 적을 옆에 두고도 정작 불필요한 적을 치는 데 힘을 소모한 로필론과 네라드에게 문제가 있었던 것일까? 아니면 어느 누구도 알지 못하게 일을 꾸미고 있었던 페이든의 심계를 두려워해야 하는 것일까?

답이야 어쨌든 이미 상황은 돌이킬 수 없는 일이었다.

한편 아델슨 영지에 거점을 두고 재기를 꿈꾸려 하는 중앙군은 큰 위기에 봉착할 수밖에 없었다.

동부군 하나라면 어떻게든 버텨볼 수 있겠지만 테일즈 왕국군까지 합세한 상황에서 중앙군의 힘으로는 도저히 버틸 재간이 없기 때문이었다.

상황이 좋지 않음에 물러나려 해도 이제는 더 이상 피할 곳도 없는 것이 현 중앙군의 상태임을 생각하면 그야말로 풍전등화의 형국이라고밖에 말할 수 없었다.

하지만 중앙군이 이대로 무너지는 것을 보고 넘겨야 하는 것이라면 결코 그것은 아니었다.

중앙군이 무너지면 다음은 내가 될지도 모르는 상황에 나 역시 조금씩 그런 위기감이 느껴지고 있었기 때문이다.

사람의 마음은 모르는 것이니 내전 초기에는 나에게 북부를 넘겨주려 했던 그일지라도 왕도에 남부까지 손에 넣은 상황이라면 권력에 대한 욕심으로 그 마음이 바뀔지도 모른다.

그리고 대륙의 역사를 보더라도 토사구팽 꼴이 되어 사냥개처럼 이용당하다 잘려 나간 자들도 많다. 때문에 내가 선택한 것은 바로 북부군 중 상당수를 중앙군을 지원하라며 양도한 것이다.

다행히 중앙군을 상대하기 위하여 그들 중 대부분이 북부군의 복장이 아닌 다른 군의 복장을 입고 있었기에 서부의 싸움에서 남은 패잔병이란 명목으로 중앙군을 돕는 것은 그리 큰 문제가 아니었다.

뭐, 처음부터 서부의 싸움은 북부군에겐 그리 승산이 없었던 싸움이니 이 정도의 병력을 중앙군에 투입한 것을 크로우 나이츠의 페이든파를 미련없이 보낸 지금 페이든이 알아챌 리가 없었다.

그렇게 북부군의 상당수를 중앙군의 지원으로 보낸 난 남은 병사들을 이끌고 북부로 돌아올 수 있었다.

"처참하군……."

북부의 내 영지의 모습을 보며 처참하다는 말밖에 나오지 않았다.

에르가 백작이 다른 이에겐 아무것도 남기지 않겠다며 철저히 불태우고 영주민들을 피신시켰기 때문에 영지에 보이는 것은 폐허가 된 마을과 검게 그슬린 성뿐이었다.

그래도 태어나서 자라왔던 곳인데 이 모양, 이 꼴이 되니 조금 아쉬운 감이 있었다.

"아무래도 복구는 어렵겠지?"

한참을 검게 그슬린 성을 보던 난 게리오스를 보며 조심스레 물어보았지만 역시나 그의 대답은 고개를 젓는 것으로 대변되었다.

"어렵습니다. 차라리 새로 성을 짓는 것만 못할 것 같군요."

"새로운 성이란 말이지……."

뭐, 새로운 성을 짓는 것도 나쁘지는 않을 것 같다.

새 술은 새 부대에 담으라는 말도 있듯 오랜 시간 동안 충성을 맹세했던 아멘 왕가가 사라진 지금 이드리샤 공작가는 새로운 길로 가는

게 나을 듯했다.

아니, 왕가가 사라진 이상 공작가의 이름도 사라졌으니 나 플로렌이란 이름으로 새로운 가문을 시작해야 한다는 것일까?

새로운 가문의 시조가 나라… 생각해 보니 재밌을 것 같다는 생각도 들었다. 아니, 흥미로운 일이 아닐 수 없었다.

"좋아! 게리오스! 멋지게 한번 시작해 보자고! 이것으로 자네가 황자의 이름을 버린 것처럼 나 역시 이드리샤란 성을 던져 버렸으니 말이야."

"각하."

"각하는 무슨 각하. 이드리샤란 성을 던져 버렸다는데 무슨 각하인가."

"그렇지만……."

"그건 그렇고 자네 안사람에게는 아직 소식이 없는가?"

"예?"

"거참, 아이 말이야! 아이!"

"아! 그것이 아직."

"서두르는 것이 좋을 게야. 너무 늦으면 내 외척이 되어 공국의 권력을 휘두르기는 어려울 테니 말이야."

"예?"

나의 말에 멍한 표정으로 되묻는 게리오스, 그런 그의 등을 몇 번 쳐주며 미소 짓고는 말했다.

"지금까지 내 곁에서 힘들게 일해주었으니 권력이라도 쥐어보아야 하지 않겠는가? 물론 제국의 황제까지 되어본 자네에겐 우스운 일이기는 하겠지만 답답한 왕보단 자유로운 거지가 좋다고 그것과 이것은 다르지 않겠는가? 삼처사첩 거느리고 빵빵하게 살아야 진짜 사는 것 같지 않겠는가?"

"각하!"

그 말에 얼굴을 붉히며 불만이 가득한 표정을 짓는 게리오스였다.

뭐, 아직 신혼이랄까? 아니면 이루기 힘든 사랑을 이루었던 때문일까? 에레미안과 그는 아직 사랑이 펄펄 넘치고 있다고 해도 과언이 아니었기에 당연한 것일지도 몰랐다.

그러고 보니 에레미안이란 여인을 본 지도 꽤 오래되었으니 간만에 그녀를 만나 선물을 주어야겠다는 생각이 들었다. 게리오스를 쉴 새 없이 끌고 다녔는데도 아무것도 없으면 괜히 미움을 받을 수도 있으니 말이다.

물론 거기에다 알리샤, 리안나, 필리아, 덧붙여서 귀여운 딸내미 프리티아에 벨루와 코넬의 선물까지… 말이다.

이제 내전에서 내가 맡은 일은 사실상 끝난 상황에서 어여쁜 아내들, 귀여운 자식들과 함께 시간을 보낼 수 있다는 생각이 들자 괜히 기분이 좋아지고 있었다.

뭐, 영지의 상태로 보아 원래의 모습으로 복구하자면 상당한 시간이 필요해 보여 가족들이 다시 이곳에 모여 살기란 당분간 힘들어 보였지만 처가라 할 수 있는 프리티아 왕국에서 산다 생각하면 크게 문제될 일은 없었다.

각 영지에서 사람이 모여 이드리샤 영지의 복구가 이루어질 무렵, 드디어 페이든이 중앙군과 본격적인 전투를 벌였다는 보고가 들어왔다.

처음 접전은 서부 귀족의 제일 동쪽 영지인 하론 남작령으로 그곳에서 페이든은 동부군 7만, 테일즈 왕국군 5만을 합쳐 총 12만의 군세로 중앙군의 토벌에 나섰다.

예상보다 적은 군세이기는 했지만 북부군에 의해 서부군과 남부군이 괴멸되어 버린 상황이니 병력이 다소 줄어든 것은 당연한 일인지도 몰랐다.

중앙군이 최정예이기는 했지만 동부군도 내란을 기다리며 병사들을 훈련시켜 온 정예병, 물론 테일즈 왕국군 역시 만만치 않은 이들일 것이다.

하지만 압도적인 기세로 승승장구하던 동부군은 하론 전투에서 병력을 줄인 것을 후회하게 되었다. 페이든의 연합군 12만을 상대로 놀랍게도 리미트는 가지고 있던 군 전부를 동원하여 이 싸움에 임했던 것이다.

이미 북부군과의 싸움을 포기하며 중앙군은 10만의 군세를 그대로 유지했을 뿐 아니라 북부군이 물러나며 지원한 병력은 8만, 총 18만의 군세가 그대로 페이든 연합군을 상대로 움직였다.

예상외라 하는 것은 병력은 강제 징집으로 어떻게 한다손 치더라도 과연 그만한 병력을 유지할 재력과 군량을 비축해 두고 있었느냐 하는 것이다.

18만이라면 결코 가볍게 볼 수 없는 군세, 서부군은 애초부터 병력이 많지 않은 지방이었던 것을 생각하면 그것은 놀라운 일이 아닐 수 없었다.

하지만 동부에 페이든이 있었다고 한다면 서부엔 아델슨이 있었달까? 그는 그 나이에 걸맞은 노련함과 준비성을 가진 인물이었다.

내전이 일어날 것도 알지 못하는 서부의 대영주가 놀랍게도 18만이

나 되는 병력을 유지할 수 있는 군량과 재력을 갖추고 있었다.

페이든조차도 아델슨 가가 그러한 힘을 비축하고 있었던 것을 전혀 알지 못한 채 12만의 군세로 충분히 그들을 감당할 수 있다 생각한 것이다.

결과는 페이든 연합군의 대패. 하론 전투에서 중앙군은 18만의 군세 중 13만 이상을 매복시키는 변칙적인 전술을 취했고 그것에 말려 페이든 연합군은 서부 깊숙이까지 중앙군을 추격해 들어가고 말았다.

그리고 뒤에 매복하여 숨어 있던 13만의 병력이 그대로 적의 후방과 좌우측을 포위하며 적을 둘러쌌고, 페이든 연합군은 그대로 중앙군에 의해 괴멸되다시피 하며 무너져 버렸다.

하론 전투에서 살아 도망친 연합군의 수는 3만 4천여 명, 그것도 드레이크 나이츠가 조금이라도 병사를 살리기 위해 대부분 희생된 가운데 간신히 빠져나온 숫자였다.

이 전투로 인하여 페이든은 8만을 넘는 엄청난 병력을 잃은 것은 물론이요, 그 자신이 애지중지하던 드레이크 나이츠까지 잃어버리게 되었다.

그에 반해 중앙군의 피해는 1만을 넘지 않는 적은 수, 페이든은 이 전투의 패배로 서부 토벌을 후일로 기약할 수밖에 없게 되었다.

뭐, 나야 중앙군이 서부를 무사히 지켜내고 이것으로 아멘은 당분간 전쟁의 소용돌이에서 벗어났다는 것에 만족하지만 말이다.

하론 전투에서 중앙군은 완승을 거둠과 동시에 델피르 왕자를 새로운 아멘 왕국의 국왕으로 추대하며 아델슨 후작의 영지를 수도로 삼았다. 그리고 그와 함께 나 역시 이드리샤 영지를 수도로 북부에 공국을 건설했음을 선언하고 스스로 대공의 자리에 올랐다.

　페이든이 스스로 왕좌에 오른 후였기에 내가 스스로 대공의 자리에 오르는 것은 어떠한 반향도 없었고, 오히려 북부의 모든 인사는 공국의 건국이 선포되자 크게 기뻐하며 북부에 새로운 시대가 왔음을 환영했다.　이로써 아멘은 북부의 이드리샤, 서부의 델피르, 그리고 동부, 남부, 왕도를 손에 쥔 페이든이라는 세 세력으로 분열되었다.

새로운 시대를 시작한다는 것은 여간 신경 쓰이는 일이 아닐 수 없다.

"대공 전하! 대공 전하!!"

"뭐야?"

아메로스 령에 있는 작은 호수에 앉아 벨루, 코넬과 함께 낚시를 즐기던 나로선 연일 들려오는 그놈의 대공 전하라는 말이 지겨울 수밖에 없었다.

신생 호르트 공국이 건국된 지 3년, 이드리샤 령은 수도 건설로 인하여 쉼없이 물자와 자재를 실은 마차가 드나들고 있었다.

수도 하나 건설하는 것이 간단하지 않은 것은 알고 있었지만, 뭔 인증이 그리도 많이 필요한지 각지에서 밀려오는 서류만 하더라도 하루에 내 키 하나는 족히 됨 직한 엄청난 양이었기에 그 일을 처리하는 데만 해도 하루 대부분의 시간을 소비할 정도였다.

거기다 간신히 아들놈들 데리고 여유를 즐길까 하면 언제 내 위치를 알아챘는지 분위기 파악 못하는 기사와 신하 놈들이 찾아와서 이것은 어떻게 하느냐, 저것은 어떻게 하느냐 하며 물어 제끼고 있었다.

뭐, 내가 결정해도 마음에 들지 않으면 잔소리 빽빽 해가며 자신들 마음에 드는 것으로 우겨 결정하는 주제에 뭐 하러 나에게 가져오는지 정말 머리가 아플 지경이었다.

오늘 역시 쌓여 있는 서류를 대충 처리하고 아들 두 놈을 데리고 아메로스 령에 있는 호수로 조용히 빠져나왔는데 나를 가장 귀찮게 하는 모라드란 놈이 서류를 한 뭉치 들고 와 나를 찾기 시작한 것이다.

"모라드! 네놈은 쉬지도 않느냐!"

모라드, 공국이 찾아낸 최고의 인재라 할 수 있는 놈으로 열다섯 살의 나이에 모든 학문을 통달하여 위현자 이스페든까지 울면서 보낸 천재란 놈이었다.

저놈과의 하룻밤 토론으로 인하여 이스페든은 다신 정계에 발을 디디지 않겠다는 목숨 건 선서를 했을 정도이니 확실히 뛰어나긴 한 놈인데 저놈을 받아들인 후로 나의 휴식 시간은 반 이하로 줄어야 하는 불행한 일이 생기고 말았다.

거기다 잘라 버리고 싶어도 그럴 수 없는 것이 놈은 바로 크로우 나이츠의 현 단장인 슈펠트 백작의 장남이라는 것이다.

크로우 나이츠의 명문 무가에서 어떻게 저런 종자가 나온 것인지 의심이 가는 일이었지만, 슈펠트 역시 기사치곤 머리가 좋은 것을 생각하면 그래도 가능성이 없진 않았던 것 같기도 하다.

"헉헉! 신하 된 입장에서 어찌 나랏일보다 자신의 몸을 걱정할 수 있겠습니까? 소신 모라드, 호르트 공국을 위해선 이 한 몸 희생할 각오가 되어 있습니다!"

제 아비와는 달리 허약해 빠진 몸으로 가슴을 두드리는 놈. 에구, 그러니 들고 있던 서류가 산산이 흩어지는 것이 아니겠느냐?

"우아아아~ 서류가! 서류가!!"

똑똑한 머리와는 달리 얼빠진 면도 그에 버금가는 모라드를 보며 길게 한숨을 내쉰 난 벨루와 코넬을 데리고 조용히 그 장소를 빠져나가려 했지만 그것도 쉬운 일이 아니었다. 애석하게도 모라드의 곁에는 그의 친위대가 적지 않았기 때문이다.

슈펠트 그 자신이 기사치고는 상당한 미안의 소유자였던 관계로 피를 그대로 이어받은 모라드 역시 그에 버금가는 얼굴의 소유자였다. 그런 관계로 궁 안에 그의 추종자들의 수는 적지 않았고, 이 계집들이 반란이라도 일으킬 모양인지 내 호위 중에서도 그의 추종자가 섞여 있었다.

"아니, 이놈들이! 비키지 않을 것이냐!"

"전하! 나라를 생각해 주시옵소서!"

내 호위 기사들은 개인적인 취향에 따라 반은 여자 기사로 이루어져 있었기에 모라드의 추종자들도 섞여 있는 것이리라.

물론 기존의 아멘은 남존여비의 사상이 강한 탓에 여자가 기사가 된다는 것은 불가능한 일이었지만 난 그런 과거의 쓸데없는 예를 과감히 탈피하여 여자의 위치를 상승시켰다.

그런데 아무래도 내 위치를 모라드에게 알린 놈들도 분명 호위 기사 중에 있을 것이 확실한 일, 이놈들은 내가 빠져나갈라 치면 맨날 '전하, 나라를 생각해 주소서', '전하, 호르트 공국을 생각해 주소서' 하는 입에 발린 말로 나의 앞을 막아서는지라 답답하기 그지없었다.

나라를 생각해 달라는 데 그 주인인 내가 뭔 말을 하겠는가?

"어라? 켄트, 네놈은 왜 그 행렬에 끼어 있는 것이냐?"

다른 여자 기사들이야 당연히 그 부친이 크로우 나이츠의 단장인 데다 명문 무가의 자손이며 생긴 것도 반반하니 그의 추종자가 되는 것은 당연한 일이지만 켄트란 놈은 덩치가 산만하여 과거의 엘트로우스를 생각나게 하는 놈이었다.

그런데 그놈까지 고개를 박고 그 입에 발린 말을 해대자 나로선 영문을 몰라 물어볼 수밖에 없었는데, 이어지는 놈의 말이 가관이 아닐 수 없었다.

"전하, 저 역시 장가는 가야 하지 않겠습니까."

"…잘났다, 이놈아! 아예 죽어버려라!"

하긴 내 신하 중에 정신이 제대로 박힌 놈이 몇이나 있겠는가? 켄트란 놈의 말에 난 정신없이 놈을 밟아줄 수밖에 없었는데, 그때 누군가의 손길이 등으로 다가왔다.

"전하, 기다리게 해서 죄송합니다."

"허억……!"

켄트를 밟아주고 있는 사이 어느샌가 모라드가 흩어진 서류를 모두 찾은 후 다가온 것이다.

아무리 그라 해도 서류가 몇 장인데 하는 생각에 뒤를 돌아보니 여자 호위 기사들과는 달리 나의 앞을 막지 않았던 남자 호위 기사들이 조금씩 땀을 흘리고 있는 모습을 볼 수 있었다.

"뭐야, 이놈들! 너희 놈들도 장가가고 싶은 것이냐!!"

"죽여주십시오!"

"그래, 죽여주마!!"

밟아주어야 할 놈은 확실히 밟아주어야 정신을 차릴 것이다.

"전하, 그러한 행동은 아니 되옵니다. 신하에게 사사로운 일로 형벌을 내리심은 고래의 예를 들어보아도 좋은 결과를 보인 것이 없습니다. 라피나르 제국에서도~"

"헉……!"

그리고 그러한 결과는 모라드의 잔소리로 이어지고 말았다.

그의 머리 속에 있는 수많은 지식은 방금 내가 한 짓에서 나쁜 결과가 나온 고래의 예로 모든 사례를 하나둘씩 열거해 놓으며 그 끝을 알 수 없었다.

"아아! 내가 잘못했으니 서류나 넘겨!"

"옳으신 판단이십니다. 군주가 스스로의 잘못을 시인하는 것은 고래의 예를 들어보면~!!"

"닥치고 서류나 넘겨!!"

"전하, 그러한 말투는 아니 되는 것이옵니다. 고래의 예를 들어보면~"

"으아아아아!!"

정말 공왕이 된다는 것이 이리 힘든 것일 줄이야.

모라드와 같은 지겨운 문관이 있는가 하면 지독하기까지 과묵한 녀석도 없지 않았다. 그 녀석은 바로 블루 버드 나이츠의 단장인 로펜 백작의 아들인 메글스였다.

공국이 아멘 왕국과 다른 점이 있다면 평민의 등용 기회를 높여주었다는 것이다. 기사가 되고 싶은 평민은 블루 버드 나이츠의 시험을 통해 기사가 될 수 있었고, 문관은 자애의 여신의 시험을 통해 문관으로 등용될 수 있었다.

이스페튼이란 놈이 정계에 발을 디디지 않겠다고 하면서도 끝까지 잡고 놓지 않은 것이 후진 양성, 즉 제자 키우는 재미가 쏠쏠한 것으로 그것만은 놓지 못하겠다는 말을 했기에 문관 등용을 어쩔 수 없이 신전에 넘기고 만 것이다.

모라드 같은 녀석도 스승으로서의 이스페튼은 어느 곳에서도 쉽게 찾을 수 없을 정도로 뛰어나다 하니 맡기기는 했지만 영 불안감이 사라지지 않는 것은 어쩔 수 없었다.

다행히 이전까지 그에게 배움을 받았던 제자들은 현재 공국에서 문관으로 제대로 활동을 하고 있는 탓에 그 불안감이 약해지기는 했지만 말이다.

현 공국에서의 엘리트 코스는 기사 시험을 좋은 성적으로 합격하여 대공인 나의 호위 기사를 거친 후 근위 기사단으로 가는 것이었다. 그러니만큼 내 호위 기사라는 것들은 그런대로 검사로서 꽤 자질이 보이는 이들이라 할 수 있었다. 하지만 간혹 케논이란 놈만큼 얼빠진 놈도 들어오기 마련이었다.

검술만 강하지 머리는 텅텅 빈 놈이라고 할까? 그리고 그런 녀석에게 주로 시달리는 것이 귀찮은 것인지 아니면 원래 그런 것인지 과묵하여 웬만해서는 움직이는 것조차 보기 힘든 메글스였다.

호위 기사로서 한 치의 흔들림없이 나를 지켜야 한다는 임무를 그대로 지켜내려는 메글스와는 달리 가만히 서 있는 것조차 지겨운지 케논은 가장 만만한 메글스를 툭툭 건드리기 시작했다.

"자냐?"

"자지 않습니다."

"에이~ 자는 것 같은데?"

"자지 않습니다."

역시나 기사의 모범 답안과 같은 메글스, 한 치의 흔들림없이 케논의 도발을 넘기고 있지만 과연 케논의 집요함에 언제까지 버틸지는 궁금한 일이 아닐 수 없었다.

가끔 가다 눈이 시퍼렇게 멍든 케논이 원망스러운 표정으로 메글스를 노려보는 모습이 보이는지라 근무 시간이 아닌 다른 시간에 적절한 보복이 있는 듯한데 그것 때문에 케논은 더욱 이 시간을 노려 그를 괴롭히는 것 같다. 조만간 근무 시간에 메글스의 응징이 있을 날이 얼마 남지 않은 듯 보였다.

"자! 이제 됐느냐!"

"수고하셨습니다, 대공 전하."

"칫……."

모라드가 가져온 서류를 정리하자 이미 아들놈 둘은 자유를 찾아 내 곁을 떠난 지 오래, 날이 저물어가고 있고 이젠 낚시도 못할 상황에 분통이 터졌지만 어쩔 수 없이 성으로 돌아가야 했다.

축 늘어진 어깨로 이드리샤 영지로 돌아오자 거대한 성곽이 멀리서 그 모습을 드러내었다.

삼 년이란 시간 동안 축성된 수도가 될 성은 이제 거의 완성이 눈앞에 보이고 있었다.

물론 공국의 수도로서 완전히 자리잡기까지 그 십수 배의 시간이 걸릴 것이지만 일단 왕성 자체만은 꽤 진척이 있는 듯해 보였다.

하늘 높이 뻗어 있는 성의 첨탑을 보노라면 허리가 꺾일 것 같다는 착각마저 들 정도였기에 될 수 있으면 그것을 쳐다보지 않으려 했지만 말이다.

"대공 전하께서 드시옵니다!"

성으로 내가 들어서자 성을 지키고 있던 근위병들이 일제히 예를 취하며 일사불란한 모습을 보였다.

현 근위 기사단 단장은 바로 나의 근실한 기사였던 엡실론 후작으로 명문 무가의 양자로 들어가 자신의 힘으로 크로우 나이츠 넘버 3까지 올랐던 실력자인 그는 근래에 오버러의 경지를 바라보고 싶다며 자기 수련에 열중하고 있어 그 모습을 보기가 힘들었다.

그 대신 가기 전에 근위병과 근위 기사들의 훈련을 제대로 시켰는지 이놈들은 엡실론 후작이란 이름만 들어도 경기를 일으키려 한다는 것이다.

도대체 어떻게 훈련을 시켜야 정예병들로만 채운 근위병들과 최정예 기사들만 모아놓은 근위 기사들이 경기를 일으킬 수 있는지… 쯧쯧……. 엡실론에게 새삼 두려움이 생길 수밖에 없었다.

근위 기사들의 예를 받으며 성 내부로 들어가자 몇몇 신하가 눈에 띄었지만 지금껏 나를 보좌하며 곁을 지켜왔던 게리오스의 모습은 보이지 않았다.

물론 내가 그를 내쳤다고 한다면 그것은 절대 있을 수 없는 일, 로필론이 아델슨을 물러나게 만든 것과 같은 실수를 내가 행할 리는 없지 않은가?

그럼에도 그가 보이지 않는 것은 단 하나, 바로 에레미안이 임신한 때문이었다.

이전까지 전혀 그 기미가 보이지 않았던 에레미안이 임신의 기미를 보인 것은 한 달 전, 그때부터 공국의 재상이란 놈이 나랏일은 뒷전이고 매일 계집 시중이나 들며 살아가는 꼴을 보니 그것이 명석했던 게리오스인가 하는 생각까지 들었다.

하지만 한 번의 유산 후에 다시 생긴 아이인지라 오죽이나 기뻤겠는가?

이번에는 절대 유산시키지 않을 것이라는 맹세 아래 자신의 모든 것을 쏟아 붓고 있다 한다. 소문에 듣자 하니 그야말로 공주님 다루듯이 대접한다 한다.

뭐, 원래 황비였던 사람이니 그 정도의 대접은 능숙할 테니 게리오스를 아주 잘 부려먹을 것이란 생각이 들었다.

"호호호. 전하, 이제야 오시는 것입니까!"

"으……."

성안으로 들어서며 나를 가장 먼저 반긴 것은 리안나였다.

그녀는 살짝 손으로 입을 가린 모양새로 웃음을 흘리며 다가와 나를 반기고 있었지만 근래 들어 그녀에게선 사랑스러움보다는 두려움이 일고 있었다.

삼 년이란 시간 동안 그녀는 나에 대한 애정보다 더욱 늘어난 것이 있었으니 그것은 바로 살이었던 것이다.

들어보니 그녀와 시미온의 어머니도 중년의 나이서부터는 상당히 육중한 몸매의 소유자였던 모양이다. 그런 어머니의 피를 이어받았는지 리안나도 조금씩 살이 붙는가 싶더니 지금은 족히 과거에 수배는 됨 직한 몸매가 되어버렸다.

뒤뚱뒤뚱 힘겹게 걸음을 옮기는 그녀의 모습은 한눈에 들어오지 않을 정도……. 눈물이 앞을 가리지만 어쩌랴, 이것이 내 복인 것을…….

"전하, 아이들과의 낚시는 재밌으셨나요?"

"가끔씩은 훼아와 로안과도 조금 놀아주세요, 전하."

그래도 다행인 것이라면 알리샤는 그 몸매 그대로요, 필리아는 엘프인 탓에 몸매가 변하지 않는다는 것이다.

리안나의 커다란 몸매 뒤로 가려진 두 명의 아내가 드디어 모습을 드러내자 조금 안도감이 드는 나였다.

리안나는 자신이 바라던 대로 알리샤와 필리아를 자신에 뒤에 두는 것에 성공한 듯 보였지만 그것은 리안나의 생각에 약간의 착오가 있던 때문이 아닐까 싶다.

도대체 남편이 아내를 안기가 두려우면 어떻게 하겠다는 것인지… 정말 두렵다. 자다 리안나의 몸에 깔려 질식사하는 것이 말이다.

아리따운 세 아내, 물론 한 명의 아내는 다른 의미에서 아리땁기는 하지만 어쨌든 세 명의 아내, 아니, 한 명의 아내에게 매달린 난 식당으로 향했다. 근래 들어 리안나가 내가 성으로 들어오면 가장 먼저 식사를 시키기 때문이었다.

하지만 그녀는 나에게 너무나 많은 것을 바라는 것이 아닐까? 대공이나 되는 사람의 식탁이라고 한다면 진수성찬이 가득한 것은 당연한 일이었다. 그리고 식당으로 들어선 나의 눈에 들어오는 것은 수많은 진미가 거나하게 차려져 있는 모습, 하지만 그것은 입맛을 살리게 하기는커녕 나로 하여금 고통의 시간이 한층 길어짐을 의미하는 것이었다.

리안나의 손길에 들려 상좌에 앉혀진 난 그대로 세 명의 아내의 시중을 받아야 했는데 가장 지극 정성으로 보살피는 이가 바로 리안나였던 것이다.

그녀는 언제나 자신의 식사를 뒤로하고 나의 음식을 챙겨주는 일을 도맡고 있었기에 누가 보면 상당히 지극 정성인 아내로 착각할 수 있을 것이다.

하지만 애석하게도 그것은 착각, 그녀가 나에게 지극 정성으로 식사 시중을 들어주는 이유는 단 하나, 바로 내가 너무 말랐다는 것이다.

하지만 익스퍼트 최상급으로 이제 마스터까지 바라보는 내가 마를 리가 있겠는가? 마나의 힘이 신체를 최상의 상태로 유지해 주고 있으니 그런 일은 있을 수 없는 일이다.

그러나 그녀는 나의 완벽한 몸매를 마른 것으로 치부해 주고 있었으니 그녀의 둔중한 몸매는 이제 눈까지 살찌웠는지 모든 기준을 기준보다 상당히 불려 보고 있는 듯했다.

그런 탓에 그녀의 식사 시중은 그야말로 고문, 나로선 어쩔 수 없이 그녀가 주는 음식을 받아먹고 있기는 하지만 터질 것만 같은 배는 즐거워야 할 식사 시간을 고통 속으로 몰아넣고 있었다.

"리… 리안나… 이젠… 더……."

"어머? 겨우 통돼지 한 마리에 닭 서너 마리, 새끼 양 한 마리 드신 것 가지고 배부르시나요?"

"…그, 그것이 겨우가 아니란 말이오!"

"공국을 이끌어야 할 분이 그 정도도 드시지 못한다면 어찌 나라를 이끌어 나가시겠습니까? 자자, 그럼 후식만 마저 드시고 오늘 저녁은 끝내도록 하지요."

그러면서 그녀가 후식으로 가져온 것은 산더미만한 푸딩, 아! 오늘 밤은 푸딩의 바다에 빠져 허우적대야만 하는 것일까?

리안나가 주도하는 그 공포의 식사 시간을 거친 끝에 이어지는 것은 의무적으로 알리샤의 시간이었다.

솔직히 사람이 그렇게 많은 음식을 먹고 탈이 나지 않는 것이 이상한 일 아니겠는가?

보통 사람이라면 배가 터져 죽어도 이상할 것 없는 양, 그런 나의 몸을 보살펴 주는 이가 바로 알리샤였다.

누워 있는 나의 윗옷을 살짝 들춘 알리샤는 가냘픈 손으로 나의 배를 쓰다듬어 주며 조용히 노래하듯 중얼거렸다.

"전하, 알리샤의 손은 약손, 전하의 배는 장난꾸러기."

꾸르륵―

알리샤는 원래 성녀가 되어야 할 사람, 그런 그녀를 내가 아내로 삼았던 때문에 그 운명은 프리티아에게 넘어갔다.

하지만 운명의 힘이 아직 남아 있었던 때문인지 알리샤의 손에는 작으나마 신성력이 서려 있었고, 과식으로 인해 소화 불량에 시달릴 즈음에는 언제나 알리샤는 예쁜 손으로 나의 배를 쓰다듬어 주며 은연중에 신성력을 발휘하고 있었다.

그런 때문인지 그녀가 쓰다듬어 준 이후는 고통이 조금씩 사라지는 것 같은 기분이 들었다.

"놀리는 말이오?"

"어머! 제가 어찌 전하를 놀릴 수 있겠습니까? 다만 전하의 통통한 배를 보자니… 프리티아 왕국에서 혼자 외로워할 프리티아가 생각나는지라… 흑흑흑……."

"아아아아!! 내가 잘못했소. 너무 슬퍼하지 마시오. 내 곧 프리티아 왕국으로 갈 생각이니 그때 만나면 되지 않겠소?"

"어머? 전하, 정말이옵니까?"

"어찌 내가 당신에게 거짓을 말하겠소."

에구, 말 한마디 잘못해서 귀찮은 프리티아 왕국행을 해야 하는 걸과를 내고 말았다. 요슨과 레빈이라는 두 강적이 버티고 있는 프리티아 왕국은 내가 가고 싶지 않은 곳 중 하나인데 말이다.

이렇듯 알리샤 역시 나이를 먹어감에 따라 노련함이 생기는지 가끔씩 나를 위기로 몰아넣고 있는지라 가정이란 것도 편하지는 않았다. 그렇다고 알리샤의 약손 시간을 벗어나 필리아에게 향한다면 그것 역시 고난, 그녀의 방으로 갔다 하면 그녀보다 나에게 먼저 달려드는 작은 소악마들이 있었기 때문이다.

"꺄아아악!! 아빠다!!"

"아빠!!"

우르르르르르르르!!

쿠광!!

"끄윽!! 이놈들, 대공가의 공자, 공녀라는 것들이 얌전히 있지 못하겠느냐!!"

필리아의 방에 들어서자마자 나를 괴롭히는 소악마들은 바로 나의 자식 놈들이었다.

프리티아, 벨루, 코넬에 이어 세 명의 아내는 그 후로도 자식을 더 낳았고, 그 아이들을 키우고 있는 사람이 바로 필리아였다.

온화한 엘프인 탓일까? 아이들을 키우는 것을 좋아하는 필리아는 그 후로 다섯 명이나 늘어난 아이들을 혼자 맡아서 키우고 있었던 것이다.

하나하나 열거하면 차녀 훼아, 삼남 로안, 사남 아우로, 삼녀 실비아, 마지막으로 오남 카온, 그나마 아직 젖먹이인 실비아와 카온은 봐줄 만하다지만 나머지 세 아이는 그야말로 말썽꾸러기 소악마 같은 녀석인지라 필리아의 방에 들어오면 십 년 이상은 늙어지는 듯한 나였다.

무엇이 그리 좋은지 여기저기 매달려 장난을 치고 있는 녀석들을 상대하다 보면 나 자신은 고목이요, 아이들은 매미가 된 듯하니 사는 것이 이렇게 고역일 수가 없었다.

"휴~ 이제야 조금 살 것 같군."

필리아의 방에서 나와 아이들의 괴롭힘 속에서 빠져나온 난 응접실에서 조용히 나만의 시간을 보낼 수 있었다.

뭐, 그런 것도 다 사람 사는 재미라고나 할까?

그렇게 시달리고 있으면서도 그리 나쁘지는 않다는 생각이 들었다.

사실 매일같이 피와 살이 널린 전쟁터에서 사는 것보다는 아이들의 재롱과 사랑스러운 아내를 곁에 두고 사는 평온한 세상이 나쁠 리 없지 않겠는가?

물론 가끔씩 이렇게 조용히 사색을 즐기는 것도 나쁘지는 않으니 그것으로 만족하지만 말이다.

"사색을 방해하는 것은 아닌지 모르겠습니다."

그렇게 조용히 차를 마시고 있을 때 어둠 속에서 누군가의 목소리가 들려왔고 고개를 들어보니 익숙한 사람의 얼굴이 보이는지라 난 미소 지으며 그를 반겼다.

"어서 오시오, 에르가 백작. 그래, 그동안 별고없으셨소."

어둠 속에서 모습을 드러낸 이는 바로 골든 아이의 수장이자 공국의 그림자인 다크 데블 나이츠의 수장인 에르가 백작이었다.

그들은 겉으로 드러나는 자들과는 달리 어둠에 존재하며 공국을 지키는 수호자 같은 역할이 되어 나를 보필하는 자들로서 그런 때문에 에르가는 내가 지금까지 공대하고 있는 몇 안 되는 가신 중 한 사람이었다.

"전하의 보살핌으로 다행히 큰 문제는 없었습니다."

"문제가 없었다니 다행이오. 그래, 제국은 현재 어떻게 흘러가고 있소."

"변함없습니다. 삼 년 전 일루테우스가 가증스러운 책략으로 제2차 내란을 일으켜 황제의 좌에 오른 후 큰 변화는 보이지 않고 있습니다."

"그런가……."

제국의 제2차 내란, 아멘 왕국을 세 개로 나눈 내전과 함께 시작되었다.

아멘이 큰 전란에 휩싸인 동안 제국 역시 전란의 불길 속에 잠겨가고 있었다. 스만 령의 일부를 장악하며 군량 문제를 말끔히 해결했던 일루테우스는 역시나 게리오스와 나의 예상대로 기회를 넘보고 있었던 것이다.

그리고 삼 년 전 아멘이 내란의 불길에 휩싸이자 그는 드디어 감추어두었던 야심의 발톱을 드러내었다.

로만테우스가 주도했던 1차 내란, 그 자신의 힘은 제국 전체를 누르고도 남았지만 애석하게도 그 힘의 외면에는 나라는 존재가 끼어 있었고, 그로 인하여 로만테우스는 내란에서 실패하게 되었다.

하지만 과연 그 내란을 종식시킬 만큼 나에게 강력한 힘이 있었던 것일까 하는 것을 묻는다면 역시나 나 자신의 힘은 그럴 만큼 강하지 않았다는 것이다.

그럼에도 불구하고 왜 로만테우스는 내란에서 실패했던 것일까?

일루테우스는 그 문제가 바로 천운 때문이라는 것으로 결정을 내렸다.

바로 자신이 가지고 있던 천운, 로만테우스가 일으킨 내란 때 내가 보인 행로는 그야말로 천운이 받쳐 주지 않았다면 행할 수 없을 정도로 나에게 유리한 쪽으로 흘러갔다. 그리고 그 이전의 싸움에도 운은 언제나 나의 편을 들어주었고 심지어는 본국의 내란까지도 운은 나를 따라주었다.

그야말로 실력은 그리 없으면서도 운 하나는 타고난 사람이 바로 나였다고나 할까?

과거의 어떤 명장이 시기, 군사, 지략이 뒷받침된 것이라 할지라도 천운을 얻지 못하면 전쟁에서 승리하지 못한다는 말을 한 적이 있었다. 그만큼 천운이라는 것은 전쟁에서 무엇보다 중요한 요소였고, 일루테우스는 그런 나의 천운을 미연에 방지하고자 아멘의 내란을 부추겼다.

애석하게도 네라드와 페이든에게 제국에서의 나의 행보를 가르쳐 준 것은 일루테우스였다. 그리고 그것 때문에 난 파작되어야 했고, 페이든은 그러한 나를 정확히 파악하고 자신을 도와줄 조력자로 만든 것이다.

똑같은 자료를 통해 귀족 연합의 두 수장이 서로 상반된 결정을 한 것이 한 사람은 현재 한 나라의 왕으로 한 사람은 멸망한 가문의 마지막 가주로 남아 있게 하였지만 말이다.

어쨌든 이러한 일루테우스의 수작은 생각 외로 큰 효과를 거두었는지 그는 아멘의 내란이 시작되자 노도와 같은 기세로 군을 움직였고, 제2차 내란은 전쟁이 시작된 지 단 석 달 만에 왕도가 함락됨으로써 일루테우스의 완벽한 승리로 끝나고 말았다.

이미 제1차 내란에서 일루테우스는 왕도의 공략하기 힘든 성벽의 약점을 파악하고 그것에 대한 공략 방법을 생각하고 있었기에 제국의 왕도는 허무하게 무너지고 말았다.

하지만 일루테우스는 천운의 소유자인 나를 불러오고 싶은 마음은 없었는지 양위를 받은 즉시 황제였던 위르테우스를 원래의 땅인 위르 령으로 유배시켜 놓았고, 도노 령과 플로렌 령은 그대로 현 상태를 유지하겠다는 말을 위르테우스로 하여금 말하게 하여 전란이 확산되는 것을 사전에 막아버렸다.

일루테우스는 이미 사전에 위르테우스의 심성이 성자에 가까워 천성적으로 전쟁을 싫어함을 알고는 그를 살려 방패막이로 세우며 도노테우스를 막고, 플로렌 령을 그대로 유지하겠다는 조건을 내세움으로써 나와 청록의 숲이 방해하는 것을 원천적으로 봉쇄한 것이다.

그 소식을 처음 들었을 때 나와 에르가는 물론 다크 데블 나이츠 전부가 분노하여 당장이라도 제국으로 향하려 했지만 그런 나를 말린 것은 게리오스였다.

위르는 성자, 그와 같은 사람이 자신의 입으로 전쟁을 멈추기를 원했다면 그것은 그의 뜻이 분명하다는 말 때문이었다.

아무리 일루테우스가 비겁한 방법을 취했다 할지라도 위르테우스가 자의로 양위했다고 한다면 나로선 제국으로 들어갈 명분이 없었다.

그러한 것을 잘 아는 일루테우스는 일 년 후 위르테우스를 위르 령에서만큼은 자유로이 움직일 수 있게 하는 아량을 보임으로써 제국의 2차 내란은 조용히 끝낼 수 있었다.

그야말로 일루테우스의 머리가 만들어낸 작품이라 할 수 있는 것이 바로 제국의 2차 내란이었던 것이다.

"음… 자네들의 심정은 알겠지만 역시나 답은 같군. 지금의 상태라면 나로선 일루테우스를 몰아낼 명분이 없다네."

"알고 있습니다. 하지만 저희는 포기하지 않을 것입니다. 언젠가 일루테우스가 허점을 보일 때 저희는 제국으로 들어서는 최선봉에 설 것입니다."

"그때가 되면 나 역시 자네들의 힘을 바랄 것이네."

"그럼 이만……."

그 말과 함께 에르가는 또다시 모습을 감추어 버렸다. 레크라스도 잘 지내고 있는지 물어보고 싶었는데 말이다.

제국의 2차 내란 이후 다크 데블 나이츠는 나조차도 그 종적을 알 수 없을 정도로 숨어버린 탓에 레크라스의 모습은 그 이후로 볼 수가 없었다.

그래도 대련을 통해 미운 정 고운 정을 쌓았던 그였기에 3년이나 보지 못한 것이 조금 아쉬운 탓도 있었다.

뭐, 그라면 잘 지내고 있겠지만 말이다.

어쨌든 이것으로 젊은 날의 나의 꿈은 이루었다.

불가능하리라 생각했던 꿈, 하지만 그것은 알리샤로부터 시작하여 레빈, 게리오스, 엡실론, 슈펠트, 엘트로우스 등 나를 찾고 나를 도와준 이들의 힘으로 완성될 수 있었다.

그들 중 나의 곁에 있는 자들이 있는가 하면 타국에서 자신의 길을 가고 있는 사람, 그리고 이제는 두 번 다시 볼 수 없는 사람들도 있었다.

그들 모두가 나 자신에게 있어 둘도 없이 소중한 사람들이고, 그들이 없었다면 나라는 존재 또한 없을 것이다.

일루테우스가 나를 평가한 것처럼 천운의 소유자인 탓에 그런 인재들이 나에게 모인 것일까?

하지만 나 자신은 한 가지만은 확신할 수 있었다.

단순히 천운만을 가지고는 이 모든 것을 이룰 수 없다고 말이다.

천운의 소유자라 할지라도 현재 자신이 가진 것에 만족하며 앞으로 발을 내딛지 못한 자에게 천운은 어떠한 도움도 주지 못한다.

오직 앞으로 나아가며 미지에 도전할 수 있는 자에게 천운은 도움을 준다는 것이다.

용기가 없다면 할 수 없는 시도, 그것은 끓는 피를 누르지 않고 그것을 폭발시켜 나아가는 자만이 얻을 수 있는 대가인 것이다.

그런고로 나 자신은 나를 이렇게 평가한다.

열혈의 플로렌이라고 말이다!

〈열혈공작 플로렌 終〉

후기

변변치 않은 작품이지만 오늘까지 읽어주신 분들께 감사의 인사를 드립니다.

최선을 다하기는 했지만 기대에 미치지 못한 부분이 여기저기에서 드러나 있고, 저 자신의 실력이 미흡한지라 문체에 허술함이 드러나 부끄럽기 그지없습니다.

또 여기저기 보이는 부분에서 조금만 신경 썼으면 하는 곳도 적지 않았지만 어쨌든 이렇게 마지막 원고를 끝내고 나니 기쁜 마음과 함께 홀가분한 마음 역시 드는 것은 어쩔 수 없는가 봅니다.

다음에 보다 재미있는 작품으로 만날 수 있기를 바라며 이렇게 인사를 끝낼까 합니다.

지금까지 열혈공작 플로렌을 애독해 주신 여러분! 감사합니다.

일산에서 다케 올림

darkcake@lycos.co.kr

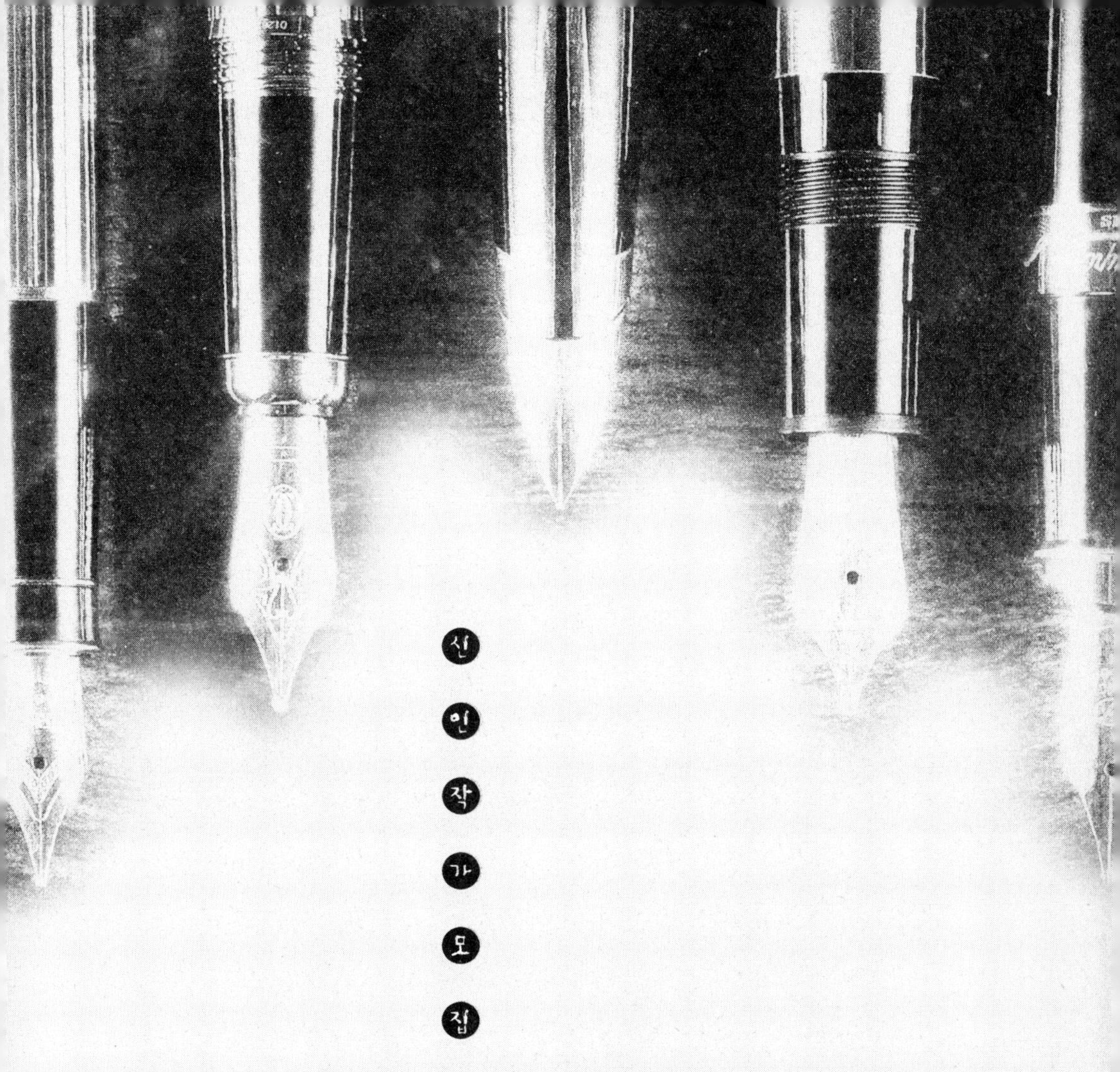